泡沫之夏

5

我吃西红柿
著

时代出版传媒股份有限公司
安徽文艺出版社

图书在版编目（CIP）数据

沧元图. 5 / 我吃西红柿著. — 合肥：安徽文艺出版社, 2020.9（2021.5重印）

ISBN 978-7-5396-7003-4

Ⅰ. ①沧… Ⅱ. ①我… Ⅲ. ①长篇小说－中国－当代 Ⅳ. ①I247.5

中国版本图书馆CIP数据核字(2020)第129246号

CANG YUAN TU 5

沧元图 5

我吃西红柿 著

出 版 人：段晓静
责任编辑：张　磊　宋潇婧
装帧设计：曹希予　周艳芳

··

出版发行：时代出版传媒股份有限公司 www.press-mart.com
　　　　　安徽文艺出版社 www.awpub.com
地　　址：合肥市翡翠路1118号　邮政编码：230071
营 销 部：(0551)63533889
印　　制：北京盛通印刷股份有限公司　　　电话：(010)52249888

··

开本：710 mm×1000 mm 1/16　印张：18　字数：290千字
版次：2020年9月第1版
印次：2020年9月第1次印刷 2021年5月第2次印刷
定价：34.80元

··

目录

CONTENTS

目录

CONTENTS

第 《246》 章
三十八息

九月二十日，湖州境内，一座破败的县城内升起数道狼烟。这座县城如今只有两万余人，都躲在地底。

一名猫妖王正肆意地屠戮着。

而距离猫妖王一里多的地方，有一座破败的酒楼，在酒楼的顶楼，有五名妖王躲在这里遥遥观看着。

"猫妖王在进行大范围屠杀，要不了多久，就会有神魔队伍赶过来。这次我们出手，皆施展禁术，全力以赴。"为首的消瘦妖王道。

"元初山的神魔，个个都非常厉害，而且彼此之间配合得也极好。大哥，你定的五十息是不是太短了？要不，多给些时间，八十息？"

"不必，五十息一到，我们就立即撤退。时间的确很赶，上次我们已经击杀了一名神魔，剩下的三名神魔联手，整体实力会明显弱许多。若我们再围攻十息时间，一定能够灭掉他们，可大哥让我们五十息内必须撤退。我们来到人族世界一年多了，才击杀了一名大日境神魔。"

"蠢货！大哥这是小心，小心才能活得久。时间拖长了，人族封侯神魔一到，我们逃都逃不掉。"有妖王立即反驳。

"在人族世界，活着才是最重要的。"另一名妖王也说道。

为首的消瘦妖王看着远处，淡然道："待在我的队伍里，就必须服从我的命令。不管有什么情况发生，五十息内必须撤退，这是我的命令。"

“来了。”

“神魔来了。”

五名妖王看到远处有一头飞禽飞过来。飞禽背上有四名神魔，他们直接从高空一跃而下。

“是大日境神魔队伍，动手！”为首的消瘦妖王下令道。

在人族世界，精英妖王队伍也很少，是以之前九渊妖圣亲自接见的三百名精英妖王为骨干，然后组成百余支队伍，分散在人族世界各处，每个王朝境内也就数十支精英妖王队伍。每支精英妖王队伍都非常谨慎，不敢贸然行动。

若是看到封侯神魔救援，它们会立即钻地离去，每个队伍中都有擅长钻地的妖王。

只有大日境神魔队伍赶来，它们才会出手。

“噗。”

猫妖王欲逃走，却被一道剑光斩杀，尸体落在废墟中。

而这时从不远处突然袭来五道身影，同时有红雾弥漫在周围一里内，红雾也将人族的四位神魔笼罩住了。

“不好，快发出求援。”人族神魔也有经验，发现情况不对劲，立即发出求援，同时施展神魔禁术竭力抵挡。

不求有功，但求无过。

按照经验来判断，元初山神魔队伍的整体实力要比妖王精英队伍弱许多。

虽说在每个元初山神魔队伍中，都有一位神魔爆发起来实力能达到封侯神魔门槛，其他三位神魔和这位神魔配合得也极好。但妖族那边的妖王精英队伍的实力更强，一般队伍中有两名妖王爆发起来实力能达封侯神魔门槛，而且还有很厉害的妖王。

“多撑一些时间，它们自然会撤退。”

“它们不退，封侯神魔就会赶到。”神魔队伍很有信心。他们不求杀敌，只求能拖延时间。

在实力差距不是太大的情况下，拖延一段时间还是有希望的。

“杀！”

五名妖王完全疯狂了。

为首的消瘦妖王化作一道虚幻的影子，鬼魅妖异，疯狂袭击。还有一名熊妖王挥舞着大斧怒劈着。其他三名妖王也各施手段。

"啊，这个妖王首领的攻击速度太快了，爪子也太狠了。"手持双刀的神魔艰难抵挡着，他的臂膀被划出一道伤口，元初山赐的衣袍都能被划破，可见妖王的利爪很厉害，"我的右臂已经受伤，支撑不了多久了。"

"这个妖王首领交给我，吕师弟，你去缠住另外两名妖王。"一位神魔老者一手持盾牌，一手握着战刀。

……

人族的四位神魔相互扶持，时间也悄然流逝。

十息、二十息、三十息……

本就受伤的双刀神魔，一只手臂被直接砍断了。这让另外三位神魔脸色大变："吕师弟！"

"五十息内，杀死他们！"五名妖王心中大喜，只要神魔队伍中有一个神魔失去了战斗力，要杀另外三个神魔就容易多了。

"嗯？"

五名妖王忽然有所察觉，它们都转身看去，看到一道模糊身影出现了，就站在破败县城的街道上。

它们甚至还没看清那道模糊身影的真实样貌，就看到滚滚黑色煞气，化作五条黑色大蛇缠住了自己。五名妖王中有两名妖王当场毙命，另外三名妖王也受了不同程度的伤。对方还施展出了暗星领域，这三名妖王顿时变得呼吸困难。

"不好。"

"这才三十八息，封侯神魔怎么就到了？"

那两名实力较弱的妖王被暗星气芒刺穿了头颅，当场毙命。

妖王首领逃得倒是快，可心中也很绝望："邻近的府城距离这里有三百九十里。封侯神魔赶来一般也得过百息。如今才三十八息，封侯神魔怎么会赶来？难道他就坐镇本府？若是他坐镇本府，为什么之前先派遣神魔队伍来救援，而不是封侯神魔直接出来救援？"

妖王首领实在想不通。

人族的神魔非常紧缺,神魔队伍一般负责巡守两三个府。封侯神魔一般镇守两三个府,并且还负责支援周边的数支神魔队伍。

这位前来救援的封侯神魔,若一直在本府境内,先前是不会派神魔队伍赶来的。

"噗。"刀光一闪,妖王眉心被刺穿,身体便干瘪下去,紧跟着身体就化作粉末随风飘走了。

孟川这才走到另外四名妖王的尸体那里,分别切了一刀,又有两名妖王的尸体血气被斩妖刀吸收了。

"孟师叔。"四位大日境神魔看到孟川,心中大喜。

东宁侯孟川!

速度天下第一!谁人不识,谁人不晓?

孟川看到其中一位神魔的手臂断了,道:"赶紧去元初山治伤吧。"

"哈哈,小伤罢了。这次多亏了孟师叔,否则我们就麻烦大了。"

"孟师叔的速度不愧冠绝天下,这才三十余息,孟师叔就到了。"

他们都欢喜万分。

一千七百二十里,孟川只用了三十八息就赶到了,这时间的确短得很。

半盏茶,是百息时间。

三十八息,平常的封侯神魔只能跑一百多里,相当于从江州城的南城墙跑到北城墙,是根本来不及救援的。

所以那支妖王队伍定的是五十息内必须撤退,已经非常谨慎了。

奈何……

如今六州之地归孟川救援,他的速度实在是太快了!

孟川负责六州之地的救援,令攻打六州之地的妖王们很不适应。

它们和人族神魔队伍才搏杀一小会儿,孟川就赶到了。

随着孟川一次次救援,一次次搏杀,妖族都有些害怕了!

两个月后,妖族高层终于给在孟川负责巡查的疆域范围内的精英妖王队伍下令:"攻打神魔队伍,在二十息内必须撤退。"

二十息?

二十息能干什么?

用来破坏城池都来不及,若全力奔跑,三重天妖王也只能跑数十里而已。

若是运气不好,孟川在千里之内,二十息内也是能赶到的。

所以有些精英妖王队伍干脆开始远离孟川巡查的疆域,实在是因为孟川的速度太快,它们轻易就会被抓住。

第 《**247**》 章

刺杀

腊月，夜。

江州城孟府，柳七月在厅内独自等待着。

"嗯？"柳七月发现有动静，便朝厅外看去，只见孟川踏着积雪走了进来。

"还没睡呢？"孟川笑道。

"当然得等你一起。"柳七月笑道，"你之前急急忙忙出去，是出去救援了？"

孟川摇头："不是，是地网的探子发现了一处妖王的巢穴，立即上禀了，元初山就安排我去剿灭。那处巢穴有五名三重天妖王、十七名二重天妖王，还有一些普通妖族。"

"距离我们这里有多远？"柳七月追问。

"五千两百里。"孟川说道，"在安州境内。"

"这么远都让你去？"柳七月皱眉。

"一来，我速度快，五千多里我也是最快的。迟则生变，越快动手越好。二来，那处巢穴有厉害的妖王也说不准，说不定就有四重天妖王。实力弱些的封侯神魔闯进去也是有危险的。"孟川笑道。虽然刚突破不久，但孟川的确能爆发出巅峰封侯神魔的实力，保命手段也多。

"最重要的是，我负责的六州之地，如今真的很闲，十天半个月才收到一次求援。"孟川感慨道。

柳七月也忍不住感叹："我打听过，周围十州范围内，妖王精英队伍出手的次数都变少了。"

"我这六州之地，是以江州城为中心三千里。这是机密，妖族又不清楚，只能将我活动的范围估算一下，所以十州之地的妖王精英都小心翼翼，生怕我立即赶到。"孟川笑道，"元初山也很有计策，偶尔也会把三千余里外的救援交给我，用来迷惑妖族。"

"这次五千多里呢，都让你去。"柳七月忍不住道。

"实则虚之，虚则实之。"孟川笑道，"能让妖族头疼是件好事。"

"你一人就救援大周王朝两三成疆域，更影响了周围很多疆域，妖族一定会将你当成眼中钉的。"柳七月说道，"你也要小心，妖族上次就派遣黑岩大妖王刺杀你了。若惹急了妖族，说不定还会对你动手。"

孟川一笑："说起黑岩大妖王，元初山可是给我算了五千万功劳。这还是和吕越王对半分的，这黑岩大妖王原来值一亿功劳啊！"

孟川负责追踪纠缠，吕越王则是活捉了黑岩大妖王！

按照元初山的规矩，发现妖王或者追踪妖王的，算一半功劳，负责击杀活捉的也算一半功劳。

"四重天大妖王，算一千万。看来它身上的宝物算了九千万。"柳七月说道。

"不知道什么宝物，竟然算这么多功劳。"孟川感慨，"再加上这两个月击杀了六支妖王精英队伍，得到了不少功劳，如今我的功劳近九千万，都不知道怎么花了。"

"看你嘚瑟的。"柳七月笑了。

"来，给你。"孟川手一翻，将一个锦囊递给柳七月。

柳七月一愣："这是什么？"

"你打开看看。"孟川故作神秘。

柳七月这才打开锦囊，锦囊内有十颗散发着火红光晕的晶石，这让柳七月十分吃惊："血火晶？"

柳七月的修为达到封侯神魔后，她的凤凰神体也需要外力辅助才能继续修炼。凤凰羽毛自然是可遇不可求的，血火晶却是历史上拥有凤凰神体的强者在封侯神魔阶段常用的宝物，可用它来增强凤凰血脉。一枚血火晶需三百万功劳，十枚就是三千万功劳了。

"这足够你修炼十年了。"孟川笑道，"先用着。"

"阿川，"柳七月看着他，感动却又嘱咐道，"以后有事先和我说，我自己也积攒了功劳的。"

孟川笑着点点头："放心放心，我懂。"

这时候侍女从外面端着餐盘走了进来。

"我命人煮好了小米粥。"柳七月说道，"先喝点粥。"

说着，她将一碗放在孟川面前，一碗放在自己面前，然后笑着看向孟川。

她想先看着丈夫吃。

"真香！"孟川端着碗，一口就喝掉一半，只觉得满口米粥香。旁边燃着的蜡烛也散发出无色无味的气体，渐渐被孟川吸入体内。这气体和米粥一混合……

柳七月看孟川喝得香，不由得一笑，也拿起勺子准备吃。

"别吃！"孟川一挥手，"砰"的一声，柳七月面前的那碗粥直接飞了出去，砸在地上碎裂开来。

柳七月一惊。

孟川此刻脸上满是黑气，有血色纹路在体表浮现，仿佛无数虫子在爬。

"阿川。"柳七月大惊。

突然，孟川连忙拍击自己七掌，体内的真元也迅速催动。

"噗——"

孟川张嘴一喷，黑色的血液带着脏腑的毒气直接被吐了出来，黑漆漆一大片落在地上，砖石地面立即被腐蚀出一个大坑。

"嗦嗦嗦。"孟川全身开始有黑色的毒雾升腾，毒雾从每一个毛孔往外逼出，全身血液瞬间沸腾，若是寻常神魔根本扛不住。

"噗——"

孟川又吐了两口，面色苍白，他这才闭上眼睛。

消瘦的身体、苍白的面孔，他的身体正以肉眼可见的速度发生变化，慢慢地，身体又变得健壮起来，脸色也渐渐变得红润。

"好厉害的毒。"孟川睁开眼，看着地面腐蚀出的大坑，又看了看远处地上的那碗粥。

"阿川，你现在还好吧？"柳七月有些惊魂未定。

"没事。"孟川说道，"若是其他封侯神魔吃了，大多都逃不过这一劫。这毒的毒性如此之烈，简直不可思议。查一查，这到底是什么毒。地上的那碗粥，还有那一根蜡烛，都先收好，让元初山用毒的高手来查一查。"

"好。"柳七月点头，"你现在真的没事了吗？"

"放心，我修炼的是肉身一脉的秘术，比这个还要厉害的毒也毒不死我。"孟川说道，当毒性在体内蔓延的刹那，他就立即以真元将体内所有中毒的部分全部阻隔了。

孟川看着柳七月："七月，若是你先喝这碗粥，那麻烦就大了。"

光是想一想后果，孟川都不寒而栗。

妻子若是吃了，凤凰神体能扛得住吗？都说凤凰神体涅槃时很厉害，堪称不死之身。可孟川一点把握也没有，他不想妻子有任何危险。

"我们的饮食，从采购开始，都经过了一遍遍检查。就算做好了，也由飞鸟走兽先试吃，竟然还是被下了毒。"柳七月郑重地说道，"我这就调地网的人来，仔细调查一番。"

孟川点头道："如此剧毒，绝不一般。舍得耗费如此大代价的，十有八九是妖族。仔细查一查，妖族是怎么做到的。还有，我觉得府内并不安全，悠儿和安儿不适合住在这里。"

"悠儿和安儿？"柳七月心念一动。

第 《248》 章

十年

"嗯。"孟川郑重地道，"妖族恨我入骨，若是想方设法都除不掉我，很可能就会对付我们的孩子，妖族做事本就凶残邪恶，什么事都做得出来。"

"阿川，你镇守六州之地，受到影响的疆域更广，一人的作用，比封王神魔都大得多。"柳七月郑重道，"妖族一定不会罢休，我们干脆将悠儿和安儿藏起来。连府内的族人都不认识我们的孩子，那天妖门的人就休想知道我们的孩子在哪里。"

"江州城有一千多万人，鱼龙混杂。"孟川说道，"我会寻找一座普通宅院，让悠儿和安儿住在那里，我们平常也隐居在那里，可以经常照顾他们。"

"嗯。"柳七月眼睛一亮，"我一直担心悠儿和安儿生活在孟府，前呼后拥，处处都有恭维的声音，他们俩会变得骄傲自得，这样对他们的成长很不利。如今他们才两岁，还不懂事，将其放在普通人家培养，至少性情能更平和。"

"等他们的修为达到脱胎境后，就可以告诉他们一切。"孟川说道，"毕竟达到无漏境，怕是很快就会去元初山修炼了。"

"他们俩都能进元初山？"柳七月笑道。

"好好培养吧，这个时代，让他们拥有足够强的实力，就是给他们最好的礼物了。"孟川说道，他看多了妖王屠戮的场景。

"嗯。"柳七月也明白。

越往后，怕是战斗越残酷。

"嗯？来人了。"柳七月走出大厅，便看到地网的一大群人进来了，为首的是三名地网神魔。

"宁月侯。"三位地网神魔恭敬行礼。

孟川这时候则开始收拾地上的那碗粥和那一根蜡烛。

"喝下那碗粥，再吸入那一根蜡烛燃烧出来的气体，这两样东西中的毒混合在一起可形成剧毒，封侯神魔一旦中毒都可能身死。"柳七月冷冷地道，"给我查，这毒是怎么送到我和东宁侯面前的。"

三名地网神魔震惊万分。

东宁侯和宁月侯遭人下毒了？

"是。"三名地网神魔恭敬应命。

地网是专门负责收集情报的，在这方面本就是行家。甚至在江州城境内擅长幻术的大日境神魔，如今都在追查此事。

元初山也派遣神魔来追查。

仅仅三天，结果便出来了。

那是一种混合型剧毒，是妖界特有的剧毒——金角虫毒，是妖族强者修炼时所需的奇毒。

炼制一份这样的剧毒，需要宰杀上千只妖王层次的金角虫，异常珍贵。在妖界，金角虫也是数量较少的妖族。一份金角虫毒若是按照同等宝物来换算，相当于元初山的一亿五千万功劳。要知道龙水域这等宝物也只被元初山算作六千万功劳。

金角虫毒一旦入体，能迅速摧毁身体各处，封侯神魔一息时间就会毙命。

就算拥有凤凰神体，除非立即施展凤凰涅槃，或能保住性命，若是稍微迟疑，剧毒入脑就来不及了。封侯神魔中，只有修炼不灭神体的神魔才有十足的把握能活命，修炼其他法门的神魔几乎都是必死。

如此奇毒，本是修炼时用的。只是因为无色无味等特性，适合用来下毒。用来杀一名封侯神魔，对妖族而言是很吃亏的。

为了杀孟川和柳七月，妖族却舍得。

可惜孟川修炼了肉身一脉的秘术，保命手段远超妖族想象。

江州城，一座占地一亩多的宅院，从外面看上去普普通通。

"小悠悠、小安安，以后这里就是咱们的家了。"孟大江和柳夜白带着孟悠、孟安玩闹着，孟悠和孟安在小院内飞奔着，欢快得很。

孟川夫妇笑看着这一幕。

……

"来，和爹学，挥刀。"孟川带着年仅三岁的孟悠和孟安挥刀，他们手中都握着一柄木刀。

"再来。"

孟川很有耐心地教着，那两柄木刀都是他亲自制作的。

……

十八般兵器都学，孟悠和孟安四岁时，就已经知道自己以后要用什么兵器了。

弟弟孟安喜欢枪法。

姐姐孟悠则更喜欢剑法。

"竟然没有一个用刀的。"孟川无奈。

"你擅近战，悟出道之境后，其他兵器也能用得像模像样吧。"柳七月笑道，"我可不擅近战，近战就要靠你教了。"

"放心。"孟川笑道，"不管是枪法还是剑法，在早期，都是对力量的运用，并且也只是手臂用力。合一境、势之境、意之境都是如此。目的都是为了能更精妙地统领自身力量，从而影响外界。而我的心意刀阴阳变幻，存于一心，教一些基础，我还是很有信心的。这江州城任何一家道院，都找不出我这样好的师傅！"

仅仅用半个月时间，孟川就创出一套基础枪法和一套基础剑法，其中都蕴含了阴阳变幻的原理。

……

"还敢偷懒，转身，屁股撅起来！"孟川青筋暴突，怒喝道。

孟安转过身，乖乖将屁股撅起来。

"啪啪啪！"

孟川挥手抽过去。

"别打了，别打了，疼，疼。"孟安忍了一会儿终于哭了出来。孟悠在一旁不敢说话，也一副害怕的模样。

……

一年年过去。

孟川每天都教儿女们修炼，他们姐弟俩四岁筑基，六岁内炼，八岁那年就达到了洗髓境，进入了最近的青榆道院，对外说已经十岁了！其实虚加了两岁，在江州城这一千多万人口的大城，十岁跨入洗髓境也不算太显眼。

......

转眼，孟川夫妇坐镇江州城已经十年。

依旧是那座宅院，孟川和柳七月正在吃早饭，一旁的少年男女迅速吃完。

"爹、娘，我们去道院了。"孟安和孟悠都站起来。

"去吧。"孟川笑看着儿女。

十年时间，孟川和柳七月几乎没什么变化，但儿女都长大了。

孟安和孟悠今年十二岁，都达到了脱胎境巅峰！当然在青榆道院中，他们都以为这对姐弟十四岁了！可即便如此，他们依旧是青榆道院的天才弟子。

"孟安和孟悠都比我们小时候要厉害。"孟川看着院落中枯叶飘落，感慨道，"估计明年他们俩就能达到无漏境。十三岁就达到无漏境，其天赋也算可以了。"

"只是不知道他们俩什么时候悟出势。"柳七月道，"阎赤桐师弟就是十三岁悟出了势，不知道孟安和孟悠，能否有一个赶得上阎师弟。"

"该教的都教了，要悟出势，乃至悟出意之境，更多是要靠他们自己。修炼一途越往后，我们能帮到的就越少。"孟川说道。

第 《249》 章

送到我那去

"这十几年我们一直陪着他们，等他们前往元初山，我们和他们相聚的时间就少了。"柳七月轻声道，十分不舍。

"孩子们长大了，终究有自己的路要走。"孟川说道，"他们达到脱胎境了，知道我们都是封侯神魔，虽然很激动，但一直没有将这个秘密在道院内公开，更没有因此仗势欺人。我想他们俩的心性都很好，我们这两个孩子啊，是真的很优秀。"

"嗯。"柳七月点头。

随着儿女慢慢长大，夫妻二人都意识到，他们和儿女相聚的时间越来越少。

"我去练箭了。"柳七月起身。

"一起走，我也要去练刀。"孟川说道。

夫妇二人一同离开了这座宅院，宅院内平常只有两位仆人。

回到孟府，二人便在星月湖畔修炼。

刀法，想得再多也不如实实在在去练！孟川知道自己的修炼天赋已经算很不错了，但比起薛峰、阎赤桐他们，自己还是略差一些，自然平时更加用心，不敢有丝毫懈怠。

傍晚时分，青榆道院。

孟悠姐弟俩和其他弟子一同走出道院大门，此刻半空中有一只花色小鸟，俯瞰着下方，正是孟川夫妇从元初山换取的第二只三重天妖王飞禽，时时刻刻都跟着孟悠姐弟俩，负责保护他们的安全。它的实力比孟川夫妇的另一只灰色小鸟更强。

灰色小鸟化作人形，以贴身侍女的身份陪在柳七月身边，名叫惠姨，柳七月传达消息大都是惠姨去做。

花色小鸟化作人形，以家里长辈的身份去和青榆道院打交道，名叫花伯。

"蒙师妹、蒙师弟，今晚在烂石园聚会，你们去吗？"一位蓝衣青年在道院大门口问道。

"我们还要回去，爹娘管得严。"孟安笑道。姐弟俩是按照父母的吩咐，以"蒙悠""蒙安"这两个名字在道院内修炼学习。天妖门的人实在是太狡猾了，孟川夫妇不得不想尽办法保护两个孩子。

"你们俩啊，还是太小，很多事都不懂。"蓝衣青年腰间佩剑，直接上了一旁的马车。

马车有车夫，马车旁还跟着六名护卫，保护着马车离去。

"蒙师妹，明天我们再切磋。"一名红衣少女也笑着说道，跟着也上了一辆马车，也有车夫和护卫。

道院门前。

不少古老神魔家族子弟都是前呼后拥。

江州城因为有柳七月和孟川两位封侯神魔坐镇，且一个施展凤凰涅槃时，能爆发出封王实力，另一个则速度冠绝天下，所以江州城是受很多大家族喜爱的，他们都会安排一些族人迁居在江州城内。像青榆道院，神魔家族的子弟都有一大堆。

"我们回去吧。"孟悠和孟安则不在意。

那些神魔家族子弟，都是家族内的小辈。像孟悠、孟安这种强大神魔的子女，身份就要尊贵多了，甚至要想方设法隐藏自己的身份，因为很可能会遭到天妖门刺杀！

出道院时还是熙熙攘攘一大群弟子，越往家走，同行的弟子越少。

"蒙师姐、蒙师兄，明天见。"青石街道上，一位少女笑着说道，朝自家宅院走去。

"宁师妹，明天见。"孟悠和孟安都笑着说道。

"你们在做什么？"少女忽然发出一声惊呼。

"嗯？"

孟悠和孟安相视一眼，朝宁师妹家走了过去，江州城是爹娘坐镇的地方，还是很安全的。

"停下，停下。"少女宁师妹焦急怒喝着，因为正有不少人将她家宅子内的器物往外搬。

"滚！"

一名黑衣大汉怒喝着一挥手，宁师妹连忙闪避抵挡，可还是被抛飞起来。孟悠和孟安姐弟上前接住了她。

"宁师妹，这是你家吧？"孟悠疑惑地问道。

"是的，这些人不知道是谁，从我家搬东西。"宁师妹焦急道。

"你家？"那黑衣大汉皱眉，看了一眼宁师妹，"你就是宁东顾的女儿？"

"抓住她。"黑衣大汉吩咐道，"抓住她，好逼那老东西还债。"

"住手，住手。"宅院内传出一道声音，一位被打得鼻青脸肿的中年人冲了出来，怒吼道，"你们抢了我的宅子，抢了我的铺子，抓我还不够，还要抓我女儿？"

"宁东顾，"黑衣大汉嗤笑道，"你欠我家少爷的银子，利滚利已经到了三万两。你家这宅子加铺子，都不一定够啊！而且等你的宅子和铺子卖掉抵债，你欠的怕就不止三万两了。所以得抓住你的家人，你才会乖乖去筹银子。"

"和我合伙做生意，不仅算计我，还逼我按手印。"宁东顾面容狰狞，"我还银子时还故意躲着不见我，让我找不到你们。你们现在冒出来，三千两，利滚利成三万两了，还想继续利滚利，什么时候是个头？"

"这就要你和我家少爷去谈了。"黑衣大汉笑道，"把宁东顾夫妇和他们的女儿都带走。"

宁东顾夫妇都被抓住了，宁夫人内心更加绝望，道："我就知道不该和王家少爷做生意，你就不听，现在都完了。"

两名壮汉直接走向宁师妹，欲要一举拿下。

孟安直接上前，两脚踹出，将两名修为达到洗髓境的壮汉直接踹飞了。

孟安的修为达到了脱胎境，神魔根基深厚，他现在的实力都能和无漏境神魔拼一拼了，自然能轻易解决两个打手。

"我听说，江州城内有一些人，故意玩弄手段，逼得一些人倾家荡产，就是为了得到他人的宅子。"孟安看着眼前这群人，嗤笑道，"你们做这些，就是要谋夺宁家的宅子和铺子？"

黑衣大汉看着眼前的这对姐弟，微微皱眉："小子，不是什么事你们都能管的。"

"今天这事，我管定了。"孟安一拽身后的枪套，取出了一杆长枪，长枪一旋，立即变成九尺长。他手持长枪，看着眼前这群人。

"蒙师兄。"宁师妹有些担忧。

"胆子还挺大。"一名消瘦男子上前，瞬间拔刀。

孟悠陡然拔剑，剑影一闪，连续几剑，消瘦男子发出凄厉的惨叫声，连忙退开。他的手臂被刺出了一个窟窿，他愤怒地看着孟悠，道："这小丫头很厉害。"

"你们俩是谁，竟然敢多管闲事！"黑衣大汉也皱眉道。

"大哥，这对姐弟是半里外另一家宅院的，分别叫蒙悠和蒙安。"其中一名手下低声说道，"我见过他们的父亲，没什么名气，不过目测应该拥有无漏境实力。"

"蒙悠？蒙安？"黑衣大汉微微点头，他的这群手下对周围家家户户都很了解，哪些是肥羊，哪些不能碰，那都是有所判断的。

忽然，一辆豪奢马车带着护卫们来此，马车上车帘微微掀开，一名面容苍白的青年看向外面，问道："于护卫，事情做完了吗？"

"突然冒出来一对姐弟。"黑衣大汉低声道。

"姐弟？"

面容苍白的青年看过去，看到孟悠时眼睛一亮。孟悠是孟川夫妇的女儿，其容貌本就不凡，加上从小栽培，神魔根基深厚，一双眼睛很有灵性。

"好漂亮的小美人。"面容苍白的青年吩咐道，"仔细点，别坏了皮肉。将这小美人送到我那里去。我们走！"说着，他放下了车帘。

第 《250》 章
云州王家和江州萧家

孟悠和孟安听到他们的对话，脸色一变，他们相视一眼，也做了决定。

得好好查一查这位王少爷，不能轻易放过！

一群护卫簇拥着那辆豪奢马车离去，同时有一位护卫老者留下，淡然吩咐道："于老弟，少爷吩咐的事，赶紧处理，别拖了。"

"放心。"黑衣大汉笑着应道，同时朝手下看了一眼，吩咐道，"将他们都抓起来，特别是这个小姑娘，别弄伤了她。"

"在江州城，你们就如此胆大妄为，"孟悠目光冷厉，"说抓人就抓人？"

"小姑娘，我们少爷看中你了，你若是乖乖听话，或许以后还能享受荣华富贵，若是不从……怕是明天江州城哪一条臭水沟里就会多一具尸体了。"黑衣大汉淡然道，"江州城鱼龙混杂，每天不知道多少人死去，小姑娘，我劝你做个明白人。"

孟悠和孟安听得心头一惊，虽然他们听说过江州城人员三教九流，暗中也发生了不少血腥事，但他们从未真正见过。

他们每天就是家里和道院之间往来，此刻真要面对了，他们虽然愤怒，但也丝毫不惧。

孟安愤怒喝道："你们眼里还有朝廷律法？还有元初山的法规吗？"

"哈哈……"那些人脸上都露出讥讽的笑容。

"既然你们不从，那我们就只有动手了。"黑衣大汉怒喝道。

"不用，我跟你们走。"孟悠忽然说道。

黑衣大汉和护卫老者都露出笑容。

"姐？"孟安看向孟悠，一脸疑惑。

"你们不得伤害宁师妹他们一家，"孟悠说道，"也不能伤我弟弟分毫。"

"放心，你可是少爷看中的人，我们当然给你面子。"黑衣大汉立即挥手，很快，一辆马车靠过来，孟悠和孟安以及宁东顾一家三口都上了马车。

"你们也快点。"

护卫老者亲自跟着这一辆马车离去。

车厢内。

"蒙师姐、蒙师兄，是我连累了你们。"宁师妹哭泣着。

"让你离那王少爷远一点，你非要和他做生意，如今可如何是好？"宁夫人悲痛无比。

宁东顾却在车厢内跪下，朝孟悠和孟安磕头。

"不可，不可。"孟安连忙扶起。

"是我连累了两位。"宁东顾叹息道。

"我们只是路见不平，他们竟然敢随意抓捕，可见平时何等肆意妄为。"孟悠说道，"这也不能怪宁伯父。"

宁东顾低声叹息道："这王少爷，名叫王琮，是封王神魔家族王家的子弟。"

"云州王家？"孟悠惊讶。

孟悠和孟安对大周境内的诸多大家族都非常了解。

"对，云州王家。"宁东顾很惊讶，这对姐弟竟然如此见多识广，"王家主要是在云州，因为妖族入侵，王家分了一支旁支迁移到江州城。这支旁支有数百王家族人，为首的是一名修为达到不灭境的神魔王樊酬。这位王琮少爷，就是王樊酬的孙子。"

"江州城封王神魔家族、封侯神魔家族的子弟一堆，普通神魔家族的子弟也有很多。"宁东顾低声叹息，"在这里做生意，若是没个靠山，根本做不下去。因为一次机缘巧合，我认识了王少爷，我就想找他当靠山，愿意给他当差，赚的银子大半都给他，只求能安稳做生意。谁知道，这王少爷却要夺我家产，根本不给我留活路。"

宁东顾眼中流露出一丝恨意。

"唉。"旁边的宁夫人叹息一声。

宁师妹也在一旁低声哭泣，未来一片黑暗，一家人怎么挣扎都看不到希望。

孟悠和孟安相视一眼。

……

"到了。"这辆马车停在了一座大宅院的侧门，孟悠姐弟俩、宁师妹一家都下了马车。

"将他们一家关进地牢。"护卫老者挥挥手，立即有手下抓着宁师妹一家先进了侧门。

"两位，随我来。"护卫老者微笑着给孟悠姐弟俩带路，同时还轻声道，"小姑娘，若是不想你弟弟遭遇不测，等会儿可得乖巧一些。"

孟悠没说话。

护卫老者轻轻笑了笑，这种场面他见多了。

这大宅院的主厅内，正有一群神魔家族子弟在把酒言欢。

一群穿着薄衣的舞姬赤脚跳着舞，这些神魔家族子弟正一边喝酒，一边欣赏舞蹈。

"萧兄，这是风语馆刚培养出的一批舞姬，个子、身材几乎都一样，修炼着同样的法门，而且个个都还是处子之身。"王琼坐在一名白衣青年旁，讨好地道，"萧兄可有兴趣? 可全部带回去。"

"看看他们。"那萧家公子扫视周围，"一个个都盯着呢，我若是全部带走，不就扫了大家的兴致?"

"萧兄高兴才最重要，我自有法子应付他们。"王琼低声笑道。

"不必了。"

萧家公子轻轻摇头。

"是是是，这些还是俗了一些。"王琼点头笑着。云州王家旁支迁移到江州城，终究只是旁支而已，是需要和地头蛇萧家处好关系的。

萧家是江州第一神魔家族，也是大周十大封王神魔家族之一，祖祖辈辈都在江州城。

这位萧家公子是萧家五长老的独子，在江州城绝对算得上是顶尖的神魔家族子弟，势力网要庞大得多，王琮相对而言就要弱多了。

"少爷，"护卫老者悄然出现在角落，传音给王琮，"那对姐弟还算识趣，没再反抗，已经送到后院了。"

王琮眼睛一亮，对远处角落的护卫老者微微点头。

忽然王琮心念一动。

"舍不得孩子，套不着狼。"王琮心中不舍，可还是一咬牙，靠近萧家公子一些。

"嗯？"萧公子看向他。

"我这里有一个小美人，和百花楼新捧出来的牡丹姑娘有点像，但是更出色，牡丹姑娘的风尘气还是重了一些，这小美人的气质可是上乘。萧公子可有兴趣？"王琮悄然问道。

"比牡丹姑娘更好？"萧公子眼睛一亮。

"我亲眼看过，不会错的。"王琮神秘笑着。

"嗯。"萧公子微微点头，"王老弟，你有心了。"

"我这就去帮萧兄安排，等会儿请萧兄过去。"王琮笑道，"我先失陪。"

"去吧去吧。"萧公子颇为期待。

……

王琮悄然带着护卫老者往后院走。

"查清楚底细了吗？"王琮询问。

"也住在宁家那一片，是普通人家的孩子，姐姐叫蒙悠，弟弟叫蒙安。家里有一个看门老仆，一个做饭买菜的妇人，还有一个叫花伯的老仆，偶尔会跟着这对姐弟。他们的父亲蒙宁在江州城根本没名气，只是一个修为达到无漏境的普通百姓。"护卫老者说道，"不过这对姐弟，在青榆道院都算是天才弟子。"

"蒙？在江州城，就没有姓蒙的是我惹不起的。"王琮嗤笑着，很快走到一座独立小院，小院外有护卫看守，院门开着，可以看到里面的那对姐弟。

幽静的小院内，孟悠和孟安坐在那里，看着王琮带着护卫老者进来。

"小美人，我可不是害你，我是来帮你的。"王琮走进来，笑着道，"江州萧家知道吧？"

"萧家？"孟悠和孟安相视一眼。

他们当然知道。

第 ⟨**251**⟩ 章

花伯出手

萧家新晋的封侯神魔萧云月，和爹娘关系很好，萧云月回江州时还特地拜访过爹娘，也为他们带了礼物。

虽然要保密，孟川夫妇没让儿女见过外人，可萧云月的礼物，孟川夫妇还是转交给了孟悠和孟安。

孟悠和孟安也记住了这位萧姨。

战争残酷，十年时间下来，元初山的精英神魔小队战死不少，可同样也崛起了六位封侯神魔，阎赤桐和萧云月都在其中。

"萧家公子看中你了。"王琼面容苍白，笑着道，"你跟着他，从此便有享不尽的荣华富贵，便是你的弟弟、你的父母都能因此享福。"

"跟着他？"孟悠问道，"给他当个玩物？"

"你这么想也没错，就是个玩物。"王琼笑道，"不知多少人想要当萧公子的玩物，都没机会呢。"

"我若是拒绝呢？"孟悠道。

"拒绝？"王琼目光冷厉，淡然道，"上一个拒绝我的丫头，是怎么处置的？"

护卫老者眼中流露出一丝杀意："去喂狗了。"

"你想要喂狗吗？"王琼微笑着看向孟悠。

这微笑……

在黑夜中却显得那般狰狞，让孟悠和孟安心中泛起无尽怒火。

"你该死！"孟安怒喝一声，拿起长枪冲了过去，孟悠也拔剑出鞘。

一开始，他们是想要查一查这位王少爷，再决定怎么惩戒。

如今他们只有一个念头——这个王少爷，该杀！

"放肆！"护卫老者见状呵斥，护住王琮。而院门外负责看守的五名护卫立即冲进来，围住孟悠和孟安。

王琮终究是云州王家长老王樊酬的孙子，这五名护卫的修为也个个都达到了无漏境。可孟安和孟悠的神魔根基深厚，得益于孟川这么多年的用心教导。随即，一杆长枪和一柄利剑施展开来，一时间枪影纵横，剑光闪烁，让那五名护卫都有些害怕。

"好厉害的枪法。"

"这剑法看得我都有些眼花。"五名护卫竟然奈何不得。

王琮见状皱眉，瞥了一眼旁边的护卫老者，护卫老者微微点头，瞬间上前。

"噗。"

快如幻影的一剑刺出，却被护卫老者两根手指夹住。

"什么？"孟悠震惊。

护卫老者手指微微一用力，孟悠瞬间发现一股恐怖的力道通过剑传过来，一不留神，手中的剑飞了出去。

"姐！"孟安大惊，连忙过来护住自己的姐姐。

"真是不自量力。"护卫老者冷笑，他是跟在王琮身边多年的老仆，乃是已经凝丹的高手，他的实力完全碾压这对姐弟。

护卫老者一闪身，便一掌拍向孟安的胸膛，孟安根本来不及抵挡。

忽然——

一股无形的力量笼罩了这座小院，院中的王琮、五名护卫以及那名护卫老者，个个脸色都变了。

"这是？"护卫老者只感觉无形的力量环绕各处，他的手掌再也按不下去，甚至他都无法动弹，眼中流露出惊恐之色。

那五名护卫和王琮也都觉得一股恐怖的力量环绕周围，让他们恐惧万分。

神魔！

这种力量，他们只想到神魔！这是远远超越凡俗的力量。

"呼。"

一只花色的小鸟从半空缓缓降落。

"小鸟？"王琮、护卫老者还有那五名护卫都觉得周围弥漫着让他们窒息的力量，可是那只小鸟却丝毫不受影响，非常轻松地降落下来，当临近地面时，他们发现，那只花色小鸟直接化成一名头发花白的老者。

这头发花白的老者扫视了一眼王琮等人，轻轻一拂袖。

一股恐怖的力量从他们的身上扫过。

七人都倒飞开去，摔在角落，毫无反抗之力。

"妖、妖、妖……妖王！"王琮咋舌。

"是妖王。"护卫老者等人也十分惊恐，凡俗是无法抵抗妖王的。

头发花白的老者驼着背，恭敬地走到孟安和孟悠身边："少爷，小姐。"

孟悠开口道："麻烦花伯了。"

"这是老仆该做的事。"花伯笑呵呵地道。它绝对忠诚于孟川夫妇，自然是一直守护着孟悠和孟安。

王琮反应过来，悄然捏碎了怀里的一块求援玉符，同时压低声音对身旁的护卫老者道："他就是你说的花伯？"

护卫老者也一脸难以置信，低声道："都是下面的人打探的消息，说是一个普通的老仆。"

花伯瞥了一眼王琮，却根本没在意。

"妖王当仆从？这妖王身上散发出的气息比我祖父还可怕。"王琮脸色发白，他祖父可是不灭境神魔。

"妖王为仆，一直隐居在我人族世界定有大图谋，我们竟然发现了它们的行踪。"王琮心中发慌，"完了完了。"

花伯又瞥了一眼王琮，继续恭敬地对孟安和孟悠道："少爷，小姐，你们的身份不能暴露。他们看到老仆出手了，一个都不能放过。依老仆看，先将他们都擒下，让主人发落吧。"

"哼。"孟安却陡然冲出，手握长枪，一枪刺向王琮。

王琮刚要闪躲，花伯眼皮一动，看了王琮一眼，便有无形力量束缚住了王琮，让他根本动弹不得。

"噗。"王琮只能眼睁睁地看着一道枪影一闪，刺穿了他的胸膛，他瞪大眼看着自己的胸口。

接着孟安猛然一拔长枪。

鲜血喷洒。

"你——"王琮捂着胸口，鲜血不断往外流，他瘫倒在地，惊恐地看着孟安。

不就是抓一个小美人吗？

怎么落得这般田地？

王琮的气息断了。

"这种杂碎，直接杀了，留着他继续残害世人吗？"孟安愤怒地道。

"杀得好。"孟悠先是惊到了，随后便叫好，她此时也很愤怒。

"这六个人为虎作伥，也直接除掉。"孟安看了那六名护卫一眼，此时他们一个个都慌了。

距离这里数里外的一座大型府邸。

这是封王神魔家族王家旁支在江州的住处，这府邸灯火辉煌，侍女成群，有护卫队伍在巡逻。

一处静室内。

王家的神魔长老王樊酬盘膝而坐，虽然他只是不灭境神魔，只能担任一支旁支的首领，但他终究是王家长老，谁也不敢怠慢。

"嗯？"王樊酬陡然睁开眼，震惊地看向一个方向，"琮儿求救？是在他的别院？"

王樊酬瞬间冲出了静室。

作为不灭境神魔，身法自然极快，夜间犹如一道幻影，在屋顶、树冠等地方一闪而逝，很快，他便到了数里外的那座别院。

他落在了那座小院的门口，一眼就看到了里面躺着的七具尸体，鲜血染红了小院。这七具尸体当中，六具是护卫的，还有一具自然是他的孙子王琼的。王琼瞪大眼躺在那里，胸口被刺出了一个窟窿。

"琼儿。"王樊酬又惊又怒，他也看到了小院内站着的三道身影。

孟悠姐弟俩和身旁站着的老仆花伯。

"神魔来了？"花伯看到王樊酬来了，微微皱眉，瞬间通过令牌向孟川、柳七月发出求援。

它作为飞禽妖王，并不适合处理人族内部的事情，自然交给主人来办。

第《252》章

抓捕

夜风呼啸，书房内点着蜡烛。

孟川夫妇二人，妻子在翻看卷宗，丈夫则在画画。

"明天就能画完了。"孟川笑看着这幅长卷画，画卷中是星月湖的湖心阁，儿子孟安钓到一条大鱼十分激动，女儿孟悠和妻子柳七月正在一旁下棋。

孟川放下画笔，看了看窗外，忍不住问道："七月，悠儿和安儿还没回来吗？"

柳七月看着卷宗，抬头看了一眼窗外，笑道："估计道院有什么事耽搁了吧。"

"天都黑了，他们很少这么晚不回来。"孟川略一感应，便感应到了儿子和女儿的位置，疑惑地道，"他们俩在城中，距离我们这有三十多里。"

"跑那么远？"柳七月也很疑惑，放下了手中的卷宗。

"花伯一直暗中保护他们，不会出什么事。只是他们两个小家伙，怎么跑那么远？"孟川疑惑，自己这一双儿女离开道院后都会立即回家，就算有事要去哪，也会事先说一声的。

孟川和柳七月接着脸色微微一变。

他们之前在元初山购买了一套令牌，用来在家族内部使用。儿子和女儿随身带着，能时刻知晓其位置。飞禽妖王花伯也有一块，可以随时召唤或求援。

"花伯在召唤我们。"孟川说道。

令牌召唤和求援也分级别，最普通的级别，就是请他们夫妇过去。

高一个级别，就比较急切。

再高一个级别，就是生死关头。

如今只是最低级别的召唤，孟川夫妇倒也不慌。

"没重要事情，它不会麻烦我们，去看看到底发生了什么事。"孟川牵着妻子的手，瞬间消失在书房中。

……

王樊酬站在小院外，看着里面的七具尸体和满地血迹，不由得惊怒万分。他又看向孟悠姐弟俩和花伯，怒喝道："是你们杀的？"

"是。"孟安干脆地承认道。

"小杂碎。"王樊酬眼睛一红，宠爱的孙儿惨死一旁，他早就怒火冲天，此刻立即朝孟安冲过去。

刚刚冲出就在半空停住了。

恐怖的领域笼罩在周围，也笼罩住了王樊酬，王樊酬感觉自己就像是陷入蜘蛛网的小虫子，根本无法挣扎，他眼中露出一丝惊恐。

只见一对年轻男女带着丝丝闪电，出现在这座小院内。

"东宁侯和宁月侯？"

王樊酬心头一颤。

他也就是一个不灭境神魔，面对封侯神魔，对方仅仅是散发出的气息，就让他感到心颤腿软，更何况还是两位封侯神魔一同出现。他在王家也只是一个普通的长老，否则也不会负责统领一支旁支来江州城了。这也算远离王家的权力中心了。

"爹、娘。"孟悠和孟安连喊道。

孟川和柳七月一进来，看到儿女都手持兵器，周围有七具尸体，他们俩就觉得不对劲。

"主人，"花伯恭敬道，"是这七人下手狠辣，为了救小姐和少爷，老仆才出手。"

孟川听了心念一动，不由得转头看向那王樊酬。

王樊酬被领域约束，悬浮着身子，离地面有三尺，全身动弹不得。

"你也是来刺杀的？"孟川此时有一丝不悦。

王樊酬这一刻完全看出来了，那一对姐弟喊东宁侯和宁月侯为爹娘？又被刺杀？

"不是，我没有要刺杀。"王樊酬连道，"东宁侯，我哪有那胆子，我是云州王家的王樊酬。"

"我来便看到你要动手。"孟川一挥手，暗星真元瞬间袭向王樊酬。

王樊酬惊恐万分，立即喊道："饶命！"

接着，暗星真元侵袭到王樊酬体内，王樊酬便瞬间失去了意识。

"哼。"孟川一挥手。

失去了意识，真元被封禁的王樊酬摔倒在一旁。

"详细情况到底是怎么样的？"柳七月也看向花伯。

花伯这才恭敬地道："是这样的，小姐和少爷在回家途中，发现道院的宁师妹家里遇到了大麻烦，所以便仗义出手。谁想这个叫王琮的，竟然要强抢小姐。小姐和少爷也忍住没反抗，特意来这里……"

"我们当时就很愤怒。"孟安连道，"不过爹说过，不能随着性子直接出手，要查清事实再做决定。于是我和姐姐就来到这里，想弄清楚这王琮到底是什么人，再决定如何惩戒。哪想这人人面兽心，不知祸害了多少无辜女子。我和姐姐实在忍不住了，便动手了，奈何敌不过他们，花伯才出手。"

"他们的确该死。"孟悠也十分愤怒，"死上一千次都是应该。"

"那王琮是我杀的。"孟安说道，"爹要惩罚，就惩罚我。"

"好了。"孟川皱眉，看向花伯，"花伯，悠儿和安儿的身份不能暴露。这件事情从头到尾，但凡见过悠儿和安儿的，你都能指认出来吧？"

"能。"花伯恭敬道，"事情从头到尾，除了死去的这七人，还有王琮的八个手下以及宁家一家三口。"

"爹、娘，你们可不能伤害宁师妹他们一家。"孟安连忙道。孟悠也很担心。

"放心。"孟川一笑，随即看向妻子柳七月。

"接下来交给我。"柳七月微笑道，"这王家的王樊酬也交给我。"

"好，我先带他们回去。"孟川点头，便带着孟悠和孟安，瞬间消失不见。

柳七月站在小院内，花伯恭敬地站在一旁。

很快，一道道身影出现在小院门口，个个都是神魔，十余位神魔十分恭敬。

"拜见宁月侯。"十余位地网神魔恭敬行礼，他们是柳七月召唤过来的。

"这座宅院内有人和妖族勾结，行刺杀之事。"柳七月冷冷地道，"这七人已死，将这宅院内所有人全部抓捕带回去。还有，宅院的主人王琮的所有手下，也全部抓捕，给我仔细查！这些人都做了什么，谁和妖族有勾结，给我查仔细了。"

"是。"十余名神魔恭敬应命。

"这王樊酬给我关进牢狱，等我亲自审问。"柳七月又指了指旁边陷入昏迷的王樊酬。

"是。"立即有一位神魔扛着王樊酬离开了。

仅仅片刻就有一支数百人的兵卫队来到这座宅院，将这座宅院完全围住。

"全部带走。"

那座大厅内，一群神魔子弟看着周围出现的神魔以及大批兵卫，都蒙了。他们在江州城内虽然都算是颇有权势的大家族子弟，但面对一群神魔，还是畏惧无比。

"大伯，我真的什么都没做。"其中一位贵公子向一名大胡子神魔说道，"大伯，你要救我。"

"闭嘴，带走。"大胡子神魔看着自家的后辈，依旧冷漠下令道。

"我是李游，乃皇族子弟，你们岂敢动我？"另一个年轻人喊道，有兵卫犹豫。

"抓走。"站在门口的神魔直接下令。

皇族？李氏一族历史悠久，在成皇族前，就是古老的神魔家族，明面上承认的族人就过百万，那些已经不被承认的族人就更多了。

在场地位最高的其实是那位萧公子。

"我乃萧永，萧风雷之子，兰月侯是我姑姑。"萧永强装镇定，说道，"我姑姑和镇守江州城的宁月侯、东宁侯是好友。"

"我等奉的就是宁月侯的命令。"其中一位神魔淡然道，"带走。"

"宁月侯的命令？"萧永惊愕，乖乖被抓走。

宁月侯是江州城的镇守者，是江州城权力最大的人。

萧永更清楚，宁月侯的丈夫东宁侯孟川是元初山最高层次的巡查，权力比宁月侯还要大。因为东宁侯孟川行事关系到追杀妖王，各地都得配合。若敢拖延，拿身份阻挠行事，直接杀了都没人敢吱声。

第 《**253**》 章
十年的画

江州城，孟府。

星月湖的湖心阁内，孟川带着孟悠、孟安到了这里。

自从知晓父母的真实身份后，孟悠和孟安就经常被他们带到府里住了，不过是住在湖心阁。湖心阁是孟川夫妇命人建造在星月湖中央的一座建筑，除了孟川夫妇二人、孟大江、柳夜白、两位飞禽仆从之外，任何人不能靠近。

柳七月以凤凰火焰引地火弄了几个温泉池，令湖心阁长期雾气升腾，距离稍微远点，都难以看清湖心阁里人的样貌。

"爹，我们错了。"孟悠和孟安乖乖认错。

"哪错了？"孟川淡然道。

"我们知道宁师妹的事后，就应该立即走，不该纠缠。"孟安乖乖道，"再禀报爹娘，让爹娘帮忙救宁师妹一家。"

"我们这么做，让人知道我们的身份不凡，有暴露的危险。"孟悠也低声道，"爹说过，我们的身份要保密，防止妖族盯上我们。"

孟川看着他们乖巧认错的模样，也没再发火。

灰鸟飞禽妖王化作的女子惠姨正捧着木盘，踏水而来。

"知道错就罢了，以后凡事要三思而后行。赶紧去吃晚饭。"孟川喝道。

"是，爹。"孟悠和孟安心中大喜，彼此相视一眼立即离开了。

孟川看着他们俩的背影，道："少年心性，有一腔热血也是好事。总是让他们忍，也不现实。"

深夜时分。

儿女早已熟睡，孟川发现柳七月回到了湖心阁。

"怎么样了？"孟川询问。

"没想到还真查出来一些事。"柳七月惊讶道，"有个叫风语馆的青楼，是天妖门用来搜集情报的地方。"

"天妖门？"孟川眼睛一亮，"仔细查。"

"天妖门很狡猾，怕是很难查出太多东西。不过，我肯定会一查到底。"柳七月点头，"对了，那个王琼的另外八名手下，花伯之前就暗中留下了妖力印记，花伯去抓他们时，那八名手下还在处理宁家的一些器物。抓来后，我以迷魂术追查，因为事情发生的时间短，他们并未将此事泄露。这八人都是给王琼做脏活的，罪大恶极，我直接杀了。"

孟川点头。

柳七月乃是封侯神魔，也凝聚了元神，用迷魂术控制凡人还是很轻松的。她又道："如今可能暴露悠儿和安儿身份的，就是宁家一家三口和王樊酬了。宁家一家三口，对这件事也不太了解，他们只知道悠儿和安儿被王琼抓了。王琼死了的消息，他们还不知。倒是王樊酬……知道的比较多。"

孟川问道："你打算怎么做？"

"说服宁家一家三口，为地网总部所用。"柳七月说道，"地网总部需要些做杂活的凡人，他们一家三口就在那里待着。在地网总部，绝大多数凡人是禁止和外界联系的，也是为了情报保密。让他们待五年，五年后，悠儿和安儿肯定也进元初山了。到时候宁家一家三口想走想留，随他们。估计他们更愿意在地网总部，毕竟生活无忧。我也会允诺他们，五年后，宅院、铺子等全数归还给他们。"

孟川点头："王樊酬呢？"

柳七月说道："从刚刚审问来看，死去的王琼不善经营，做的都是沾血的生意。一是以各种法子谋夺别人的家产。宁家一家就是如此，若不是悠儿和安儿出手，宁家一家不但家产没了，命怕是也没了。二是做皮肉生意，因此死去的女子就有不少。三是做些捐客生意。他送钱财送女人去结交各方神魔家族子弟，而后再利用这些神魔家族子弟的权势去赚取好处。所以这人的确如悠儿和安儿所说，罪大恶极！被他害死的人家，能查出的就超过百户，无辜女子更多。"

"悠儿和安儿杀得好。"孟川眼中流露出一丝杀意。

"王樊酬是他祖父，也是他最大的靠山。王琮做这些事，不可能瞒得住王樊酬。"柳七月说道，"王樊酬视而不见，还一直庇护着他。这其中的罪孽，王樊酬同样脱不了干系。"

"所以处理他有两个法子，都是公平处理。一是把那些案子写得清清楚楚，扔给云州王家，王家怕是也没话说。即便这些事不是王樊酬所为，可他视而不见，庇护孙儿，判罚其坐牢五十年，也是理所应当。关在神魔牢狱，无法和外界接触，自然不会泄露消息。"柳七月说道，"不过站在元初山的角度，是更希望戴罪的神魔用命去抵抗妖族，以此来赎罪。所以我另一个法子，就是想办法请一位幻术高手，改变王樊酬的记忆。令王樊酬忘记悠儿、安儿、花伯的模样，只看到我们俩！"

"修改记忆后，他不知道悠儿和安儿的模样，这样就可以送他去战场，用命赎罪了。"柳七月说道。

"我建议第二种方法。"孟川皱眉，"只是王樊酬虽然没凝聚出元神，可也是神魔，要修改他的记忆，得幻术入道，可幻术入道的神魔如今都组成了一支支神魔小队。"

"阿川，你的幻术也很厉害，做不到吗？"柳七月问道。

"我能暂时令他失去记忆，做不到彻底修改。"孟川思索着道，"放心，这十年我救援各地，认识的幻术高手，关系近的，超过十位。我想想怎么解决这件事。"

从孟川夫妇的角度出发，必须得尽力保护好儿女。这十年，妖族实在是对孟川恨之入骨。

妖族恨孟川入骨，前后刺杀过他三次，幸亏孟川修炼了肉身一脉的法门，否则早就毙命了。这让孟川越加小心，因为他所在意的人当中，儿子和女儿还是凡俗，生命太脆弱了。

第二天，孟府，湖心阁的书房中。

孟川在画画。

这幅画卷中，有妻子、儿子、女儿。

妻子和女儿在下棋，儿子则在为钓到一条大鱼而欢喜万分，仿佛正对着孟川喊："爹，爹，看，我钓的鱼！"

孟川一抬头，看到的画面让他觉得很美好，他也知道儿子和女儿都长大了，以后要去元初山，相聚的时间会越来越少。

如此画面，注定只会成为美好的记忆。

于是他画了这幅画。

妻子和女儿认真下棋，在阳光的照射下，她们的头发都略微泛黄，一切都那么美。

儿子充满活力，炫耀自己钓到大鱼时的激动，到最后看向自己，那种对父亲的依恋……

那一幕场景，孟川一辈子都不会忘。

这幅画，他断断续续画了两个多月。

终于画完了。

孟川也能感觉到元神释放出的光芒，这十年来，他每年给妻子画一幅画，还有各处救援时所见的场景，引起心灵触动所画的画也有不少。当初在元初山上，终日苦修，心灵触动反而少。如今镇守江州城，去各地救援的日子，引起心灵触动的次数却要多得多。

"嗯？"孟川感觉到元神发生了变化，"终于要突破了？"

第 《254》 章

元神四层

　　孟川感觉到了元神发生的变化。十年来，他一直停留在元神第三层境界，达到叩问本心效果的画卷也画了七幅，每次都是让元神积累得更深，今天终于发生了变化。

　　"元神第四层境界？"孟川露出期待的神色，心念一动。

　　孟川的身体中跃出另一个"孟川"，宛如真人。

　　"元神第四层境界——分神境？"孟川仔细感受着，如今外界各种环境所带来的冲击，他分出的元神都能轻易承受住，不过元神依旧要依附肉身才能存在。

　　"如今，我可以分出部分元神，封印在悠儿和安儿身上了。"孟川暗道，"如此，我也能更安心。"

　　元神封印，修炼者的元神必须达到第四层境界才能施展，而且每次只能分出一部分元神。按照书中的描述，分出九次就达到了极致，在这种情况下，本体不会受到影响。若是分出第十次……就会彻底伤到元神，对本体也会有很大的伤害，对之后的修行之路将会艰难许多。

　　所以，让强大神魔心甘情愿施展元神封印是很难得的事。

　　元神又回到肉身当中。

　　孟川看着眼前的画卷，在最右边写上了三个字——儿女欢。孟川笑了笑，放下毛笔便直接走了出去。

　　湖心阁一处空地上，孟悠和孟安正在比试。

孟悠的剑术，如雾如幻，快且令人难以捉摸。

孟安的枪，却更直接，枪影如龙，更加凶猛。

孟安的枪尾一扫，挡下了孟悠的突袭。

"不错。"孟川看后夸赞道，"悠儿这一剑，突如其来，毫无征兆。安儿的护身枪法也护得精妙，攻守做得都不错。"

孟悠和孟安停下，恭敬聆听。

孟川走过来，轻轻拍了拍二人的肩膀，笑道："接着练。想得再多，都不及亲手去练，每日修炼至少三个时辰，一日都不得松懈。"

"是，爹。"孟悠和孟安都乖乖应道。

孟川点头。

孟川在拍儿女的肩膀时，便分出了部分元神，分别封印在他们的肩膀位置。

这元神封印一旦激发，就相当于元神分身了，不过仅仅爆发一次就会消散。元神达到第六层境界不灭境时，才能拥有一尊长久存在的元神分身。达到元神第七层境界世界境时，可拥有九尊长久存在的元神分身。

元神第七层境界，拥有种种神妙手段。比如施展元神封印时消耗的元神本源，能完全恢复，每个元神分身即便单凭元神秘术，都拥有封王神魔战力。只要本尊不死，元神分身被灭，也还能再修复。

至于更高的元神第八层境界，更有望彻底赢得这场人族和妖族的战争。

只是在人族漫长历史上，最高境界也只是元神第八层境界，且仅有三位达到，比达到帝君境的都要少得多。

……

孟川离开湖心阁，来到江州城地网总部。

"东宁侯。"

地网总部的神魔们看到孟川，都恭敬无比。

柳七月也感应到孟川的到来，主动迎了过来："阿川，你怎么来了？"

"走，去王樊酬那里。"孟川说道。

"见王樊酬？"柳七月虽然疑惑，但还是带着孟川往地牢走去。

在地牢深处，一间封闭的牢房内关押着王樊酬，任何守卫都接触不到王樊酬。

封闭的牢房房门开启，里面的王樊酬连忙抬头，看到并肩走进来的孟川夫妇，随后房门又再次关闭。

"东宁侯、宁月侯，我真没想过刺杀……"王樊酬连忙辩解，被关押了一天他也心慌。

"是吗？"孟川看着他。

"对，我是冤枉的。"王樊酬看着孟川，眼神却渐渐呆滞，不再说话。

孟川看着他，施展秘术轻易进入王樊酬的魂魄当中，虽然孟川在幻术造诣上没到道之境，但元神达到了第四层境界，已经能够修改他的记忆了。甚至那些幻术入道的，靠幻术修改记忆还有一些破绽，而孟川施展出元神之力直接修改，更加蛮横。

这和秦五尊者当初做的很相似，不过秦五尊者的手段更加精妙。

孟川直接将王樊酬看到孟悠、孟安的记忆画面抹掉了，随后再用幻术重新形成了虚假的记忆。

"好了。"孟川说道，"他看到悠儿和安儿的记忆，我已抹掉。"

"阿川，你不是说，你只能短时间内使他失去记忆吗？怎么现在……"柳七月心念一动。

"我突破了。"孟川笑看着妻子。

"突破？"柳七月忍不住低声道，"元神第四层境界？"

孟川微微点头。

柳七月心中十分震惊，因为封王神魔达到造化境，其中一个门槛就是要元神达到第五层境界！书中描述，元神要达到第五层境界非常难，造化境尊者或许其他方面很强，但元神大多都停留在第五层境界。

如今孟川的元神达到了第四层境界，那离第五层也近了。

"王樊酬。"孟川看着呆滞的王樊酬，王樊酬陡然醒过来。

"你孙儿王琮做了多少罪大恶极的事，你不知道？没你在背后庇护，他能逍遥到今天？"孟川冷笑一声，"众多神魔用命在庇护一座座城池，庇护无数凡俗，就是让他这样为祸一方的？"

王樊酬冷汗淋淋。

没人计较，那就罢了。若真被封侯神魔这等身份的人盯上，王琮犯的罪，根本无法辩解。朝廷律法、元初山法规都写得清清楚楚。

"哼。"孟川冷哼一声便带着妻子离去。

出了地牢，孟川问道："这查了一天，查到什么了吗？"

"天妖门很谨慎，风语馆那一条线，查出了一些天妖门的探子，至于大鱼，却钓不出来，线索都断了。"柳七月说道，"反而是那些神魔子弟做的那些事，查出一大堆。简直触目惊心，其中就有罪孽不亚于王琮的。"

柳七月带着孟川来到一屋内，指着书桌上堆着的一大堆卷宗："这些卷宗，都是查出来的，你可以看看。"

孟川拿过来一看，脸色微变。每一卷卷宗，都沾着人命，沾着血，有冤屈在其中。

"都该死。"孟川目光冷厉，"这些神魔家族子弟，就是这么给他们的老祖宗丢脸的？神魔在拼命，他们这些小辈却如此肆意妄为！"

"神魔家族的族人众多。"柳七月解释道，"比如孟家都有上万族人，那些古老的神魔家族，少的有数万族人，多的有数十万族人。这数量多了自然有些害群之马！他们在修行上没前途，有关系网，一旦作恶，其危害就比普通人大得多。"

"你镇守江州城，这十年，就没管？"孟川看了都窝火。

柳七月无奈道："虽然我负责镇守，但是地网的情报都是下面的神魔直接处理，大事才需要我决断。至于江州城内凡俗犯罪，都是朝廷衙门负责。元初山的神魔一般是不会插手凡俗事务的，毕竟朝廷管理俗事，一直如此。"

"你是江州城镇守者，有权直接接管衙门。"孟川说道。

"是，是可以强行接管。"柳七月乖乖点头。

"那就接管，然后扫一遍江州城。"孟川说道，"连衙门里面都得扫一遍，衙门里怕是也有不少蛀虫。"

"扫一遍江州城？"柳七月看向孟川，"城内造化神魔家族、皇族、封王神魔家族可是有不少。"

"我们这些神魔拼了命在战场杀妖王，守护一方。"孟川怒道，"我们用命守住的，不能让他们这么糟蹋。"

第 《255》 章

大肆抓捕

柳七月镇守江州城十年，甚少出手。而孟川这十年负责救援各州城，一直在抵抗妖族，杀性重得很。

妖王每次屠戮，大量凡俗死去。

孟川看得太多了，他拼命救援各地，从无懈怠！元初山调遣他去哪儿，他就去哪儿，从无半句怨言。大周王朝东南西北各片区域，他都驻守过，这也是元初山所谓的换防。换防使得妖族在大周王朝境内损兵折将，方才对他这个以速度冠绝天下的神魔越加痛恨。

孟川不惧妖族，他想要庇护一座座城池。

"狠狠扫一遍，该抓的抓，该杀的杀。"孟川冷冷地道，"只要有十足的证据，我相信元初山的神魔，没有谁会来为难我。"

"行，那我就按你说的去做了。"柳七月也曾和孟川并肩多年，杀了无数妖族，杀性同样颇重。

"隔一两年就来一次。"孟川说道，"只要元初山不把我们调走，我们就这么干！我相信，师尊会支持我们的。"

柳七月微笑道："好。"

……

"你们是什么人，敢来我燕家放肆？"燕家旁支江水堂一脉的族长愤怒地道。

冲进来的一群兵卫，为首的是一名大胡子神魔，大胡子神魔手持令牌，冷冷地道："奉宁月侯之命抓捕人犯，将燕秀带走。"

"宁月侯之命？"

燕家人愣住了。

在江州城，镇守者宁月侯权力最大，神魔、军队、衙门都得听其命令。

……

"带走。"一名高瘦神魔下令，兵卫们一拥而上。

"我是萧虞，我祖父是萧家大长老。"一位瘦弱男子高声喊道，可面对神魔，他的手下也不敢反抗。这位萧虞也被抓走了。

……

"走。"

"抓走。"一支支兵卫出动抓人，整个江州城，处处都在抓捕。

像地位高的，阻力可能较大的，都是派遣神魔带队。其他地位相对一般的，则派遣普通兵卫抓捕即可。

几乎每个神魔家族都有人被抓，连孟家都有两名小辈被抓了进去。

"烦请通禀，我们族长要见孟大江族长。"孟府门口，燕家的老管家上前客气地道，"我们家族长和孟族长是好友。"

"对不住了。"孟府门口的守卫客气地道，"族长昨天晚上开始闭关修行，吩咐过了，任何事不得打扰。"

"闭关？那什么时候能出关？"老管家脸色微变。

"族长说快则十天半月，慢则一年半载。"孟府守卫解释道。

老管家只能转头走向不远处的马车。

"回去。"马车内燕家江水堂一脉的族长，脸色铁青。

……

"烦请通禀……"

"对不住，我们族长昨晚开始闭关修行，吩咐了，任何事不得打扰。"

……

"族长昨晚开始闭关修行……"

······

整个江州城各方势力都派人前来求见，他们见不到两位封侯神魔，所以想要见孟家族长孟大江，可连孟大江也对外宣称闭关了。

"这孟家简直疯了，根本不给我们面子。"

"听说萧家族长亲自去拜访东宁侯孟川，被东宁侯孟川扔了一堆卷宗，萧家族长又灰溜溜地回去了。东宁侯连萧家的面子都不给啊！"

"萧家扎根在江州城数千年，渗透方方面面。这次萧家被抓了好些人，都是地位较高的，当然急了。"

城内各大家族都议论纷纷，这次抓的人实在太多了。

"孟川和柳七月简直疯了，真以为成了封侯神魔，就能为所欲为了？"燕家江水堂一脉的族长愤怒无比，"我这就写信给我祖父。"

"孟川夫妇惹了众怒，等着吧，会有他们好受的。"

"我们这一脉数千族人在江州城，和各方打交道，自然要恩威并施。若无威慑力，许多事情根本没法做，弄死一些人也在所难免。孟川夫妇作为神魔，插手这些凡俗之事做什么？"

很多人也只敢在暗处骂一骂。

任凭外界纷纷扰扰，孟川只当是虫子叫。

作为最高等的镇国巡查，是和封王神魔的地位相当的，只有尊者才能真正管束他。

静室内，檀香味弥漫。

孟川盘膝坐着，正在修炼元神兵器诛神刺。达到元神第四层境界后，诛神刺的神纹需要继续刻印，刻印更复杂的第二层神纹。因为之前有一定的基础，孟川每天夜间耗费三个时辰刻印，用了三天时间才将诛神刺提升到新的层次，其威力也大大提升。

"诛神刺的攻击手段很直接，神纹相对简单，刻印神纹耗费的时间也短。荡魂钟就麻烦多了，需要从无到有慢慢修炼，估计大半月才能完成。"孟川暗道。

元神达到第四层境界后，孟川又多了一件元神兵器，那就是荡魂钟。

诛神刺和荡魂钟都是威力极大的元神兵器。

其实元神达到第四层境界后，即便是一些寻常的元神秘术，威力都会大增。

"我的元神达到了第四层境界，也可以开始将肉身一脉的秘术修炼到不死境了。"孟川暗道，"容不得浪费时间，先去一趟元初山，换得足够的赤血神丹吧。"

肉身一脉的秘术，分筑基、金刚、神通、不死、滴血、入圣、神话七重境界。因为资源受限，最多修炼到滴血境。

孟川如今的元神达到了第四层境界，技艺境界很久以前就达到神通境了，自然可以开始修炼不死境，一旦练成，便拥有不死之身，单凭肉身之力都能压制住封侯神魔。

孟川出了静室，柳七月在外面守着，也在翻看着卷宗，这三日疯狂抓人，她也在仔细查看每一份卷宗。

"阿川，"柳七月笑道，"我还要再看一会儿卷宗，得保证没人被冤枉。"

"嗯。"孟川点头，"我现在去一趟元初山，一个时辰内就会回来。"

"好。"柳七月点头。

忽然，孟川消失在屋内，柳七月透过窗户看了外面的夜空一眼，便又继续看卷宗了。

……

孟川在云雾之上，化作一道闪电，直奔元初山的方向，速度快得匪夷所思。

仅仅一刻钟后。

孟川已经抵达万里之外的元初山。

"孟川，到我这里来。"秦五尊者的声音在孟川的耳边响起。

孟川立即乖乖改变方向，先前往洞天阁。

洞天阁内。

"师尊。"孟川恭敬行礼。

秦五尊者身上披着衣袍，笑道："这都后半夜了，你小子却突然来元初山，为了什么事？"

"弟子准备换些赤血神丹，并且也想悬赏煞气。"孟川乖乖回道。

"嗯。"秦五尊者微笑着点头，他一眼就看出孟川的元神达到了第四层境界，这也让他颇为欢喜，"你如今元神达到了第四层境界，的确可以开始修炼肉身一脉不死境了。尽早练成，你保命的本领也能强许多。"

孟川点头。

"对了，听说你和柳七月在江州城大肆抓捕？"秦五尊者笑道。

"是。"孟川点头道，"我实在忍不住了，那么多神魔拼命庇护一座座城池，这些蠢货却仗着一些势力，为所欲为。"

"是该抓该杀。"秦五尊者点头感叹道，"为师也想震慑住他们。其实朝廷有律法，元初山也有法规。只是执行律法和法规的，终究是下面的人。我的命令一层层传下去，到最后执行却变样了。人，终究有私心。有私心，这些事终究难以避免。"

"弟子明白，江州城有一千多万人，各方势力混杂，天妖门也藏在暗中。加上世道艰难，黑暗一面自然更难以避免。弟子和七月也明白，不可能清除干净，所以打算隔一两年就扫一遍，希望能够震慑住各方，让他们知道，一旦犯了罪，将来就很有可能被查，让他们心有忌惮。"孟川说道。

"嗯，只管去做。"秦五尊者赞同道，"对了，你要换多少赤血神丹？我帮你取来。"

"弟子需三千六百枚赤血神丹。"孟川说道。

第 《256》 章

洞天法珠

秦五尊者听到后都惊呆了，忍不住问道："要这么多？"

"一天需十枚赤血神丹，约一年才能练成，的确需要这么多赤血神丹。"孟川说道，"若是不用赤血神丹，则需十年。"

"赤血神丹是为封侯神魔们恢复真元准备的。"秦五尊者无奈道，"能在短短十息时间，完全恢复一名封侯神魔的真元，是在关键时刻服用的。你倒好，直接把赤血神丹当饭吃了，每天吃十枚，还要整整吃一年。"

孟川赔笑。

"你要三千六百枚赤血神丹，没有。"秦五尊者摇头。

"没有？"孟川一愣。

"这等神丹，用材十分罕见，搜集齐一批材料才能炼制出一批丹药。"秦五尊者说道，"如今元初山上存量也就两千多枚，还要供诸多神魔换取，不可能这么任你用。你这么用，太糟蹋了。"

孟川连道："师尊说得是，只是弟子这肉身一脉的修行，消耗的真元的确惊人。若靠正常恢复，就需十年之久。"

"若是平常，耗费十年也没什么。"秦五尊者看了一眼孟川，似笑非笑，"如今是战争时期，的确是越快练成越好。这样吧，我将一件宝物借给你，借你一年！你一年后再还给我。"

秦五尊者说着，一翻手，掌心便出现了一颗散发着青色光晕的圆珠。

孟川看着那颗青色圆珠，圆珠威力内敛，孟川的意识能够感应到圆珠内磅礴的力量。

"这是洞天法珠。"秦五尊者说道，"内含一座小型洞天，你可直接将其吞下，放在丹田空间中。"

"内含小型洞天？"孟川震惊，"还能随身携带？"

"你带着它。"秦五尊者说道，"修炼时，可直接引动小型洞天内的力量来修炼。洞天法珠的力量无穷无尽，比赤血神丹的药力强得多，足够你修炼不死境了。一年后，你再将洞天法珠还我。当然，借你一年的费用，就算三千六百万功劳，你可愿意？"

孟川连忙乖乖地道："谢师尊，弟子当然愿意。"

换三千六百枚赤血神丹，也是三千六百万功劳……

如今洞天法珠借用一年也是那个价。

"师尊，除了借用力量修行，洞天法珠还有什么用？"孟川问道。

"内含小型洞天，覆盖周围五百里范围。"秦五尊者说道，"许多物品可以直接扔进去，也可以让生灵藏在其中，可以种植粮食，让数十万人在其中生活也只是小事。将洞天法珠藏在人迹罕至之地，躲在洞天法珠内，便可永远逍遥快活。"

孟川听了眼睛一亮。

一个仿佛世外桃源一般的地方？

"能用功劳换吗？"孟川询问道。

"可以换。"秦五尊者笑眯眯地看着孟川，"五亿功劳换给你。"

孟川笑笑，不再吭声。

十年下来，他的功劳才积累到一亿六千多万。这还是他在大周王朝各地换防，多次袭杀妖王精英队伍，将大量妖王精英的遗物上交给元初山，加上十年的功劳，才累计这么多。这些年他也一直没太大的开支。

自己和妻子将来成封王神魔后的修行，开支会很惊人，想要实力提升得快，样样都得用功劳换。

五亿功劳来换一座小型洞天？想想就罢了。

"记得一年后还给我。"秦五尊者说着递过去，"这可是元初山的财产。"

"是是是。"孟川乖乖接过洞天法珠。

孟川张嘴一吸，真元裹挟着洞天法珠，迅速将其吸入体内，丹田空间神秘无比，可这洞天法珠轻易便进入其中。

"好浑厚的洞天力量。"孟川的意识略一渗透，就发现洞天法珠内含广袤大地，大地中有九座火山，时常喷发。这一座小型洞天蕴含的力量，无比强大，也无比神奇，比赤血神丹的药力更神奇，形成真元也更快。

"你还需要什么？"秦五尊者询问。

"弟子一旦达到不死境，肉身足够强，就可以修炼更高层次的煞气。"孟川说道，"弟子想要用一亿功劳，悬赏五方地极寒煞，或者是三方浊阴煞。"

秦五尊者点头："达到不死境，单凭肉身就能碾压封侯神魔。战力还是其次，生命力方面更是了不得，比封王神魔肉身的生命力都要强得多。到时候你的确适合修炼更高层次的煞气了。"

"我神魔一脉，肉身方面的成就是一般，但真元强大。"孟川说道。

"你在沧元洞天得到的肉身一脉传承，"秦五尊者摇头，"看似能碾压我们神魔一脉，可缺陷太多，主要是对元神要求太苛刻。凡俗入门就要元神达到第一层境界，修炼不死境元神就要达到第四层境界，这一脉的修行者数量，比我们神魔都要少得多。"

孟川点头，放眼天下，元神达到第四层境界的神魔才多少？而这只是修炼不死境的基础而已。

"五方地极寒煞或三方浊阴煞，元初山都没有。"秦五尊者摇头道。

"所以弟子悬赏，"孟川道，"希望有神魔藏有这等煞气。"

"若是有这等煞气，自身用不上，怕是早就上交宗派了。"秦五尊者说道，"其实你可以试试其他煞气。"

"其他煞气？"孟川疑惑。

"历史上的雷霆灭世魔体修行者，也是试验煞气，走寒煞这条路的，先试出地极寒煞可用，后来试出浊阴煞可用。可这些都被前辈用光了，你就需要再试出新的适合修炼的煞气。"秦五尊者说道。

孟川疑惑："还有哪一种可以试的？"

"我元初山有一种煞气，名为归元煞气，比地极寒煞、浊阴煞还要强，"秦五尊者说道，"也是寒煞一脉。待你练成不死境后，肉身比封王神魔的肉身还要强时，我觉得你可以试试。不过我估摸你需要两方归元煞气才能彻底练成，这需两亿功劳换取。"

"两亿功劳？"孟川震惊，"这么贵？"

洞天法珠才五亿功劳。

三方浊阴煞或五方地极寒煞，一般在八千万功劳。孟川愿意出一亿功劳，是溢价悬赏。

"这已经很便宜了。"秦五尊者看着孟川，"天下间仅元初山有，是元初山历史上一位前辈从域外得到的。"

"是，弟子到时候能赊账吗？"孟川问道。

"可以，在你每年的功劳中慢慢扣除。"秦五尊者一翻手，拿出一个黑色的小葫芦，"这里面有一丝归元煞气，待你练成不死境后，可以试试看，看看你的身体是否能承受住。当然，若是练不成，就当我没说。"

"是。"孟川接过这个黑色的小葫芦。

浊阴煞等煞气，就可遇不可求了。

这归元煞气更是听都未曾听说过，真的也就是自家弟子，又是战争时期，元初山才这么大力栽培。

随即孟川便告辞，离开了元初山，一刻钟后便回到了江州城。

……

大周王朝七大城关之一的燕山关。

除了洛棠关是由造化境尊者镇守外，其他六大城关的镇守者，是元初山封王神魔当中实力最强的六位，每一座城关都关系重大。

巨大的静室中。

头发花白的老者盘膝而坐，周围有一道道灰白色气流环绕，空间都变得扭曲，忽然他一吸气，灰白色气流便被一口吞吸了。

老者睁开眼道："进来。"

静室的门开启。

一名神魔护卫恭敬地走进来："王爷，是江州城那边的信。"

"哦？"老者接过信，露出笑容，"是霜小子的信，他还记得给我写信？"

神魔护卫暗自感慨。

燕山王镇守城关两百余年，没有一日敢松懈，平常也颇为严厉，只有家族的几个小辈能让他露出笑容。

"江州城的孟川和柳七月？"燕山王看着信，眉头渐渐皱了起来。

第 《257》 章

燕山王

燕山王看完信，眉头一直皱着。

"王爷？"神魔护卫轻声道。

"孟川师弟下山近二十年，一直追杀妖族，功勋卓著，令妖族都数次派妖王刺杀他。"燕山王苍老的声音中流露出一丝疑惑，"真武王给我写信时，也大大夸赞孟川师弟，称他一人抵得上十名封侯神魔，如今大周王朝还算平稳，孟川师弟是有大功劳的。"

"如此人物，会在乎这些凡俗小事？"燕山王轻轻摇头，到了他这等身份更关心和妖族的战争，的确懒得管凡俗的利益纷争。

在燕山王看来，凡俗能够有利益纷争，也算是一种幸福了！若是天下处处，妖族大规模屠戮，无数凡俗死去，那时候活着将是凡俗最大的渴望，哪有心思想其他？

"章褚，你去查一查，江州城最近到底发生了什么事情。"燕山王说道。

"是。"神魔护卫恭敬应道。

仅仅一天后。

一份厚厚的卷宗就送到了燕山关，送到了燕山王面前。

燕山王翻看着卷宗，看着看着脸色就难看起来。

"混账！"燕山王花白的胡子都震颤起来，眼中流露出一丝怒意，"混账！混账！"

"王爷，你消消气。"旁边的神魔护卫章褚连忙道。

"我不会因卷宗里面的事生气。"燕山王冷冷地道，"人有千百种，家族大了有些蠢货是正常的。我愤怒的是我那个乖孙儿！可真是我的乖孙儿啊！身为江水堂一脉的族长，遇到这种事居然不严惩家族子弟，反而写信污蔑孟川师弟夫妇，想要借我之手对付孟川师弟。他们也不想想，一旦真相揭开，其他神魔会怎么看我？只想着借我之手，却不想想这事本就不占理。丢人！真是丢人！而且还蠢！看来他是在江州城内享福，为所欲为惯了，没人能管他了，几十年下来，他已经变蠢了。得让他上战场，见见血，好好清醒清醒。也对，凭什么一直让他在州城享福？就因为是我孙儿？"

……

当天，神魔护卫章褚、燕通二人乘坐飞禽离开了燕山关，抵达了万里外的江州城。

江州城。

燕家江水堂一脉的府邸，占地颇广，主厅内。

"大兄，"族长燕霜笑着道，"你怎么从燕山关过来了？"

"奉王爷之命，特地赶来江州城。"燕通说道。

"王爷可是有什么吩咐？"旁边坐着的一位长老忍不住问道。

燕通瞥了这位长老一眼，随即向身侧的神魔护卫章褚点点头，章褚这才站起来，翻手持着一块令牌："王爷有令。"

所有人起身躬身听令。

"族人犯法，燕霜身为族长不但不严惩，还欺瞒王爷，欲让王爷对付同门师弟。"章褚说道。

族长燕霜脸色都变了："没有，我没有……"

"王爷吩咐了，从现在起，剥夺燕霜江水堂一脉族长之位。先当场鞭刑八十，再前往燕山关抵挡妖族。"章褚说道，"从今天起，江水堂一脉族长之位，由燕通担任。"

在场的各位都惊呆了。

但燕山王在整个燕家是一言九鼎的，别说只是江水堂一脉，包括主脉，个个都得乖乖听令。

"祖父被骗了，是他弄错了。"燕霜脸色发白，连喊道，"我才是祖父的亲孙儿，燕通只是我堂兄，隔了好几层关系呢，凭什么他来当族长？他没资格。"

他在江州城多自在。

家族内地位最高者，一言九鼎，真正能做到为所欲为，什么事稍微暗示下，下面的人就乖乖做好了。当真是享尽荣华富贵，妻妾成群。

燕山王本是偏爱孙子，加上孙儿也只是不灭境神魔，家族在州城内也需要一位普通神魔坐镇，所以这种好事就安排给了孙子。

曾经在祖父面前，燕霜也乖巧得很。

可在江州城享乐太久了，便变得骄横了。其实孟川夫妇抓燕家子弟，他也只是有些不高兴。后来，孟川夫妇完全将他当成空气，连孟大江都不见他，让他觉得被羞辱了。族人越抓越多，他才写信想要借助祖父的威势对付孟川夫妇。

在他看来，祖父可是封王神魔，镇守燕山关两百余年，功劳何等大？岂是孟川夫妇两个新晋封侯神魔能比的？

"王爷说得没错。"章褚摇头，"为所欲为惯了，都变得蠢了！行刑！"

章褚一挥手，无形雾气如丝带一般捆住了燕霜，燕霜只是不灭境神魔，根本无法反抗。

"章褚，你敢对我动手？"燕霜焦急喊道，却挣脱不开。

章褚手持鞭子，狠狠抽了下去，抽得燕霜皮开肉绽，身体都一哆嗦。旁边长老们都看得心惊。

"章褚，你疯了。"燕霜咆哮。

章褚依旧一鞭鞭抽打，作为大日境神魔，在场谁都没能力对付他，更别提他还手持王爷的令牌，又是王爷的贴身护卫。

一鞭鞭下去，刚开始几鞭燕霜还能怒吼，后面就纯粹是在求饶了，到最后都奄奄一息了。

八十鞭结束。

燕霜躺在那里，像一条死狗一样，陷入了昏迷。

"江水堂一脉就交给你了。"章褚看向一旁的燕通。

"放心，王爷吩咐的，我一定做好。"燕通点头道。他是燕家的神魔，在燕山关也待了五十年，是一个铁血男儿。

章褚拎着昏迷的燕霜，离开了主厅，一跃而起到了一头飞禽背上，迅速离去，前往燕山关。

等待着燕霜的是在燕山关常年抵挡妖族的生活。

……

燕家发生的事，很快在江州城各大家族传开，让各大家族都很震惊。

然而仅仅三天后。

朝廷给天下各城下令，近些年州城和府城有大量人口涌入，令治安败坏，当肃清！

秦五尊者亲自给各位封王神魔、封侯神魔写信，战争时期，神魔们拼命，也需注意家族内后辈，防止他们祸害一方。

实际上朝廷发文，作用并不大，毕竟执行的还是各地衙门的官员，最多做做样子罢了。

反而秦五尊者写信，效果更好。封王神魔、封侯神魔们虽然懒得管凡俗之事，心思更多是在对付妖族上，可尊者都亲自写信了，封王神魔、封侯神魔们自然一个个严令下去，甭管各大家族人们心中怎么想，至少表面上都说得很好听。

在江州城，各大家族也是风向立转，一边倒地夸赞孟川夫妇心系百姓。

"朝廷发文了，师尊也写了信。"柳七月坐在湖心阁内翻看着卷宗，摇头道，"各大家族现在也严管族人，可都是做给我们看的，做的表面文章。"

孟川在绘画，轻声笑道："人有私心，很多事本就难免。各大家族表面上努力做得好看，这已经很好了。那些大家族子弟，在外也会注意一言一行。如此，祸害就减少了八成。"

第《258》章

不死境

"是，能表面上注意一言一行，就很不错了。"柳七月点头。

孟川又道："时间无情，随着五年甚至十年过去，很多神魔家族子弟怕是会故态复萌。你我夫妻二人也只能经常敲打江州城，整个天下我们也管不了，师尊他老人家总不能隔一两年就写信给封王神魔、封侯神魔们吧？"

"尽力为之。"柳七月说道，"其实相对而言，妖族才是大敌。"

"嗯。"孟川也郑重几分。

"阿川，你说过，妖族越来越狡猾，能宰杀的妖王也越来越少了。"柳七月说道。

"是。"孟川点头，"它们很谨慎。"

"自妖族大军入侵，这一年年下来，妖族反而越加谨慎，攻打人族的次数减少了。"柳七月说道，"妖界本就妖王众多，每年新诞生的三重天妖王都有一群。每年也源源不断有妖王潜入人族。人族世界的妖王数量，这些年下来应该没减少，它们攻打的次数却减少了。"

孟川点头："嗯，妖王也怕死。妖族高层就算下令，妖王们也不愿送死，所以攻打次数会减少。据我了解，妖族主要是靠宝物诱惑，让妖王们一次次去拼命。毕竟躲在人族世界，妖族无法强迫它们。"

"明明藏在暗中的妖王很多，就这么一直慢慢和人族耗？"柳七月说道，"如此耗下去，对妖族并没有什么好处。虽然凡俗死了不少，但以人口繁衍的速度，影响不了我人族凡俗的根基。至于神魔，也只是由精英大日境神魔组成的队伍上前线，经历一场场大战，虽有牺牲，但诞生的封侯神魔却更多了，这十一年，算上我们俩，元初山可是新诞生了十位封侯神魔。"

薛峰、杨花语、孟川、柳七月、萧云月……

新诞生了十位。

让精英大日境神魔们去拼命，在一次次生死间拼杀，虽然残酷，但的确更有望突破。

"影响不了凡俗根基，神魔也有突破。"柳七月道，"妖族就这么耗下去？"

"你的意思是？"孟川看向妻子。

"阿川，你说过，阴阳之道，阴重在蓄积内敛，阳重在爆发。"柳七月说道，"我觉得，妖族也有爆发的一日。潜伏这么久，谋划这么久，一旦真的大爆发……阿川，你要小心。"

孟川点头。

柳七月说的孟川其实也能想到，明明根据人族判断，每年都有潜入进来的妖王，可攻打的次数却在减少。孟川同样感到不安，可又能如何呢？

"锵！锵！"

外面传来兵器的碰撞声。

孟川夫妇透过窗户，遥遥看到远处空地上，孟悠和孟安正在切磋武艺。

"悠儿和安儿也翻看了卷宗。"柳七月感叹道，"知道王琮犯下的更多罪恶，也知道江州城内的更多黑暗之事，修行便勤奋了许多。"

"他们也有这么大的年纪了，该知道了。"孟川说道。

"真希望我们能够快点解决和妖族的战争，不必让悠儿和安儿他们这一代接着去拼。"柳七月说道。

孟川点点头。

他也希望如此。

只是如今根本看不到战争获胜的希望，只看到妖族在人族世界的力量越来越强。

静室内。

穿着宽松白衣的孟川盘膝而坐，全身各处都有雷电在闪烁。

自从元神达到第四层境界后，孟川对超微观世界的感知更强了，体内世界每一处都被放大了许多倍。一滴血液比大海还要广阔，甚至构成身体最基本最微小的粒子，都宛如万丈高山。

即便是探察粒子空间，如今在孟川的感知中，也越加浩瀚。

仅占据粒子空间万亿分之一核心的一点，也变得仿佛石桌大小一般。

"哧哧哧。"

一滴水滴状的晶体从外界努力侵入粒子空间，水滴状的晶体上有孟川的身影。

粒子空间受到压迫，在孟川施展的秘术的引导下，主动吞吸着洞天法珠中的本源之力。

随着不断地吸收能量，这粒子空间越加稳定。

终于，这一滴水滴状的晶体，彻底进入粒子空间，降落下去，最终落在那个犹如石桌大小的核心球体上。

"轰隆！"

粒子空间震颤。

水滴状晶体盘踞中央，内部隐隐有孟川站在那里，孟川正好奇地看着这个空间。

"这就是粒子空间？"从孟川的视角看，的确成了水滴状晶体，他看着脚下的核心球体，又抬头看着这广袤的粒子空间，仿佛在看一片星空一般。

"神念居于中央，可彻底掌控这个粒子空间。"孟川默默地道，"这粒子空间的能量也变强了许多。"

神念，又被称作是元神念头。

一尊元神是由亿万个念头构成的，平常都是完整的。必须元神达到第四层境界分神境，元神才能聚散由心，然后可以主动分散；即便是分割部分到万里之外都是易事，就别提分散在身体内部了！元神念头是元神最小的分散单位。在修炼不死境的过程中，就是让每个粒子空间，都有一个元神念头盘踞。

彻底的灵魂和肉体合一。

每个粒子都将发生质变，在意识的统领下，整个肉身也将发生质变。

神通更强大？

甚至拥有数门神通？

这些都是肉身强大后的外在表现，力大无穷和拥有不坏之体，想要破皮都很艰难。就算破皮了，甚至将其身体切割成几段，都能瞬间合一，头颅被刺穿也能瞬间恢复。

到了这个地步，已经堪称不死，要杀死的难度实在太高了。

到后期，这一体系能彻底压制神魔体系。

只是这一体系实在是太难修炼了，元神达到第四层境界，要以道之境为根基，再消耗许多能量才能练成那一具恐怖的肉身。

在修炼过程中，元神念头对粒子空间的压迫太大，必须经过修炼，粒子空间才能承载元神念头。而整个肉身是由亿万粒子构成，修炼过程自然要很久。按照孟川原本的计划，每日服用十枚赤血神丹，应该一年时间就能练成不死境。

然而孟川惊喜地发现，洞天法珠中的洞天本源之力很神奇，可直接被肉身吸收，甚至被粒子吸收，大大提高了修行的效率。

虽然肉身每日不能修行太久，但整体速度依旧快了许多。

时间一天天过去。

江州城也恢复了宁静，各大神魔家族也收敛了许多，孟川经常出去救援，也有两次换防。

可每日修行并没有停下！

仅仅半年，也就是第二年的三月初九这一天，孟川终于大功告成，练成了不死境。

第 《259》 章

三大神通

　　三月初九，清晨时分，孟府静室。

　　孟川已经连续修炼不死境三个时辰，虽然肉身感到了一丝疲劳，导致修炼效率变低了，但眼看着就要大功告成，他自然要一鼓作气。

　　"轰。"

　　伴随着元神念头进入最后一个粒子空间的核心，孟川全身彻底完成蜕变。

　　"这就是不死境吗？"孟川感受到了身体发生的变化，他的双臂和双腿自然浮现出玄妙的符文。这种符文不是像雷电魔纹那种自行印刻的，而是肉身达到一定境界后自然产生的。这种符文在妖族身上叫妖纹，在神魔身上叫神纹或魔纹，都只是一种称呼。符文是自然形成的，这也代表着孟川拥有了某种神秘的力量。

　　孟川盘膝坐在那里，心念一动，在亿万念头的调动下，所有粒子空间的力量汇聚到一起，周围的空间都塌陷扭曲，变得异常混乱。

　　孟川周围的一片区域，距离都变得难测。十丈距离，可能变成一丈，一丈距离也可能变成十丈。

　　"不死境肉身，力量不收敛，就能令空间扭曲？"孟川感到十分震撼，"心意刀，有刀法中蕴含的奥妙，方能令空间扭曲。而如今纯粹只是肉身的力量，就能引起天地规则的变化？这或许就是以力破法吧！"

　　孟川心念一动，力量完全收敛，周围的空间又恢复正常。

　　"如今我的力量，都能直接手撕神兵了。"孟川震撼于自身力量的强悍，"就算是与巍峨如山的岩石大妖王相比，我如今一拳砸过去，怕是都能将它砸飞。"

就他这么小的个子，力量却比岩石大妖王还恐怖不少。

"可惜，从此以后，元神之力再也无法爆发出比现在更强的肉身力量了。"孟川暗道，在过去，调动元神之力，能爆发出两三倍的力量。可如今调动元神之力，无法增加一丝力量。"因为每个元神念头都盘踞在粒子空间中，能完美调动每一个粒子。"

孟川暗叹，如今可以说，是真正完美调动肉身力量了。

而神魔？

就是封王神魔，也不敢说能完美调动肉身力量。因为神魔一脉，在修炼肉身这方面本就不是太擅长。神魔一脉对真元的掌控才厉害，达到封王神魔境界后，对无间真元也可以达到完美调动的地步，那时的实力极强，元神之力也无法提高对真元的掌控。

"我的力量，应该相当于巅峰封侯的大力魔体，生命力媲美巅峰封侯的不灭神体，肉身坚韧程度更在轮回魔体之上。"孟川暗暗感慨，"只是肉身一脉不死境，并没有暗星领域、无间领域等手段。所以在沧元洞天中得到的这个机缘，若只是单纯修炼不死境，也只是拥有相当于巅峰封侯神魔、近乎封王神魔的实力。而我拥有暗星领域，更有冠绝天下的速度。我的速度，再加上不死境的恐怖力量以及不坏之体，应该达到普通封王神魔的实力了吧。"

这也仅仅是猜测。

元初山先辈们对达到不死境的修炼者的实力有判断。但拥有冠绝天下的速度，肉身还达到了不死境，那这实力就很难定了。孟川自我判断是封王层次。或许要和五重天大妖王过过招才能确定。

"还有神通。"

达到神通境时，他仅有一门神通——雷霆神眼。

而如今达到不死境后，拥有了三门神通！要知道，许多五重天大妖王，也只有三四门神通。

孟川一个念头，他双臂和双腿上的玄妙符文再次浮现，肉身蕴含的恐怖力量透过这些符文自然汇聚，只见体表浮现出一层淡淡的光芒。这层光芒内有亿万粒子空间，然后再通过符文与力量精妙结合，威力自然匪夷所思。此刻的孟川全身处处闪耀着光芒，更有恐怖气息散发着，周围的空间也立即扭曲了，幅度比之前还要大。

他只是站在那里，周围的空间就扭曲了。

"这就是不灭神甲？"孟川看着全身的皮肤表面有一层薄薄的光芒在闪耀，"我总算有一门肉身一脉传统的神通了。"

肉身一脉是有一些常见的神通的。

不灭神甲就是最常见的，达到不死境，几乎九成修炼者都能掌握这门神通。这也是一门极强大的神通，是战斗时发出攻击的主要神通。符文出现在双臂和双腿的位置，从而形成了不灭神甲，其防御力和攻击力以双臂和双腿的位置最强大，手和脚甚至都可以当成神兵利器直接发起攻击。

身体其他部位的攻击力要稍弱一些，不过防御力依旧十分惊人。

肉身一脉的修炼者，空手战斗才是主流，因为这一体系不太擅长炼制兵器，越往后修炼，他们的肉身越可怕，手和脚比神兵利器还厉害，自然也更喜欢空手战斗。

"空手战斗？"孟川低头看看自己的手掌，手掌的皮肤被一层光芒覆盖，光层还可以随心意发生变化，在手掌边缘可以变得锋利如刀刃，在手指尖可以变得尖锐如剑尖。

"我的斩妖刀这十几年来吞噬了不少妖王的能量，威力大增，而且我也习惯用刀。"孟川摇摇头，人族的神魔体系还是擅长炼制兵器，甚至能找到比自己肉身更强的兵器。斩妖刀如今的威势就比孟川肉身的力量更强大，所以他根本没必要空手去战斗。

"收。"一个念头，孟川便收起了不灭神甲这门神通，体表光层尽皆消失。

那是在全身粒子空间的力量完全爆发的情况下，日常若是维持这门神通，威慑力太恐怖，大日境神魔看到孟川，都会心惊胆战，凡俗看了会直接昏迷。

"第二门神通，可以将体内蓄积的雷电在一瞬间通过一个点爆发？"孟川轻轻伸出手掌。

他如今的肉身很强，每个粒子空间都储蓄了大量雷电。

无数雷电一旦汇聚于一点，威力匪夷所思。

"我拥有不死境的肉身，也最多将体内三成雷电一次性轰出。"孟川暗道，"也就是说，最多能连续轰出三次。"

实在是亿万粒子空间中蕴含的雷电太多，孟川达到灵肉合一后，每个元神念头都盘踞在粒子空间内，一次性调动的三成雷电，汇聚在一起就已经到了孟川能掌控的极限了。再多就会发生爆炸，自然无法完美地汇聚于一点。雷电分散和雷电汇聚于一点，这爆发出来的威力可是天差地别。

三成雷电汇聚于一点爆发，这威力令孟川明白，自己又多了一门超强的攻击手段。

"在江州城没法试，等什么时候出去，在空旷的地方，再试试这门神通吧。"孟川暗道，"这门神通是轰出雷电，就叫天怒吧。"

不灭神甲是肉身一脉常见的神通，也是战斗时主要的攻击神通。

天怒是孟川凭借特殊体质，而产生的一门神通。

雷霆神眼则是孟川最早拥有的雷磁领域神通。

"如今的雷磁领域，范围倒是更广了，只是不知道和白钰王比起来，还差多少。"孟川心痒痒，他最期待的就是这门神通，在现在这个特殊时期，这门神通才是对付妖族的最大利器！像白钰王，他一人的战绩就抵得上黑沙洞天其他所有神魔的战绩。

"开。"孟川的眉心位置，有一只神眼睁开了。

比过去强大得多的雷磁波动，向四面八方冲击，孟川则仔细感受着雷磁渗进地底的深度。

第 《260》 章

白钰王和孟川

清晨，湖心阁的桃树旁，孟悠和孟安正在修炼。

柳七月在一旁笑看儿女修炼，忽然有无形的雷磁波动散发开来。这雷磁波动非常隐蔽，但柳七月身为封侯神魔，在暗星领域下自然能感应到那雷磁波动，雷磁波动出了孟府，正朝更广阔的区域扩散。

"阿川在施展雷磁领域？"柳七月暗暗疑惑，闭关修炼为何施展雷磁领域呢？

很快，雷磁波动收回了。

"嗯？"

柳七月的暗星领域自然覆盖了整个湖心阁，也覆盖了那座静室，之前静室内的气息都被隔绝在内，而此刻她却能够察觉到静室中有一股让她心颤的力量。

那股力量非常独特，仿佛一切生灵不存在，天地都彻底归于寂灭。彻底的寂灭，也使得周围没有光和热，没有生命，只剩下冰冷的空气。

"阿川在做什么？平常修行时，都能完美隔绝力量，我都探察不到静室内的气息，怎么现在有一丝气息外泄了？阿川连气息都没有隔绝好？"柳七月暗暗疑惑。

……

"冷，好冷，身体冷，元神都冷。"

孟川盘膝坐在那里，仿佛一座冰雕，旁边放着一个拔开瓶塞的葫芦。

练成不死境后，孟川就尝试修炼师尊所赠的那一丝归元煞气，依师尊所说，这归元煞气的威力在浊阴煞和地极寒煞之上，是元初山前辈从域外得到的。孟川自认为肉身强壮，信心满满开始尝试。谁承想，仅仅吸收一丝归元煞气就让他吃了大苦头。

他甚至在那一瞬间都没能将一切气息约束在静室内，让一丝气息外泄了，所以让柳七月感受到了。

当然，元神只是被影响了一刹那，紧跟着孟川就反应过来了，他立即约束了气息。因为他的诸多元神念头都盘踞在亿万粒子空间内，还是能保持清醒的。

"真冷啊！"

不像其他煞气掺杂有邪恶、戾气等气息，归元煞气给人最直观的感受就是冰冷！

孟川的肉身虽然化作冰雕，但生命力依旧无比旺盛，煞气在破坏肉身，肉身一边吸纳煞气尝试炼化，生命力一边治疗伤势。

其实如果仅仅只是抵抗，肉身的皮肤即可隔绝煞气入侵。可要炼化，就要主动放开，任由煞气侵入身体内部。

一边在疗伤，一边慢慢炼化。

足足一盏茶的工夫，这一丝归元煞气才彻底被孟川炼化。

"成了。"孟川体表的寒冰瞬间全部碎裂，他的眼中露出喜色，"好强的归元煞气，连我的不死境肉身要炼化它都如此吃力。一旦彻底修炼成功，我的煞气领域将超越历史上那些修炼雷霆灭世魔体的封王神魔，这也将成为我的一大杀招。"

随即，孟川才美滋滋地起身，走出静室。

循着声音，孟川来到湖心阁，看到妻子和一对儿女。

"阿川，"柳七月走过来，低声道，"刚才有一丝气息外泄，那气息似乎很可怕。"

"我在修炼煞气，煞气被我引入体内，外泄的仅仅是一丝气息。"孟川解释道，"当时我受到煞气的冲击，震撼于这一丝煞气，一时间忘了约束气息。"

"这是什么煞气？"柳七月好奇。

"听师尊说，叫归元煞气。"孟川说道，"我之前从未听过，师尊也说，这是元初山独有的。"

柳七月点头。

"对了，我的雷磁领域的范围扩大了。"孟川抑制不住内心的喜悦，和柳七月分享道。

"扩大了？"柳七月眼睛一亮，"那地底的探察范围呢？"

孟川微笑着点头："当然也扩大了。"

"多大？"柳七月激动了。

"地表之上，雷磁领域可以探察周围三十里距离。"孟川低声道，"而地底，可以探察周围三里距离。"

"三里？"柳七月忍不住道，"听说白钰王也只是五里距离。"

"对，而我的身法速度冠绝天下，自然远超他。"孟川微笑道，"虽然探察范围没有他的广，可算上速度，在地底探察妖族……我的能力应该和他差不多。"

柳七月连忙点头，兴奋万分："这样一来，我们大周王朝地底的妖族，你也可以大范围探察了。"

地底广袤幽深，要进行地毯式搜索，若是探察的范围小，那就是大海捞针，效率自然就很低。封侯神魔、封王神魔们都会选择杀妖族最多的法子，孟川之前一人进行六州之地救援，发挥出了最大的作用。当然，六州之地的妖族，主要是靠一支支神魔队伍击杀的。他只负责保护这些神魔队伍。

而如今若是进行地底探察，他的战绩定能和白钰王一样。若单论斩杀妖族的数量，那将飙升到一个匪夷所思的数字。

一人就抵得上一个宗派，这绝不是妄言，因为白钰王就是活生生的例子！

"我刚突破，需要歇息一下，午后我便去元初山，将此事告知师尊。"孟川说道。

"师尊一定会很开心的。"柳七月激动地说道，"天下三大王朝，黑沙王朝境内的情况最好，就是因为有白钰王！"

孟川也颇为激动，他早就立下誓言，要斩尽天下妖族。可他也清楚这条路何等艰难，如今他的雷磁领域范围扩大了，他也意识到了自身的作用。在整个天下的局势中，如果说原先他抵得上十名封侯神魔，那如今他的实力能媲美白钰王，在屠戮妖族上面近乎媲美一个宗派了。

他的作用真的太大了。

"我有这样的实力，就要发挥出来。"孟川默默地道。

……

刚练成不死境，又尝试修炼归元煞气，孟川也有些疲惫，待指点完儿女修行之后，又休息了一会儿。吃完午饭，孟川才神清气爽地直奔元初山。

元初山上，一座亭子内。

秦五尊者神色冷峻，皱眉道："白钰王走了？"

"走了。"元初山山主在一旁，叹息道，"只答应在我大周王朝境内追杀妖族一个月，时间一到就会离去。"

"一年时间，八个月留在黑沙王朝，三个月留在大越王朝，仅仅一个月留在我们大周王朝。"秦五尊者皱眉，"每个月我们给的宝物，不亚于两界岛，凭什么在我们这只留一个月？"

"黑沙洞天那边，说是大越王朝境内的形势更糟，地底潜藏的妖族也更多。去那里，杀的妖族也会更多。"元初山山主解释道，"我也私下里和白钰王交谈过，赠予他宝物，他却说……一切让我们和黑沙洞天的人去谈，他根本不理会我。"

秦五尊者皱眉思索。

三大王朝，如今黑沙王朝的形势最好，前面十年，白钰王一直待在黑沙王朝地底追踪妖族。从第十一年开始，黑沙洞天那边才答应派遣白钰王每年去大越王朝三个月，来大周王朝一个月。

忽然，秦五尊者感应到孟川上了元初山。

"孟川来了。"秦五尊者眉毛一掀，当即传音吩咐老管事去接应。

第 《**261**》 章

上天垂怜

孟川降落在洞天阁正门前，看到老管事在门口笑吟吟地迎接："孟川大人，请。"

"以我的飞行速度，师尊都能提前让管事来迎接，怕是数百里外就发现我了。"

孟川暗暗惊叹秦五尊者的手段，随后跟着那名老管事往里走，经过曲折的走廊，来到了熟悉的园子。园子内有一座亭子，亭子中，秦五尊者和元初山山主正坐着喝茶闲谈。

老管事自然提前告退，孟川则是走过去恭敬行礼："见过师尊，山主。"

"孟师弟可是难得回元初山一趟啊！"元初山山主笑着道。

孟川暗暗嘀咕。

这十年来，自己都回来好几次了，只是基本上见了师尊之后就走了。

"他回来，当然是有紧要之事。"随即秦五尊者又看向孟川，满意地点头，"你的肉身秘术已经达到新境界了，我若是没感应错，那一丝归元煞气也被你炼化了。"

"一切都瞒不过师尊。"孟川道，在师尊面前，自己的气息已经全都收起来了，可元神境界瞒不了，肉身、煞气一切都瞒不住。

旁边的元初山山主疑惑地道："归元煞气？这是什么煞气？"

"是甲三宝库内藏着的煞气，我们人族世界不产此等煞气，是元初山的先辈在域外偶然得到的，珍贵无比，天下间仅我们元初山有。"秦五尊者解释一句。

"甲三宝库？"元初山山主微微点头。

他虽然担当山主一职，但元初山作为最古老的宗派，有太多秘密只有尊者们知晓。比如甲字号的宗派宝库，元初山山主就无权知晓，只有造化境尊者有资格知晓以及开启。

秦五尊者一挥手。

旁边园子内立即出现了六个大青铜葫芦，秦五尊者说道："这便是两方归元煞气，相信足够你修炼时使用。我元初山藏有的归元煞气也仅有五方，被你拿去近半，将来怕是也只够一位后辈修炼了。"

孟川笑眯眯地道："相信后辈定有后辈的机缘，或许能碰到更好的煞气。"说着，他一挥手就将这六个大青铜葫芦给收入了洞天法珠内。

"嗯？"

元初山山主看到孟川挥手收宝物，不由得瞳孔一缩。

储物袋等物是要将东西拿着放进去的。

挥手收宝物？洞天宝物？

"这两方归元煞气，需两亿功劳换取。"秦五尊者说道，"你如今积累的功劳也不够，先扣你一亿三千二百万功劳，你还欠元初山六千八百万功劳。"

"还能赊账？"元初山山主见状，只能心中嘀咕，元初山往常都是用功劳换宝物，哪有先拿宝物，将来再补功劳的？还有那洞天宝物珍贵无比，仅凭功劳换取几乎不可能。难道是孟川机缘下得到的？元初山山主暂时也不好多问。

孟川乖乖应道："是，弟子欠元初山六千八百万功劳。"

孟川拥有雷磁领域，他对此倒是不慌。

"煞气拿了，可还有事？没事就回吧。"秦五尊者接着喝茶。

"弟子有一事禀报。"孟川说道。

"说。"

秦五尊者放下茶杯，拿起一旁的茶壶，悠然自得地给自己倒茶。

"弟子拥有神通雷磁领域，可以探察地底。"孟川恭敬说道，"在地底，可探察自身周围三里距离。"

秦五尊者瞳孔放大，惊讶地看着孟川。

茶壶中的茶水从茶壶嘴倒下，茶杯中的水很快满了，溢出来，流到茶桌上。

"可探察地底自身周围三里？白钰王也只是可探察自身周围五里。范围虽然小一些，但是孟川的速度比白钰王要快上数倍。综合来看，孟川在地底探察的能力，怕是不亚于白钰王。"秦五尊者也是见过大场面的，这一刻他迅速接受了孟川的信息，并迅速进行思考。

"师尊，师尊？"有声音传来，打断了秦五尊者的思考。

"嗯？"

秦五尊者立即停止思考。

"茶溢出来了。"孟川提醒道。

秦五尊者低头，这才连忙抬起茶壶嘴，将茶壶放在一旁，笑眯眯地看着溢出来的茶水，道："溢出来好，溢出来好啊，哈哈，哈哈……我修炼到造化境，一切都在我的掌控之中。虽然这次倒茶水溢出来了，但是我高兴得很。"

"孟川，你说你拥有神通雷磁领域，是修炼肉身秘术后出现的神通？"秦五尊者追问，"我记得你之前对付黑岩大妖王时，就施展过这门神通，不过当时只能在地底探察半里。"

元初山有卷宗详细地记载着黑岩大妖王交代的一切。

所以孟川说雷磁领域能探察自身周围三里，秦五尊者就猜出其中原因了。

"是的。肉身秘术突破后，神通的威力也大增。"孟川点头道。

秦五尊者连连点头，满是喜色："好，好，好！"

他一连说了三个"好"字，可见内心之激动。

"孟师弟，你说……"旁边的元初山山主终于忍不住道，"你能在地底探察自身周围三里？"

"是。"孟川点头。

"你已经试过了吗？"元初山山主连忙问道，"天下间仅有白钰王在地底探察的范围较大，你如今才达到封侯神魔境界，能探察的范围却只是比他略小一点？真没弄错？"

孟川说道："弟子在来元初山的路上，在地底试验过数次，绝不会弄错。"

"这，这……"元初山山主不敢相信。

"上天怜悯我人族。"秦五尊者慨叹道，"有了一个白钰王，如今又有了一个孟川！"

"孟师弟的速度可是比白钰王快数倍，即便范围小一些，怕是其探察能力丝毫不逊色于白钰王。"元初山山主激动万分，"上天垂怜，上天垂怜我人族啊！"

白钰王和孟川，对整个人族都有大影响。

追杀妖族，一人抵一宗派！整个天下一共三大宗派，可见二人对人族的作用有多重要。

"从今往后，那六州之地我安排其他封王神魔救援。从今日开始，你便如白钰王一般，只需每天去地底探察数个时辰即可。"秦五尊者看着孟川说道，"还有，归元煞气和洞天法珠，都赠予你了，从此便归你。"

"不可。"孟川连忙道，"二者价值七亿功劳，弟子探察地底的妖族，自然会有战利品，到时候慢慢抵扣就是了，宗派得有宗派的规矩。"

"孟师弟，你就拿着。"元初山山主的胡子都在抖动，激动地道，"七亿功劳而已！担当任何职位，宗派都有功劳赐予。你如今这职位是元初山的第一巡查，无人可替代，将七亿功劳赐予你，谁都没话说。我们想要请白钰王来大周王朝地底探察，七亿功劳怕都换不来他探察一年！"

第《262》章
石符

　　"拿着吧。"秦五尊者笑道，"归元煞气虽然珍贵，之前那么长的岁月也只是放在宝库内罢了，你能炼化它，也是一件好事，至少能让它起些作用。至于洞天法珠，五百里范围的小型洞天，对元初山而言不值一提。你在地底探察，特别是斩杀妖族时，可以将妖族的尸体或宝物全部扔进去，于你而言更方便。"

　　孟川明白，元初山一定还有大型洞天宝物。比如每个弟子下山要闯的九玄洞，那里面的洞天就超过了五百里范围。

　　"弟子去地底探察，相信也能获得大量功劳。"孟川是不喜欢占便宜的，他以后追杀妖族，一人抵一宗派，一年得杀多少妖族？杀死那些妖王就能换取不少功劳，加上妖王们遗留的宝物也能换功劳，七亿功劳？真不算什么。

　　"每个职位，都有功劳。"秦五尊者说道，"之前十余年，你是镇国巡查，守护六州之地，等同于镇守城关的封王神魔，每年是五百万功劳。如今你是我元初山第一巡查，每年便算两千万功劳。归元煞气和洞天法珠赠予你，接下来三十五年就不发功劳给你了。如此，算公事公办。"

　　"是。"孟川点头。

　　"还是自己人好啊！"元初山山主感慨，"白钰王来我们这仅仅一个月，黑沙洞天都狠狠宰我们一笔。"

　　"都是为了对付妖族，还索要那么多？"孟川忍不住问道。

　　秦五尊者笑道："虽然合力对付妖族，但终究是不同宗派，亲疏有别。黑沙洞天也知道我元初山经过一代代积累，底蕴极深，趁机多要些好处，也很正常。将来两界岛若是请你过去，我们也同样会趁机从两界岛索要些好处。这些事你只管交给我，你自己恐怕都不知讨要什么好处。"

"是，全听师尊的。"孟川点头。

"不管怎样，先将我们大周王朝地底探察一遍，再去帮两界岛。"秦五尊者说道，"白钰王将黑沙王朝地底粗略地探察一遍，便耗费了十年时间。"

"我今天就开始去探察。"孟川道。

"不急。"秦五尊者说道，"我先调遣封王神魔，负责你原先的六州之地。你明天再开始探察吧。"

说着，秦五尊者一翻手，掌心出现了一块灰色石符，这灰色石符乍一看普普通通，可仔细看它表面的符文，孟川顿时产生了时空错乱的感觉。

"这件宝物，你贴身带着。"秦五尊者郑重盯着孟川，"记住，当遇到死亡危险时，再捏碎它，其他时候万万不要捏碎。"

"哦？"孟川看着那灰色石符。

"但凡能逃走活命，就别浪费它了。"秦五尊者说道，"这石符，元初山只剩这一件了，如今就交给你。"

"它有何作用？"孟川询问道。

"保你性命。"秦五尊者说道，"不管遇到什么危险，只要在人族世界，都能保你性命。你如今的性命，可不单单是你一个人的事，更关系到整个人族。"

孟川微微点头。

一人抵一宗派，孟川也明白自己肩上的重任。

"这宝物仅此一件，所以能不用就别用。"秦五尊者说道，"用完了，就再无第二件了。其他保命之物效果终究要差一些。"

"弟子明白。"孟川应道。

"下山去吧。"秦五尊者微笑道。

随即，孟川便告退离去。

元初山山主看着孟川离去，道："真是我元初山之幸，我人族之幸。这场战争我们的胜算又多了一分！"

"尊者，我先回去，各地的情报怕又送到我那里了。"元初山山主说道。

秦五尊者点点头。

……

片刻后。

依旧是那座亭子，秦五尊者的对面，出现了洛棠尊者的身影。

"你说，孟川在地底能探察周围三里距离？"洛棠尊者惊讶地道，"加上他的速度，地底探察的能力不亚于白钰王？"

"是！"秦五尊者微笑点头。

洛棠尊者激动万分："太好了，真没想到他那地底探察的手段，在肉身修炼到不死境后，范围竟然扩大到了三里。他的那门雷磁领域神通，在地底探察的效果竟然这么好。有没有法子让其他神魔也学会这门神通？"

"也送进沧元洞天？"秦五尊者摇头，"沧元洞天不能随意开启。而且进沧元洞天，能获得什么机缘，纯粹看运气，并不是每一个人都能获得肉身一脉的传承。就算得到这一脉传承，也不一定能拥有雷磁领域神通。孟川修炼的是雷霆灭世魔体，才恰好觉醒了这门神通。"

"嗯。"洛棠尊者点头，"是我太激动了。你说得对，沧元洞天内的传承，纯粹看运气，我们决定不了。真没想到，一门修炼到顶也就滴血境的传承，竟然有如此神通，真是一个意外的收获。秦五，多亏你当初坚持让孟川进沧元洞天，才有如今的孟川。"

"我当初是看好他的元神天赋，他能拥有雷磁领域神通，也是意外收获。"秦五尊者也很欢喜，"若是他将来修炼到滴血境，他的神通的威力还将大增，兴许到时候雷磁领域的范围还要扩大不少。加上那时他的身法速度也比现在要快数倍，在地底探察的效果，怕是现在的十倍。"

"现在的十倍？"洛棠尊者心念一动，随即无奈摇头，"要达到滴血境，需要元神达到第五层境界，并且技艺境界达到法域境才能修炼。孟川的元神修为应该才达到第四层境界没多久吧？技艺境界更是差得远。"

"去年他的元神修为达到了第四层境界。"秦五尊者说道。

"元神要达到第五层境界，怕是要不少年了。至于法域境？对他恐怕更难。"

洛棠尊者叹息。

"元神方面我对他有信心，至于技艺境界要达到法域境估计就难了。"秦五尊者说道，"我现在还在犹豫，是不是要将元初山八大至宝之一的问心珠拿出来给他用。"

洛棠尊者看着秦五尊者，忍不住道："问心珠是受天地规则压制的，用一次就会粉碎。秦五，你确定要让孟川使用？若是安海王使用，或许能达到造化境。"

"也可能失败。"秦五尊者说道，"对整个人族而言，孟川的雷磁领域神通更重要。"

"问心珠乃是元初山八大至宝之一，必须唤醒李观师兄，要元初山的造化境尊者联手才能取出问心珠。"洛棠尊者说道，"李观师兄现在不适合唤醒。而且你也知道，元神境界越往后修炼，越难提升。孟川从元神第三层境界突破到元神第四层境界就耗费了十二年，要再突破到元神第五层境界，据我估计至少二三十年，说不定那时孟川自己就悟出了法域境。"

"问心珠主要是对提升技艺境界有帮助，对提升元神境界并没帮助。"洛棠尊者说道，"若是将来孟川的元神达到了第五层境界，却迟迟悟不出法域境，战争形势又紧张，相信李观师兄也会同意让孟川使用问心珠的。"

"嗯。"秦五尊者点头，"你说得也对，等他的元神达到第五层境界时，或许他的技艺境界已经达到法域境了。"

"问心珠终究只有一颗，得用在最关键之时。"洛棠尊者道。

"元初山一代代积累的宝物，到了我们这一代，为了应对战争，一件件都要用掉，真是愧对先辈啊！"秦五尊者轻声道。

洛棠尊者也轻轻点头："如今只求能赢得这场战争。"

"会赢的。"秦五尊者道。

第 《263》 章

地底

孟川看到江州城内的孟府，当即俯冲而下，一闪而逝，降落在星月湖的湖心阁。

柳七月正站在桃花树旁，手持神弓，一次次拉弓射箭，射出的是一道道真元箭矢。

真元箭矢贴着湖面，到了两里外的一株大树旁，划出一道弧线，接连射穿一片片树叶，最后真元箭矢才主动散去。

一道接一道的箭矢……

一眨眼，便射出十余道。

"阿川，"柳七月收起神弓，笑着走向孟川，"师尊怎么说？"

"师尊他当然高兴得很，"孟川走到一旁的石桌旁，拿起一块点心吃了起来，笑道，"连归元煞气、洞天法珠都赠予我了。我不愿占这便宜，所以算作未来三十五年的巡查功劳。"

柳七月倒是不惊讶，笑道："算下来，每年是两千万功劳？是你之前巡守六州之地的四倍，也算正常了。毕竟你追杀妖族，战绩能媲美白钰王，那是一人抵得上一个宗派的。这些功劳，并不算高了。"

"人人都和宗派索要宝物，宗派宝物又从哪里来？"孟川说道，"不可只想着索求，像洛棠尊者镇守洛棠关，师尊镇守山门，功劳都极大，可他们没从元初山领取一丝功劳，反而主动奉献。还有历史上很多强大的神魔，死前，将大多宝物赠予宗派，留给家族后代的仅是少数，如此……内门弟子们才能得到栽培。"

"嗯。"柳七月点头，"相信师尊他们也很期待你能够多多击杀妖族。"

孟川点头。

这点宝物对自己很贵重，可对整个元初山并不算什么。没听到请白钰王一年都不止这点代价吗？

元初山，更期待自己去杀妖！

"明天一早，我会开始去地底探察。"孟川说道，"白天我都会出去，晚上才能回来歇息。安儿和悠儿，就要多靠你照顾了。"

"放心，交给我。"柳七月点头，"对了，有一件事得告诉你。"

"嗯？"孟川看着妻子。

"去年悠儿和安儿为了救他们的师妹，杀了王琮。他们姐弟俩不是也看了案子的卷宗吗？"柳七月说道。

孟川点头。

"自那以后，他们俩偶尔就来我这里，要查看卷宗。我这边的卷宗，的确有些凡俗案子，但更多是各地妖族肆虐的情报。我发现，悠儿和安儿越来越努力修炼了。"柳七月担心地道，"他们俩才十三岁，是不是太早让他们接触了？"

"不早。"孟川道，"阎赤桐师弟十三岁都加入元初山了。我六岁就经历了妖族攻城的浩劫。在如今这个动荡的时代，他们多了解一些是好事。将来他们要经历的，可比情报上看到的这些文字要残酷得多。"

柳七月点点头："你说得也对。"

第二天清晨。

"爹，娘。"晨练结束的姐弟俩，坐到餐桌旁。

一家四口人坐下来吃着早饭，孟川看了儿女一眼，孟悠和孟安如今都达到了无漏境，只是依旧没悟出势。十三岁悟出势，那是绝世奇才的层次，比如安海王家五公子薛峰，还有阎赤桐，都是十三岁悟出势。如今这两位可都是封侯神魔。

孟川自己都做不到，他对儿女的要求也没那么高。

当然，孟悠和孟安的修炼环境要比孟川当年好太多了。从小就被孟川这位封侯神魔手把手教，柳七月这位封侯神魔也同样经常教他们。夫妻联手，也是对他们抱有很大期望，希望他们在这战争时期能有自保之力。

"我出去了。"孟川起身，向柳七月微微点头，一闪身便冲天而起，消失不见了。

柳七月看着天空，这是孟川第一天进行地底探察。

孟悠和孟安却不太清楚，他们只知道父亲经常要出去救援，要去对付妖族，可能这次出去，也是去斩妖吧。

……

孟川在云雾之间超高速飞行，修炼成不死境，身体和雷电越加契合，爆发出的速度也快了一些，一闪身，便到了十八里外。

很快，孟川便飞到了东海边。

"以东海边为起点，开始探察。"孟川俯冲而下，瞬间钻地，一闪而逝，泥土瞬间分开，随后又立即合拢了。

对凡人而言，在地底钻行是非常困难的事。

对神魔和妖王来说就轻松多了。

对封侯神魔而言，更是不值一提！暗星领域令那些岩石和泥土都无法碰触孟川，他一路朝地底穿梭，泥土和岩石带来的阻力仅仅只让他的穿行速度减慢一点而已。

"开！"孟川眉心的雷霆神眼睁开，雷磁领域的威力完全爆发，即便有无形的大地之力影响，也依旧能探察自身周围三里。

嗖！

孟川超高速朝地底穿行，一路上的岩石和泥土被撞得分开。

一开始发现了地下河流。

再后来，发现了地底岩浆。

再往下彻底变成岩石层，全部都是岩石！孟川依旧强行朝地底钻，一路穿过，岩石在他面前变得脆弱无比。

"越往地底穿行，岩石越坚固，阻力也变大了。"孟川暗道。

他一口气朝地底深处钻了两百里左右。

"嗯？"孟川眼前的场景变了。

之前大半范围都是岩石固体层，而如今下方却有无数岩石块和金属块在缓缓流动。

"轰。"孟川继续往下钻，冲进了流动的岩石和金属当中。

一冲进去，孟川就感觉到无数流动的物体形成了一股无形的力量，大地之力在这里也变得浑厚了许多，令他的探察范围从周围三里缩小到周围两里多。

孟川继续往下飞了数十里。

周围都是流动的岩石块和金属块。

"地底果真如此。"孟川微微点头。

"按照书籍记载，地底之下为泥土和岩石，越往下岩石越坚固。而在地下两百里左右，便是大地流体层，有无数岩石和金属在流动，世界各地的地底都是如此。越往下，这些岩石块和金属块就越小。"

"地下两百里到地下五千里，都是大地流体层，越往下，流动的物体就越小，无数流动的物体仿佛有生命一样，组成了一个完整的个体，阻力极大，封王神魔一般情形下钻到地下五千里就是极致了。"

"地下五千里往下，是液体化的大地之力，阻力更加恐怖，修为要达到造化境才能深入。"

"再往下？书籍便再无记载。"孟川看着周围流动的岩石块和金属块，"而大地流体层，一直在流动，妖王们是无法在这里建造洞府的，因为洞府会被拉扯挤碎。"

"所以妖王们的洞府，最多在地底两百里左右。"孟川暗道。

第 《264》 章

地底探察的第一天

"普通妖王在地底前进，要比我吃力得多。"孟川暗道，"它们一般只能钻地百里，再往下岩石太坚固，前进的速度就太慢了。钻地百里对普通妖王而言，相当于在地上赶路数千里。"

"所以三重天妖王们一般都在地下百里之内。四重天大妖王，因为白钰王探察过，得知它们一般在地下百里到两百里之间。"孟川微微点头，地网也在探察妖王的巢穴，虽然没法和白钰王比，但也大概摸清了妖王们修建巢穴的规律。

大地茫茫。

地下两百里范围，若无厉害的探察手段，想要找到妖王真的很难。

孟川先往下钻，钻到地下八十里处。

"开始吧。"在地下八十里处，孟川眉心的雷霆神眼一直睁着，雷磁领域全力散开，探察着周围，跟着瞬间化作一道流光，朝西方钻去，开始进行地毯式探察。

……

人族世界的妖王非常多，但大地广袤，它们可能在地底两百里内的不同深度，所以在地底寻找它们，简直如大海捞针！地网一般是根据妖王逃窜的痕迹追踪，运气好，才能发现一处妖王的巢穴。

在地底进行地毯式探察，必须探察的范围够大，穿行的速度够快，才能有一定的效率。否则还真不如在地上，等妖王袭击时去追杀。

孟川有雷磁领域感应，还是能够保证自己一直直线穿行的。

"妖界那么多妖王潜入进来，在地底依旧难寻。"孟川飞着，雷磁领域一直感应着自身周围三里范围，可一直没发现妖王。

嗖！

孟川超高速穿行，穿透无数岩石，深入八十里处已经完全是岩石了。

孟川足足穿行了一刻钟，穿行了上万里距离后，终于发现了妖王的巢穴。

"嗯？"在雷磁领域发现妖王巢穴时，孟川是很惊喜的，因为在地底穿行上万里，时刻探察，处处都是岩石，是很考验耐心的。

孟川此刻十分惊喜，雷磁波动笼罩着这一处巢穴。这一处巢穴是在孟川左上方三里处，是一座在岩石当中挖掘出的宫殿，宫殿里面有上百名普通妖族、五名二重天妖王、两名三重天妖王。

"来，喝。"

"喝。"

七名妖王喝得醉醺醺的。

"狐妖王，你从人族洞府中偷了美酒来，有功，有功。"坐在主位上的象妖王大笑道。

"大哥，这只是一点小东西，潜入人族城池，魅惑一些凡俗，轻易就能弄来不少美酒。只是背着酒，回到洞府比较麻烦。"狐妖王笑着，旁边也有小妖殷勤地倒酒。

这些普通妖族都是妖王们亲自护着身体带到洞府的，单靠普通妖族自己，是没法潜入如此深的地方的。

上百名普通妖族，进来了就不会再出去，它们只有一个用途——伺候妖王。

"若是有储物袋，那就方便多了。"

"储物袋岂是那么容易得到的？"

"喝。"

这些妖王继续喝着酒，甚是欢喜。

在人族世界，它们只能躲在地底，仅仅是去偷酒还是容易事，若是要屠戮人族，就会吸引神魔过来，那是要用命换的。

"如今周围两三府范围内，只有一支神魔队伍。我们屠戮一些凡俗，立即就跑，那些神魔队伍根本追不上我们。"

"嗯，说起来，还是在人族世界积攒功劳快啊。"

"就是这日子有些憋屈，等过些时日再出去屠戮一次，这次我们定要屠戮上万人族。"

"屠戮后就赶紧溜吧，要是跑晚了，被抓了连后悔都没用。"

妖王们闲聊着吃喝着。

"那是什么？"这些妖王忽然一愣。

一道道绚烂的暗红色流光出现在大殿内，快如闪电，瞬间刺穿妖王们的头颅。

"不好！"

"人族神魔！"仅有两名三重天妖王反应过来，可还是躲不开，被暗星真元刺穿了头颅。

一眨眼。

这座妖族宫殿中的七名妖王和百余名普通妖族皆毙命。

"杀这些妖王，便是在救人。"孟川出现在殿厅内，神色冷峻，刚才听到妖王们交谈的内容，他愈加愤怒，每个妖王手上都沾染了太多的人命。

孟川一挥手，便将七名妖王的尸体以及其随身的宝物，直接收进洞天法珠内。

"仅仅一刻钟，就杀了七名妖王，的确比地面上的效率要高多了。"孟川暗道，因为负责救援六州之地，十天半月才有一次救援，普通妖王攻城都不会安排孟川去的，他一个人终究分身乏术。他平时会在江州城周围一带四处乱飞，发现妖王袭击就去截杀。

即便如此，一年杀两三百名妖王就算不错了。

孟川继续飞行。

大周王朝地大物博，他从东到西的这条线路，长约两万里，再往西就属于黑沙王朝境内了。

两万里穿行下来，孟川仅仅发现这一处妖王的巢穴。

孟川接着飞行，同样是两万里，从西到东，和刚才的线路平行。这也是地毯式搜索的规矩，就是几乎不遗漏一处。

这一次的两万里，孟川一处妖王巢穴都没发现。

接着飞！

……

孟川没停歇，飞了六个时辰，约莫两万里的路线，穿行了二十遍。其中十六遍都进入到地底八十里处，还有四遍是深入到地底一百六十里处，他想要尝试去寻找四重天大妖王。

"砰。"他冲破地表。

孟川从东海边又飞向江州城，此刻天色昏暗，已是傍晚时分，他的脸上难掩疲惫。

虽说维持雷霆神眼的神通是非常轻松的，可要持续六个时辰，还是令孟川无比疲惫，精神都有些萎靡，此时他必须回去歇息。

孟川飞行在云雾间，他发现，不施展雷霆神眼竟然是那般轻松。

很快，孟川就到了江州城，他飞了下去，回到孟府的湖心阁。

柳七月早就坐在厅内等他，餐桌上放着一盘盘食物。

"回来了。"柳七月眼睛一亮，当即有无形的火焰力量进入食物内，令食物的温度上升。

孟川来到厅内，便闻到了饭菜香味。

"真香。"孟川赞道，疲惫一整天，回来就闻到饭菜香，他心中颇为满足。

"悠儿和安儿刚吃完，去歇息了。"柳七月说道，"你第一天出去怎么样？"

"累，但是痛快。"孟川坐下，将柳七月倒好的茶一口饮尽，笑道，"今天一共发现了十一处妖王巢穴，斩杀一百一十六名妖王，数千个普通妖族。我总算明白白钰王一人抵一宗派，一年杀两三万名妖王，是怎么做到的了。"

第《265》章

三个月后

"一天斩杀过百名妖王？"柳七月听了都不可思议，她坐镇江州城，一天时间觉得很短暂，丈夫一天便斩杀过百位名妖王？

柳七月说道："阿川，我听说妖族大规模入侵的第一年，黑沙洞天斩杀的妖王，有六成都是白钰王一人所杀。越往后，妖王越狡猾，在地面上追杀妖王也越难。白钰王杀的妖王，占的比例更是超过六成了。甚至黑沙王朝那边的四重天大妖王，几乎都是白钰王所杀。"

"对，我也听说了。"孟川点头。

"都说白钰王一人抵一个宗派。可实际来看，白钰王的战绩，比一个宗派还要好。"柳七月兴奋地道，"阿川，你也能做到，如果每天能杀百名妖王，一年便能过三万！听说去年一年，我们元初山杀的妖王也才一万八千多。"

"元初山杀的这一万八千多名妖王，都是妖王先出的手。它们先袭击人族，而后人族神魔在救援时追杀的。这一万八千多名妖王，在大周王朝境内杀了多少人？多少县城都荒废了？"柳七月越说越兴奋，"阿川，你却不用等它们袭击人族城池，而可以在地底直接寻找它们的老巢，你杀的妖王，相对而言付出的代价也更小。"

"你说得对。"孟川点头笑道，"难怪元初山和两界岛都想办法请白钰王在地底追杀妖族。"

"请白钰王？"柳七月惊讶，"我们元初山也请了？"

"都请了，我猜黑沙王朝境的地底，被大规模探察十年，许多妖王因畏惧白钰王都迁移到其他两大王朝了，黑沙王朝地底的妖王已经很少了，所以黑沙王朝的形势也是三大王朝中最好的。"孟川说道，"白钰王到另外两大王朝的地底探察，也更容易找到妖王。"

"白钰王的作用的确很大，不过阿川，你并不逊色于他。"柳七月道，"甚至，在你成为封王神魔时，会比他更厉害。"

"一步步来吧。"孟川也充满斗志。

……

第一天让孟川夫妇都很兴奋，第二天一大早，在柳七月的目送下，孟川离开江州城又开始地底探察了。

地底探察，有些神魔会觉得很枯燥。

毕竟在地底超高速穿行，雷磁领域时刻全力探察，眼前的场景也没什么变化，有时候一个时辰都没任何收获，自然枯燥无味。

也有神魔充满信心。

孟川就是如此！

他从小就立誓要斩尽天下妖族，从小努力修炼，就是怕自己连杀死妖王的实力都没有。因为成神魔，是杀妖王的门槛，对当年的他而言，成神魔是非常困难的事。他的悟性、天资都不及薛峰、阎赤桐，也没强大的神魔指引。

父亲孟大江也只是悟出势而已，当初仅是最弱的丹云境炼体神魔，能给他的帮助也有限。

孟川很聪慧，善于思考、总结，从神魔传记等书籍中总结前辈们的成功经验，一路摸索，加上有元神天赋，以第一名的成绩进入元初山，终于成了一名强大的神魔。

可即便是强大的神魔，又能杀多少妖王？

"有雷磁领域这门神通，这是我的运气，我不可辜负它。杀的妖王越多越好，杀一名妖王，便等于救了上千凡俗。"

孟川不停巡视着，发现一处妖王巢穴，便十分欣喜。

每天都能有不少惊喜，这日子自然痛快得很！孟川也觉得杀得酣畅淋漓。

……

一天天过去。

孟川一天最少的时候也能杀二十七名妖王，最多的时候，击杀过三百五十名妖王！

他曾经也有探察了三个时辰，一无所获的经历，也有仅仅探察一刻钟，便连续发现四处巢穴的惊喜。

每天都是孟川一人，在黑暗的地底不断探察，这样的工作，他可能要持续数十年乃至上百年，他知道，这天下间还有一人也做着和自己一样的事，那就是白钰王。

按照师尊的吩咐，地底大规模探察的事要保密，孟川也仅能和妻子分享，可他依旧充满斗志。

东海海床之下，三十余里深处，有一座宫殿。

宫殿内。

一名身穿银白色衣袍的女子坐在宝座上，翻看着卷宗，她便是大周王朝境内所有妖王的首领——冰霜大妖王。自从黑岩大妖王身死，九渊妖圣自然选了新的大妖王统领整个大周王朝境内的妖族。

"你们的情报没弄错？"冰霜大妖王看着下方，目光冷厉。

下方一众普通妖王恭敬万分。

"大周二十三州，每州的大妖王，每月都会将情况上禀，我们也会至少印证三次，不会出错。"一名鼠妖王小心地道。

"这月被杀了三千九百多名妖王？"冰霜大妖王皱眉道，"上一个月，仅仅损失一千三百多名。这个月是上个月的三倍！这些妖王是怎么死的，是在地面上袭击人族时被杀，还是在地底被追杀？"

下方一群妖王彼此相视。

"各州的大妖王，和我们联系，只能通过不同的求援信号，勉强传达数字。"那鼠妖王低声道，"至于更详细的情报，我们也不知。大王若是想要知晓……可以通过天妖门询问，各地的大妖王都和天妖门有联系的法子。"

天妖门也是人族，更擅长隐匿在天下各城。

妖族因为躲在人族各地，反而很难联系彼此，天妖门便成了它们的信息中转站。

"大王，"又有一名蛇妖王小心翼翼地道，"之前不是传来消息，说人族白钰王，开始进入大周王朝、大越王朝了吗？我们这个月，损失这么多妖王，会不会是白钰王在地底探察时所杀？"

冰霜大妖王微微皱眉："嗯，白钰王的可能性最大。红狐妖，你亲自出去一趟，和天妖门联系，我想要知道这次大周境内大量妖王死去的详细原因。"

"是。"红狐妖恭敬万分。

洞府能单独出去的妖王很少，都是元神被控制、忠诚听调遣的妖王才能出去。

……

妖族在追查，可孟川在地底大规模探察的消息乃是机密，唯有秦五尊者、洛棠尊者、元初山山主以及孟川夫妇知晓，想要查出来此事并不容易。

时间流逝。

转眼，孟川已经在地底探察了三个月。

六月十二日，夏日炎炎，清晨却颇为凉爽。

孟川和妻子一同吃着早饭，心情很好，这三个月的时间，他杀了八千三百多名妖王，每半个月他都会去一趟元初山，将妖王尸体和战利品都送过去。秦五尊者每次看到大量妖王的尸体，又惊又喜，暗暗感叹当初让他进沧元洞天，真的是明智之举！

"嗯？"孟川注意到孟悠和孟安出现在厅外。

孟悠和孟安彼此相视一眼，都下定决心，一同走进了厅内。

"爹、娘，"孟安主动开口，"我们有一件事，想要请爹娘帮忙。"

"哦？"孟川、柳七月相视一眼，都看着一双儿女。

"说说，什么事？"孟川说着，同时夹着萝卜干拌着米粥，吃得很香。

第 《266》 章

真实的世界

孟安接着道："爹，娘，我们昨晚看卷宗时，上面说云州的苍虞县被妖族毁了，这个县城彻底废弃了。我和姐想了一夜，想要去看看。"

"就这事？"孟川继续吃着。

"卷宗上说，县城仅剩的万余人，大多都被妖族屠戮。只有不足两千人活了下来，也都进入野外生活，彻底放弃苍虞县了。"孟悠眼睛泛红，说道，"我们想要去看看。"

"云州的情报，怎么会到你这里？"孟川看向妻子柳七月。

柳七月解释道："苍虞县城彻底废弃，自然要通禀其他各州，所以才专门送来。"

孟川微微点头。

柳七月又传音道："阿川，悠儿和安儿一直生活在江州城，没经历过妖族屠戮，要让他们去看看吗？"

"都这么大了，该见识见识了。"孟川也传音道，"你需要坐镇江州城，不可离开。交给我吧。"

"你不是要去地底探察吗？"柳七月传音道。

"陪悠儿和安儿一个时辰，没什么大不了。晚上晚回来一个时辰即可。"孟川传音道。

夫妻二人通过传音定下了此事。

"你们想要看看？"孟川看着儿女。

"嗯。"孟悠和孟安都红着眼点头，他们从小就听说妖族是何等可怕，天下各地遭到侵袭。可他们生活在江州城，一片安宁，所以对外面的世界越发好奇。特别是这几个月，他们经常翻看卷宗，便更想去外面看看。

"行。"孟川起身，"走，跟我去看看这个真实的世界吧。"

"真实的世界？"孟悠和孟安一愣。

紧接着，姐弟俩便感觉被无形的力量裹挟着，迅速移动，他们俩低头一看，发现江州城在他们的视野中逐渐缩小。

"不必去苍虞县。"孟川带着姐弟俩超高速飞行着，说道，"苍虞县被弃，尸体也有地网的人收拾，你们去只是看一座废弃的县城，没什么意义。你们想要看的是这卷宗中描述的那些事，对吧？"

"嗯。"孟悠和孟安都点头。

"好。"

孟川带着姐弟俩疾速飞着。

孟川朝大周王朝中部飞去，天下妖王太多，就这样漫无目的地飞着，飞了大概三千里后，他便看到一处县城有狼烟升起，更有两名妖王在那里屠戮凡俗。

"那边！"孟川说道。孟悠姐弟俩还有些发蒙，他们的视力远不及孟川。

嗖。

一眨眼。

孟川就带着姐弟俩到了十余里外，到了这座县城的上空。

姐弟俩终究也是无漏境，这下看清楚了！

看到一名身高三丈多的猪妖王，手持两柄大斧。还有另一名蛇妖王，周围有青色毒雾弥漫。

此刻县城到处都是尸体，鲜血淋漓。有一片区域的数百人，皆被剧毒侵蚀，身体变得膨胀且丑陋不堪，那场面简直是一场噩梦。

类似的场景还有数处。

显然，这座县城已经被屠戮了千余人，都是在第一时间没来得及逃走的。

"那是？"两名妖王都惊恐地看着半空中悬浮的三道身影。

"神魔怎么来得这么快？"

"我们屠戮还不到二十息时间。"

这两名妖王都不敢相信。

轰！

雷电击穿虚空，两道雷电劈在两名妖王身上，令两名妖王当场毙命。这是雷磁领域自然形成的雷电，但足以击杀两名二重天妖王。

"这、这……"孟悠姐弟俩看着眼前的画面，震惊不已。

妖王屠戮和普通妖族杀戮是不同的。

妖王都是大规模灭杀，被屠戮的场景更惨烈。

孟悠姐弟俩都要呕吐了，这是身体的本能。但因为拥有无漏境的实力，这让他们俩勉强控制住没吐出来。

"这座县城仅仅被屠戮千余人，算是少的。"孟川俯瞰下方，冷冷地道，"因为县城的凡俗早就有经验了，他们能够以最快的速度躲进地道，地网的人能以最快速度点燃狼烟。可神魔赶来是要时间的，恰好我们路过，才没让妖王继续屠戮下去。否则，这两名妖王怕还要摧毁一些地道，再杀一些凡俗再走。"

"算少的？"

孟悠和孟安有些腿软。

"当年我和其他神魔一同坐镇江州城，妖王们大举入侵，"孟川说道，"那时候是以一名四重天天妖黑水宫主为首，那一次，死了不少神魔。江州城也被屠戮超过十万人。这都还算是大胜了！若不是挡住了黑水宫主的攻击，那次江州城的损失要惨烈十倍不止。"

"天下各地遭到入侵，一城之中数十万人尽被屠灭，这种情况也有不少。你们眼前看到的，真的太常见了。我和你们的母亲都见过太多太多。"孟川说道。

孟悠和孟安脸色发白。

虽然过去听说了很多，也在卷宗上看到了很多，可亲眼看到现场，感受完全不同。

嗖嗖嗖。

有地网的士兵迅速冲出，远远朝高空中的孟川恭敬行礼。

"走吧。"孟川带着孟悠姐弟俩，疾速飞到了野外。

荒野当中，一眼看去，看不到人迹。

"看，那杂草丛下有一处洞穴。"孟川遥指一处，姐弟俩才分辨出来。

"有一家五口人居住在里面。"孟川说道，"那一片杂草区域，前后有十余户人家，早就完全挖开了，长在上面的杂草仅仅是为了掩盖。"

姐弟俩仔细看，能看到其中一片杂草，有两个脏兮兮的孩童通过杂草朝天空张望。

那两个孩童的眼神，让姐弟俩心一颤。

"没有长辈的允许，小孩是不能随意出来的。"孟川淡然道，"有长辈在周围巡视，才会让小孩出来晒晒太阳。能够在地上面走一走，就是莫大的幸福了。"

嗖！

孟川又带着孟悠姐弟俩，到了一片湖泊。

湖泊芦苇荡里，靠近才能看到一艘艘船连在一起。

"一艘船就是一个家，这里七八户人家相互扶持。"孟川说道，"天下间在船上生活的，如今有很多。甚至东海边，很多人家都乘船入海。"

此时有妇女在船头洗衣服，也有孩童在船头一招一式的修炼，招式拙劣，但是孩童们练得很认真。

"他们没有道院，只有靠长辈们指点。"孟川平静地道，"就算再高的天资，在这样的环境下修炼，又能修炼成什么样？"

姐弟俩看着船头孩童认真修炼的场景，他们一辈子都忘不了。

"走吧。"

孟川看得太多了。

所以即便一天六个时辰在地底永不停歇地飞行，永不停歇地追杀妖族，他都不觉得累。

嗖！

孟川带着儿女飞行，孟悠和孟安没有再说话。

飞行路过府城，府城人口众多，颇为繁华。终于又看到了江州城，作为大周王朝排在前十的大城，一千多万人口的江州城无比繁华。可姐弟俩此刻看着江州城，心中十分复杂。

在这个如噩梦一般的世界，江州城这样的地方简直就是梦中宝地。

"人族的韧性是非常强的，住在州城府城的人，终究只是小部分。"孟川平静地说道，"天下大半的人口，都散居在野外。我们神魔要做的，就是要让整个天下都变得如江州城这般安宁，人人都能过上安稳日子。"

"能做到吗？"孟安开口问道。孟悠也看着父亲，眼神中流露出一丝哀伤。

孟川平静地道："斩尽天下妖族，就足够了。"

第 《267》 章
沙丛大妖王

孟府，湖心阁。

嗖！

孟川带着儿女，降落下来，他看了一眼儿女，他们显然还有些恍惚。

"这才是真实的世界？"姐弟俩觉得亭台楼阁都很虚幻。

狼烟滚滚的城池，凶戾的妖王，堆成山的人族尸体，那些画面不断在孟悠姐弟俩脑海中涌现。

还有大量凡俗在野外努力生存着，那生活在地底，通过杂草看向天空的孩童的眼神，那在船头上认真修炼的孩童……野外类似的场景不计其数，孟川带着姐弟俩返回的途中，经过广袤野外区域，他们看得清清楚楚。

而从记事起，他们姐弟俩在江州城所看到的一切，车水马龙，人山人海，一千多万人聚集的繁华大城，诸多奢靡场景，他们也是见过的。

城外所看到的是黑暗的，惨烈的，人们穿的都是脏兮兮的衣服。而江州城内的人们却衣袍艳丽，整个城池热闹非凡。

仿佛截然相反的两个世界！

姐弟俩的理智告诉自己，天下九成地方是野外，那里才是真实世界的样子。

可他们长久生活在江州城，江州城的世界才是他们熟悉的。

"城内和城外，竟然如此两样！"姐弟俩的心灵受到了冲击。

"悠儿和安儿怎么了？"柳七月走到孟川身边，小声询问道。

"带着他们飞了近三千里，碰到一处妖王攻城，他们亲眼看到了妖王屠戮凡俗的场景。"孟川说道，"又带他们俩去野外许多地方瞧了瞧，荒野、湖泊、树林、深山……都在路过时让他们看了看，那才是天下大部分人生活的真实模样。"

柳七月微微点头。

"他们刚接触，是会有些接受不了，相信要不了多久，就会适应。"孟川说道，"这两天你看着他们俩，我先出去了。"

"你赶紧去吧，悠儿和安儿都交给我。"柳七月点头。

孟川也没时间引导儿女的心态，一切只能交给妻子。他当即化作一道闪电流光，朝东方天际飞去。

……

东海边一处。

孟川又钻到地底八十里处。地底一如既往的黑暗。

轰——

孟川的雷霆神眼早就睁开，整个人化作一道闪电穿行在地底岩石层当中，雷磁领域时刻感应着自身周围三里。

地底探察永远是孤独的。

秦五尊者还让孟川保密身份，让妖族错以为是白钰王在地底探察妖王，能保密多久就保密多久，这也是对孟川的一种保护。毕竟论保命能力，孟川虽然很强，但和白钰王比起来还是略弱一些。

如今白钰王名震天下，天下各地的神魔都十分佩服。

可孟川的名气相对就小多了。

知道他在地底大范围探察的人屈指可数，立下再多功劳，暂时也得保密！

……

"得到归元煞气也有三个月了，修炼起来却很慢，归元煞气对身体的伤害太大，还好我达到不死境的肉身，生命力极强，勉强能修炼。"孟川一边飞行探察，一边分心想其他事，这也是排解孤独的法子，"按照如今的修炼速度，两方归元煞气，需要一年多才能炼化。"

"也好。归元煞气越厉害，我修炼成功后，我的煞气领域也会更强大。"孟川暗道。

孟川飞着，又思考着探察的路线："这三个月来，我大部分时间主要是在地底八十里处探察，少部分时间在地底一百六十里处探察。"

"如今在地底八十里处，整个大周王朝境内，我已经探察超过一半区域。估计只需半年时间，就差不多能探察完，到时候便可以换一个深度。"

说是探察完，也只是探察了大周王朝境内超过九成五的地方。

即便神魔对空间位置掌控很精准，每一条探察的路线都会记录下，可在漫长的时间里，一条条路线，终究会出现一些小小误差。在同一个深度，整个王朝境内能探察超过九成五的区域就足够了。硬是苛求十成区域，消耗的时间要多得多，便很不划算。

"地底八十里处，是我估量妖王较多的深度。不过似乎没我预料的那么密集，难道妖王认为在大周王朝地底探察的神魔少，所以没有潜这么深？下一个深度，就定在地底六十二里吧。"孟川思索着飞行，忽然他眼睛一亮，"妖族巢穴。"

雷磁领域又发现了一处妖族巢穴，那座巢穴中，有些妖王在呼呼大睡，有些妖王在修行。孟川瞬间出手，将八名妖王、百余名普通妖族尽皆斩杀。

……

一处处探察着。

转眼已到了傍晚时分，孟川有些疲惫，此时又潜入地底一百六十里处。

按照孟川自己定下的规矩，地底一百六十里深度，每天会探察四次，这个深度是为了寻找四重天大妖王，只是四重天大妖王数量太少，孟川三个月来，没有任何收获。可他依旧很有耐心，每天都会耗费一些时间来探察，因为一名四重天大妖王的破坏力，就抵得上数千普通妖王了。

……

大周王朝，原州境内，地下一百五十八里处，有一座妖王宫殿。

披着灰袍的沙丛大妖王悄然回到了宫殿内。

"大王。"

"大王。"

宫殿内的一些妖王都恭敬地喊道。

沙丛大妖王回到宫殿内，直接坐在宝座上，立即有女妖王奉上美食和美酒。

沙丛大妖王抓起一壶酒仰头喝掉大半，随后放下酒壶，眉头皱着。

"什么事让大王烦心？"另一名女妖王依偎过来，喂葡萄给沙丛大妖王吃。

沙丛大妖王皱着眉道："我出去接了信使，信使带来帝君的命令。"

"帝君的命令？"周围一众妖王都心中一紧。

妖界三大帝君至高无上，个个实力都超强，没有哪个妖王敢违背任何一位帝君的命令。

"帝君命令我等四重天大妖王从此全部隐藏，不得攻打人族。"沙丛大妖王疑惑地道，"除非得到下次召唤。"

"全部隐藏？不得攻打人族？"这些普通妖王也很疑惑。

"我们来人族世界，就是为了灭掉人族，占领人族世界的，为何禁止攻打？"

"的确奇怪。"伺候着沙丛大妖王的数名女妖王柔声议论着。

其中一位女妖王则道："会不会是帝君有什么大计划？"

"甭管什么大计划，帝君的命令，那就乖乖听着。躲起来还安全一些。"沙丛大妖王懒得多想，一口就将喂到嘴边的梨子吃了，十分痛快。

忽然，有雷磁波动渗透进来，扫过这座洞府，沙丛大妖王的脸色顿时大变，心更是瞬间冰凉。

"神魔！快逃！"

第 《268》 章

儿子是绝世奇才

沙丛大妖王瞬间化作残影往外冲。

洞府巢穴中的其他妖王也都露出惊慌之色，疯狂朝四周逃窜。

"逃逃逃。"沙丛大妖王心慌无比，它很清楚，在地底一百五十八里的深度，地网神魔一般是不会潜这么深的。就算真有追踪之法，潜这么深，地网的神魔也不敢直接探察！

敢强行探察的，都是有绝对自信能解决四重天大妖王的神魔。

"希望我麾下的这些妖王四处逃跑，能够让那位神魔分心，为我争取一线逃命的生机。"沙丛大妖王十分焦急。可它还没逃出洞府宫殿，就发现一道道闪电出现在洞府宫殿中，成百上千道闪电充斥各处。

那些逃跑的妖王和惊恐不安的普通妖族，个个被闪电扫过。

沙丛大妖王亲眼看到他宠爱的两名女妖王被闪电劈中，直接毙命，闪电怒劈各处，洞府许多地方都被轰击得倒塌开来，妖王们瞬间死掉大半，连一些肉身弱些的三重天妖王都直接被劈死了。

"什么？！"

沙丛大妖王的妖力隔绝周围，阻挡住了雷电，可它惊讶地发现，它的手下当中，只剩下两名三重天妖王还活着，还都受了重伤，其他全部被雷电劈死了。

孟川在地底一百六十里探察，这三个月来一直没收获，他都习惯了。

每当发现一处妖族巢穴，孟川都激动无比。

终于有收获了！还是大收获！

"还好没有放弃。"孟川大喜，先是雷磁领域直接激发雷电，这些雷电瞬间灭杀一众妖族，让那些弱小妖王都休想逃掉。

紧接着，孟川就盯上了沙丛大妖王。

"对方是四重天大妖王。最好不暴露身份，瞬间杀了它。"孟川暗道，"否则它向妖族求援，会提醒是受到了暗星境威胁。"

求援时，也分求援危险程度。

人族求援，可以提醒对方所遇妖王是四重天层次还是五重天层次。

妖族也可以提醒对方所遇神魔的修为。

妖王在地底被灭杀，若是提醒遭到暗星境威胁，孟川就很难冒充白钰王了。

孟川穿过无数岩石的阻碍，瞬间就穿过三里距离，追上了那名沙丛大妖王。彼此之间的速度差距真的太大了。

"逃！"沙丛大妖王一边逃，一边求援，它本能地选择了无间境威胁，因为它觉得，敢直接探察洞府不怕被发现，对方十有八九是封王神魔。

"嗯？"沙丛大妖王忽然感觉到不对劲，猛然转头看向后方。

后方明明是黑漆漆的岩石，沙丛大妖王却感觉虚空在塌陷。

一道弯月在沙丛大妖王眼中显现。

仿佛从虚空另一端飞来，快得匪夷所思，沙丛大妖王都来不及做出任何反应。

刀光削掉了沙丛大妖王的头颅，它眼中有着一丝绝望："果真是封王神魔。"

这等恐怖的实力，一定是封王神魔。

跟着，沙丛大妖王的意识渐渐消散。

以这些大妖王的生命力，刺穿心脏等要害都杀不死，只有头颅才是要害。

孟川出现在近处，他体表有着光层，令周围数十丈虚空都在塌陷，他看着地上沙丛大妖王的尸体有血气涌向斩妖刀。

"修炼成不死境后，的确有所不同。我的肉身就能令虚空塌陷。在塌陷的虚空中，施展心意刀也更快。一名四重天大妖王都来不及反应，就被斩杀了。"孟川暗暗点头。

心意刀本就是快刀，以他的实力施展，足以杀死百丈距离内的敌人。可是在塌陷的虚空环境下施展，却令虚空塌陷的程度更深，同样是百丈距离，时间却缩短了一半，刀法也变得更加变幻莫测。

四重天大妖王的意识能发现，肉身却来不及做动作。

"这应该是新晋四重天大妖王，或许巅峰四重天或者五重天大妖王，才能真正验证我如今的实力。"孟川暗道。

眼前这名沙丛大妖王的实力，对孟川而言，的确太弱。

沙丛大妖王的血气被斩妖刀吞吸，尸体化作粉末消散，只有三颗奇特的骨珠残留，一旁也有兵器、衣袍、器物等等。

孟川挥手收起，又返回沙丛大妖王的巢穴，将那两名重伤的三重天妖王也斩杀了，再将所有妖王的尸体和战利品收进洞天法珠。

"痛快，斩杀一名四重天大妖王，还有二十七名普通妖王。"孟川颇为兴奋，"听说妖族大规模入侵第一年，白钰王就杀了五名四重天妖王。我如今探察了三个月才斩杀一名，不多不多。"

随后，孟川又继续在地底探察起来。

六月二十八日，江州城，孟府湖心阁。

受过刺激之后，孟悠和孟安在修炼上也更加勤奋。

孟安独自在树荫下练着枪法。

孟悠却是在书房内绘画，姐弟俩的性子有所不同，姐姐更文静，也很喜欢绘画，绘画技艺也挺高明，可距离达到孟川那等靠绘画入道问心的境界，还差很远。毕竟书法奇才、画道奇才，在人族历史上也颇为少见，能在少年时期就达到入道问心的境界的，更是数千年难得有一个。

孟川孩童时期遭受大挫折，喜欢独自绘画。他绘画时可以缓解精神的疲累，画中更寄托了对母亲的思念，只有在绘画时，他才真正的无忧无虑。如此，在绘画一道上他才日渐精进。

"这世道……"孟安练着枪法，只觉得心中憋着一团火。

自从半月前看到那一切后，他的心中一直很压抑，可他也清楚，他无法改变这个世界，要改变世界，他得成神魔，成为无比强大的神魔。

"给我破！"

孟安愤怒地挥出一枪，仿佛要将这世界轰出一个大窟窿来。

在浓烈情绪的带动下，这一枪浑然天成，令真气和肉身结合得更完美，爆发的力量也更恐怖，甚至都引动天地之力，令天地之力自然汇聚在这一枪当中。

长枪怒刺而出，有火焰出现，穿过前方浓密的树叶，令无数树叶粉碎。

孟安愣愣地站在原地，低头看看手中的长枪，道："势？"

"这就是势？"孟安又惊又喜。

一道身影出现在孟安旁边，正是柳七月，柳七月惊喜地看着儿子。

"娘，我悟出势了。"孟安看着母亲。

"再施展给我瞧瞧。"柳七月也激动万分，十三岁悟出势？这比自己和孟川预料的要早啊。

……

当天傍晚，天色昏暗。

孟川划过长空，从天而降，落在湖心阁，疲惫地走进厅内，一天都睁着雷霆神眼，精神真的非常疲惫。

"爹。"

孟悠、孟安都喊道，柳七月也坐在一旁笑吟吟。

孟川却疲惫地坐在椅子上，露出一丝笑容，看了妻子和儿女一眼："悠儿和安儿也没吃饭呢？"

"安儿有事和你说。"柳七月说道。

"哦，什么事？"孟川端起一旁的茶水，大口喝了起来。

"爹，"孟安有些兴奋地看着父亲，"我悟出势了。"

"噗。"孟川一口茶水喷出，喷在儿子脸上。

孟安眨巴下眼睛看着父亲。

"你悟出势了？"孟川盯着儿子，儿子是绝世奇才？

第 《**269**》 章

命运和荣耀

孟安认真地点点头。

"安儿他的确悟出了势，在我面前已经演练过。"柳七月在一旁道。

"快施展给我瞧一瞧。"孟川还是难掩激动，连忙说道。

他要亲眼看一看，儿子达到势之境后的枪法。

"好。"

孟安起身自信地走了出去，孟川夫妇和孟悠都到了走廊上，很快，孟安取了长枪过来。

"爹，瞧好了。"孟安意气风发，他一甩长枪便怒劈而下，带着暴烈之势劈向前方的湖水，枪芒呼啸而去，令湖面炸裂开来。

"势之境，的确达到了势之境。"孟川十分自豪，他从偏僻的小地方东宁府一路崛起，元神天赋更是让师尊看重，他心中也是很骄傲的。在培养儿女的过程中，儿子对画画并无多大兴趣，女儿倒是有兴趣，可离达到入道问心的境界还差得远。

孟川甚至想过，儿女可能会平庸一些，但他还是会努力栽培。

而如今……

眼前的这一幕让孟川明白，儿子孟安十三岁就悟出势，他便是不亚于薛峰、阎赤桐的绝世奇才。

"好。"孟川大笑道，"安儿，做得好。"

得到父亲的夸赞，孟安也满心喜悦。

"你在枪法上的天赋，比我预料的还要高。"孟川笑道，"你以后的成就，完全能超越我和你娘。"

柳七月在一旁也点头，充满期待地看着儿子。

虽然她知道丈夫最大的天赋是在元神方面，儿女想要追赶父亲是很难的事，但还是充满期盼，而且儿子的天赋，也是绝世奇才级别。便是造化境尊者也是一步步修炼而成的，自己的儿子将来在修行路上也可能走得很远。

"我会努力的。"孟安点头。

一家人回到餐桌旁，开始一同吃晚饭。

"安儿，"孟川欣慰地看着儿子，"你既然悟出势，那就可以上元初山修行了。"

"上元初山？"孟安眼中有着期待。

父母都是元初山的神魔。

从小，他和姐姐孟悠就立志，也要成为元初山的弟子！

"以你的天赋，元初山会特招。"一旁的柳七月说道，"安儿，你打算什么时候上山？"

一旁的姐姐孟悠忍不住道："弟弟上元初山，是不是要在元初山待十年，乃至更久？"

"嗯。"柳七月点头道，"在我和你父亲上山的时期，一般要在山上待超过十年。而如今天下妖王太多，只有顶尖大日境神魔才有资格加入神魔队伍，所以在山上会待更久……不过以安儿的天赋，估计十五年内能下山。就算下山，也得听元初山分配。"

孟安轻声道："我想要见爹娘，都很难了？"

"嗯。"柳七月轻轻点头，"娘要坐镇江州城，不可擅自离开，怕是十余年难再见你一面。你爹倒是偶尔可以上山去见你。"

"元初山有规矩，不可经常去打扰弟子。"孟川说道，"我能见你的次数也少。"

按照元初山的规矩，弟子上山修炼的那些年，就是要弟子独立成长，在孤寂中修炼。

"嗯。"孟安轻轻点头，"我知道了。爹说过，修行之路，越早越好，成封侯神魔乃至封王神魔的希望才大。那我就尽快上山吧。"

孟川、柳七月相视一眼。

他们既欣慰儿子的选择，又心疼不舍。

十几年的教导，儿子长大成人，如今就要分开。

"我会先写信，将你的事告诉元初山。"孟川说道，"你在家再待几天，该准备的都准备好，到时候再上山吧。"

"是。"孟安乖乖应道。

……

元初山上，夜。

"尊者，这是今天的卷宗。"元初山山主抱着一堆卷宗过来。

秦五尊者坐在那里，平静地接过卷宗，然后开始翻看："可有什么大事？"

"倒是比较平稳，大周境内并无大事发生。"元初山山主说道，随即露出笑容，"对了，孟川师弟写信给我了。"

"写信给你？"秦五尊者十分惊讶。

孟川暗中的身份，可是元初山第一巡查，平常写信都是直接给秦五尊者的。

"是正事。"元初山山主笑道，"他的儿子孟安，今年十三岁，已经达到势之境。这天赋之高，也是媲美薛峰和阎赤桐。"

"哦？"秦五尊者露出喜色，元初山能多一个绝世奇才他当然欣喜，"我记得孟川三十六岁时，才有一对儿女。"

"这等绝世奇才，元初山自然得特招，我已经写信给孟川师弟。"元初山山主笑道，"我就不安排人接了，让孟师弟亲自送他儿子过来吧。"

"嗯。"秦五尊者点头。

他虽然欣喜，但这也只是小事。

因为绝世奇才只代表着会成封侯神魔，成封王神魔还是很难的。封侯神魔对大局的影响并不大。

"孟川师弟最近三个多月送来的妖王的尸体多得惊人。"元初山山主兴奋地道，"算上最近一次送来的，他最近三个多月斩杀的妖王，已有九千三百多名。其中更是斩杀了一名四重天大妖王。"

"所以孟川的身份必须保密。"秦五尊者看着元初山山主，严肃地道。

"封王神魔中，仅有我知晓，"元初山山主恭敬地道，"没外传给任何人。孟师弟夫妇也是谨慎性子，定不会外传。"

"嗯，这件事情越晚被发现越好。"秦五尊者说道。

元初山山主询问道："孟师弟的儿子上山后，对他的栽培照旧例？"

"一切照旧例，等同于薛峰、阎赤桐。"秦五尊者说道，"至于往后，看他儿子自身的潜力。"

"是。"元初山山主应道。

清晨时分，孟府。

孟大江、柳夜白也来到了湖心阁，一群人聚集在此，都是为了送孟安。

"一年四季换洗的衣服，还有你日常用的东西，娘都放在这里面。"柳七月将一个储物袋递给儿子，眼睛微微泛红，"此次一别，娘可能十余年看不到你，到了元初山，你一定要照顾好自己，有什么事就直接写信给爹娘。"

"嗯。"孟安也红着眼点头。

孟川默默站在一旁，看着孟大江、柳夜白、孟悠依次和孟安分别。

过了许久，孟川才走过去："该出发了。"

孟安看向父亲："是，爹。"

"记得写信。"柳七月嘱托。

孟川施展暗星领域带着儿子便飞了起来，朝天边飞去。

"安儿。"

柳七月再也忍不住，哭出了声。

"孩子长大了，终究要展翅高飞的。"孟大江感叹一句。

"我们当年也是这么送你和孟川上山的。"柳夜白也说道。

……

孟川带着孟安在云雾之上飞行，快如闪电，直奔元初山。

元初山都安排好了。

呼。

景明峰，孟川原先居住的那座洞府，孟川父子二人从天而降，落在洞府前。

易长老和洞府的刘管事等人早就在等了。

"易长老。"孟川降落后，拱手行礼。

"孟师弟，"易长老微笑道，"三十年前你上山时的场景，历历在目。如今你儿子也上山了。"

孟川也感慨道："时间过得真快！"

当年自己和七月都还很稚嫩，一心在山上修行。

如今自己早就斩杀四方妖王，明面上是威名赫赫的封侯神魔，暗中更是元初山第一巡查。妻子也是坐镇江州城的封侯神魔。

"小子，"易长老看向孟安，笑道，"每一个元初山的弟子，都可以任选一座洞府。你确定不选，就住在你父亲的洞府中？"

"我和我姐商量好了，我住我父亲的洞府，我姐上山后，住我娘的洞府。"孟安说道。

"好。"易长老笑着点头，"你要去藏书洞多看看书，尽快选好要修行的神魔体和枪法。相信这些，你爹娘也和你说过。"

"嗯。"孟安点头。

孟川时间少，每天在地底探察，忙得疲惫不堪。

母亲柳七月却是嘱托得很仔细，连十二种超品神魔体都一一告诉了儿子，也找来详细的资料给儿子看过了。

"孟师弟，我就不打扰你们父子二人了。"易长老笑着告辞了。

洞府内的起居物品，孟川也陪着儿子一一换了，换了在家常用的。

半个时辰后。

洞府外。

"爹。"孟安看着父亲，十分不舍。

真要分别了。

孟川也是千般滋味在心头，他看着儿子，郑重地道："安儿，成神魔，斩妖王，这是我们该做之事。"

"以后你也要担起责任，去和妖王战斗。"孟川说道，"有句老话……大丈夫，当志在四方。而我们神魔，当志在斩尽天下妖王。这是我们的命运，也是我们的荣耀！"

"爹，以后我们一起斩妖。"孟安眼神炽热。

"好。"孟川露出笑容，"我们父子一起斩妖！这是你我的约定，所以你现在要努力修炼，不得懈怠！"

"是。"孟安应道，"父亲放心，儿子定会努力修炼。"

孟川微微点头。

随即，转身便化作流光，划过长空，飞向东方。

孟安站在原地片刻，轻声低语："爹，我一定不会让你失望的。"

第 《**270**》 章

轮回魔体

三日后，元初山，传法阁。

易长老看着眼前的少年孟安，样貌酷似父亲孟川，只是比父亲少了几分不羁，多了几分沉稳。他父亲孟川每日会腾出一两个时辰来绘画，气质上的确和常人不同，甚至观看世界的眼神也多了几分好奇。孟川能更仔细地观看这个色彩斑斓的世界，感受着这世界中的种种情感。

或许每一个画道宗师，都是世界的观察者。

孟安不同，他是传统的绝世奇才！天生体质就不凡，又有父母从小教导，他对绘画没太大兴趣，一门心思都放在钻研枪法上。

"做好决定了？"易长老笑看着孟安，"元初山的规矩，选定后，三年内，不可选其他神魔法门。"

"我在家就看过了十二种超品神魔体的详细资料，在藏书洞又看了三天，已经完全可以确定了。"孟安说道。

"选什么？"易长老问道。

孟安眼中有着一丝锋利："轮回魔体！"

……

孟府，傍晚，孟川夫妇坐在桌旁吃着晚饭。

"元初山的信。"柳七月将一张纸递给孟川。

孟川接过后，惊讶地道："安儿选了轮回魔体和《黑铁天书》上的轮回？"

"我之前便有所猜测，但这条路太难了，也劝过他。不过他的性子和你很像，选定了没那么容易改。"柳七月说道。

"《黑铁天书》中的枪法，公认排第一的便是轮回。"孟川惊叹。

轮回魔体在十二种超品神魔体中，是近战中最强的神魔体！

论肉身坚韧程度轮回魔体排第一，力量仅次于大力魔体。大力魔体虽然杀敌很强，但护身就弱些了。可轮回魔体的护身本事却堪称第一，有轮回领域护体，身体本身的坚韧程度就很恐怖，在同层次中都足以傲视许多妖王的肉身。恐怕也就孟川这种专精肉身一脉的神魔才能力压一筹，可孟川没有轮回领域护身。

"轮回魔体是近战中最强的神魔体。"柳七月说道，"如果说修炼雷霆灭世魔体，难点在于煞气，在于意志，那修炼轮回魔体，难点在于悟性。"

"嗯，对悟性的要求太高。"孟川点头，"需要悟出分属五行的五种意之境，并且完美融合为轮回之意，方可修炼成轮回魔体。"

每个人都有各自擅长的，比如有的与雷电很契合，有的与火焰很契合。而要将五行的意境都悟出才能融合，难度可想而知。

"轮回魔体是人族远古时期的一位沧元祖师所创，被称作是最完美的神魔体。"柳七月说道，"沧元祖师还创造了枪法绝学轮回，也在枪法中排第一。"

孟川心念一动。

沧元祖师？

以他如今的身份，对沧元祖师了解也很少，甚至他怀疑过元初山的沧元洞天和沧元祖师有关联。

"这门神魔体在十二种超品神魔体中护身第一，力量第二，速度第三，还拥有领域手段，样样都完美。"柳七月赞叹，孟川也点头，其他神魔体一般都走极端。

如雷霆灭世魔体，就纯粹追求快，其他方面都不行。

如十三剑煞魔体，是远攻中最强的神魔体。

大力魔体力量最强。

凤凰神体是施展凤凰涅槃时，能爆发出可怕的实力。

其他神魔体缺陷都很明显，可是轮回魔体是无可争议的没短板的神魔体。

"就是修行之路太难。"孟川感叹道，"要悟出分属五行的五种意之境，再融合为轮回之意。"

"选定后三年内没法再选，这是元初山的规矩。"柳七月道，"而且你之前也说，我们不插手此事，让他自己选，他自己喜欢最重要。"

"神魔之路终究是要他自己去走。"孟川说道，"当然得选自己喜欢的。"

"希望安儿能练成。"柳七月道。

孟川也很期待。

儿子能练成吗？

时间流逝。

孟川依旧每天都去地底探察六个时辰，回到家后，不管多疲惫，他都会绘画，绘画对于他来说是最好的放松方式。妻子一般会陪着他，在一旁看看卷宗，写写字。

幸好修炼到孟川这等境界，对睡眠的要求很低，就是数月不睡都能扛得住。不过孟川每天还是会睡上两个时辰，这样第二天就能神采奕奕。

唯有练刀的时间是固定的，那就是早上起来练一个时辰。

当然到了刀道境，苦练的作用就不大了，现在更需要的是思考，需要去领悟刀道。

"阿川，你这样太累了。"柳七月看在眼里，也心疼孟川，"若是每天在地底探察五个时辰，是不是也差不多？你也能轻松很多。"

"我每天都有时间绘画，第二天也能完全恢复过来，六个时辰我可以坚持。而且少一个时辰，就要少杀很多妖王。我有这实力，就该尽力。"孟川说道，维持雷霆神眼的神通六个时辰，也差不多是他的极限，其实到后面他是完全靠意志在撑，这也是一种磨砺意志的方式。

至于施展神通更久，怕会伤到元神？孟川也不会那般莽撞。

转眼已是冬天。

元初山。

秦五尊者、洛棠尊者并肩而立，元初山山主和易长老也站在一旁。

"明知道是对的，可这决定，真是难下啊！"秦五尊者说道。

"我们已经尽全力了，两界岛那边做决定比我们早得多。"洛棠尊者说道，"你我都知道，这一天终究要到来。如今只是比我们预料的快一些而已。"

"对。"秦五尊者说道，"比我们预料的快，这是两界的战争，不可能一切如我们设想的那般好。"

元初山山主和易长老都在一旁默默听着。

"传令吧。"秦五尊者吩咐道，"传令天下所有州、府、县。"

"是。"元初山山主和易长老恭敬地道。

片刻后。

数百名飞禽妖王，飞出元初山，赶往大周王朝各地。

……

当晚，孟川在绘画，柳七月在一旁翻看卷宗。

一只飞禽降落，化作一名高瘦青年，在书房外恭敬地行礼："东宁侯。"

"嗯？"柳七月走到廊道上。

"这是两位尊者亲自下达的命令。"高瘦青年将一封信递出，信飞了起来，飞向柳七月。

站在书房门口的柳七月，有些惊讶地伸手接过，打开信封里面是厚厚一沓纸，显然内容颇多。

那高瘦青年一飞而起，迅速消失在夜空中。

"两位尊者共同下达的命令？出什么大事了？"孟川疑惑地走到门外，发现妻子满脸震惊。

"你看看。"柳七月将第一张信纸递给孟川，又继续看剩下的内容。

第 《271》 章
天下动荡

"江州境内，除了江州城、宣江府城、长丰府城以外，其他所有府城和县城皆舍弃？"孟川看着信件中的内容，一时间有些难以置信。

"形势恶劣到这种地步了吗？"

孟川看着信件上面的内容。

大周王朝将舍弃所有县城，府城也几乎都将舍弃。

柳七月仔细看了前面两张信纸上的内容，后面简单翻了一下就抬头道："阿川，放弃诸多府县，此事牵扯极大。这封信就是计划的核心内容，更详细的执行计划也很快会寄来。"

"放弃众多府城和县城，那府县的居民呢？"孟川询问，"江州各府县的居民，可是有两千多万。"

"这上面说了，"柳七月说道，"江州境内，从此便只有三座大城，位于中部的江州城，位于南部的宣江城和位于北部的长丰城。江州城也会再次扩建，将城外的集镇都算进来，成为真正的两千万人口的大城。"

"宣江城和长丰城则要小一些，是每座能容纳千万人口的城池。"

"北部府县的居民都会就近迁移到长丰，南部府县的则会就近迁移到宣江城，中部的府县也会有超过五百万人迁移到江州城外城。"柳七月说着，将两张信纸递给孟川。

孟川看着上面密密麻麻的迁移计划。

迁移计划，说来简单。

实际上牵扯到建城、粮食、居民迁移等很多方面，并不容易。这封信也只是粗略介绍。

"天下动荡，"孟川慨叹道，"如此大规模迁移，单单粮食供应就无比艰难，按照这上面的计划，粮食供应有诸多方案，若是遇到麻烦，会有封王神魔用洞天宝物运输粮食。甚至，若在迁移时遇到特殊情况，会让凡俗进入洞天宝物，将他们送到安全的地方。"

柳七月道："洞天宝物有限，只有在最艰难的时刻才会动用。"

"长丰城和宣江城以原先城池为内城，再扩建一百五十里长宽的外城。"孟川看着，"幸好神魔建城很快。"

计划一步步实施。

整个大周王朝进行人口大迁移，新建城池，乍一听不可思议。不过按照种种对应的方案一步步实施，还真的能做到。孟川自己就拥有洞天法珠，他就能迁移一座府城的人。也就是进出洞天法珠时比较麻烦，需要耗费不少时间。

"有说吴州怎么迁移吗？"孟川询问道。东宁府可是他们的家乡，如今有过半族人还生活在东宁府。

"这后面附带着大周二十三州的迁移计划。"柳七月翻看到后面，"吴州同样仅剩下三座大城，南部是吴州城，中部是东宁城，北部是楚安城。"

"东宁城留下了？"孟川微微点头。

"元初山留下的城池，一般都是在一州的三个方位，如此迁移距离也能更短。"柳七月说道，"从各州留下的城池来看，在有两三座府城可选的情况下，会尽量选择封王神魔、封侯神魔的家乡。想来也对，将来这些大城，怕是都要封侯神魔镇守。镇守家乡，自然会尽心尽力。"

孟川点头，接过剩下的信纸，又粗略看了一遍，轻轻摇头："局势真的恶劣到这种地步了吗？明明大周王朝的形势在好转，我也一直在地底追杀妖族。"

"这信上的印记不必怀疑。"柳七月摇头道，"不过这等大事，肯定还要再次确认。"

"待我明天去元初山送战利品时，顺便问一问。"孟川说道。

柳七月点头："问一问元初山为何要做出如此决策。按照这信件上面的说法，连黑沙王朝也在舍弃府县。"

"嗯。"孟川点头。

黑沙王朝是三大王朝中形势最好的，如今也要舍弃？

之前拼了命在守，如今却在舍弃，怕是这其中有很重要的原因。

……

这一夜，在天下各州镇守的神魔们都接到了命令，大家都震惊万分，也都纷纷回信，向元初山进行确认。

孟川夫妇这一夜也彻夜未眠。

他们从元初山和黑沙洞天的决策中，感觉到危险在逼近。

第二天清晨，孟川一如既往地在地底探察妖族。

他深入地底六十二里处，此时在超高速穿行，雷霆神眼也一直睁着，感应着四面八方。

不断穿行探察着，从上午到中午，再到下午。

嗖！

孟川从顾山府城地底深处穿过。

顾山府城也是吴州要被舍弃的诸多府城之一，它也勉强算吴州中部，但地理位置没东宁府居中。加上孟氏族人有一半都住在东宁府，就算让孟川夫妇选，也会选择保留东宁府城，这也更方便周围府县的迁移。

而顾山府是孟川夫妇待了多年的地方，更是他们的儿女出生的地方，今后这里将成为一座荒芜的空城。

……

"什么？不允许交割？"

此时顾山府的官府衙门外，聚集了不少人。

"我们都立下契约了，一个愿买，一个愿卖，该交税我们也交，凭什么不让交割？"不少人在衙门外急了，他们都是今日准备进行房屋交易的。

房屋交易必须通过官府进行交割，一是交税，二是官府确定如今房屋主人是谁。如果不经过官府，那房屋的交易就不受朝廷律法保护。

"诸位请安静一下，听我说。"终于有一名官员出来，衙役护在他身旁，官员朗声道，"诸位别急，我等也是刚刚得到朝廷的命令。从现在开始，所有房产交易全部中止。至于什么时候恢复，就要等朝廷新的命令了。"

"朝廷的命令？"这些人面面相觑。

若是地方官员阻止，还有法子可想。他们中有不少人都有些背景。可若是朝廷直接下达的命令，那麻烦就大了。

......

"禁止交割？"

"房子不准卖了？这个无赖欠我家主人五百两银子，只有拿他的房子抵债。为什么不准交割？"

大周王朝各府县，都收到了朝廷下达的禁止房产交割的命令。

......

当天傍晚。

在地底探察了一天的孟川来到了元初山，依旧是元初山山主接待的他。

一处广袤的洞天内，孟川和元初山山主都站在那里，旁边却出现了许多妖王的尸体，很快，上千具妖王的尸体皆出现在空地上，并且还有很多兵器等宝物。

"这是最近一些时日的成果。"孟川说道，随即看向元初山山主，"山主，昨晚的命令可是真的？"

"当然是真的。"元初山山主点头，"谁又敢伪造元初山的命令？"

"毕竟这件事情牵扯太大。"孟川问道，"到底发生了什么事，令元初山和黑沙洞天都下了如此命令？"

元初山山主的表情十分复杂，看了看孟川说道："妖族和我们的最终决战，要来了！"

第《272》章

建城

"最终决战？"孟川心头一紧。

"这个消息是藏不住的，我们不说，妖界那边也可能会主动在人族世界散播，引得人心惶惶。"元初山山主冷笑道，"到时候，恐怕会有更多的人投靠妖族，加入天妖门的人会更多。"

"到底发生什么事了？"孟川追问。

元初山山主说道："这在妖界已不是秘密，妖界三大帝君召集了所有的四重天大妖王，四重天大妖王都必须参加抽签，不管什么身份来历，就是帝君的亲传弟子都必须参与抽签。十个里面会抽中三个，抽中的四重天大妖王必须参与和人族的战争。"

孟川脸色微变。

"当场抽中了六百零五位，虽然这些大妖王都暂时居住在帝君的宫殿中，也无法和外界联系，"元初山山主冷笑，"但我人族自有法子。如今大周王朝和黑沙王朝，都在舍弃府县。想必妖族那边应该明白，它们的计划已经外泄。"

"所以据我猜测，妖族知道保密不了，就会主动散播消息。"元初山山主说道。

孟川一边惊叹于人族的手段，一边也感到压力极大。

"六百零五名四重天大妖王，它们有法子潜入人族世界？"孟川问道，"能让四重天大妖王进出的，只有大型城关和超大型城关。"

"它们既然调动大军，就是有十足的把握能进来。"元初山山主说道，"大型城关太多，大周境内就有六座，天下间如今有十九座。只要攻破一城，它们就能进来了。"

"六百零五名，算上这些年潜进人族的近百名四重天大妖王，那到时候人族世界将会有七百名四重天大妖王！"孟川的脸色都变了。

"不仅如此，"元初山山主说道，"四重天大妖王都被迫上战场，恐怕普通妖王也会被大规模调动，估计会有超过百万之数。"

"超过百万之数的普通妖王？"孟川脸色苍白，人族世界一共才数万名神魔，还得尽量护着人族，都不敢全部派出去与妖族战斗。若全都参与战斗的话，那神魔的损失将难以预计。

"普通妖族更是命贱如蚁，到时候肯定会从各个世界通道涌进来。"元初山山主平静地道，"对妖族而言，这就是一场平常的战争。但这场战争对我们人族而言，就是最终决战。若扛不过去，人族就完了。"

"扛得过去吗？"孟川看向元初山山主。

"既然选择建造大城，就是有底气守得住。"元初山山主看着孟川，"否则仅仅守着州城，其他全部舍弃，不更容易？"

孟川微微点头。

每一州，像吴州、江州、钱州等人口较多的州城，留有三座大城。也有少数地广人稀的州城，只留有两座大城。

多建造大城，自然要分出神魔力量去守。

"妖族派出七百名四重天大妖王，并且我们在明，它们在暗。"孟川说道，"它们完全可以汇聚力量，单独进攻大周王朝。而我们人族世界，即便这十余年接连诞生了好些神魔，可元初山也就七十三名封侯神魔，还要分散开来镇守城池。"

"七百对七十三，这怎么斗？"孟川看着元初山山主，"若是出现一丝纰漏，很多封侯神魔都会战死！"

"真正的应对计划，我们暂时还需要保密。"元初山山主看着孟川，"你只要知道，我们对这一战有一定的把握。"

"嗯。"孟川也没多问。

他很清楚，知道秘密的人越多，外泄的可能性也就越大。

连他的身份都没资格知晓应对计划，恐怕整个人族世界，知道这个秘密的人少得可怜。

……

时间一天天过去。

人族世界人心惶惶，大越王朝因为地广人稀，加上人口分散在很多海岛上，所以他们早就舍弃了府县，仅仅镇守人口上千万的大城。当形势一直趋于稳定的大周王朝和黑沙王朝都舍弃府县，开始建大城时，人们的心中自然有了种种猜测。

"妖族要攻打过来，人族要完了。"

"府城县城直接舍弃，这是没底气啊。"

无数凡俗纷纷议论，什么样的声音都有。

"我们都可以迁移进大城，大城有强大神魔镇守，要安全得多，以后孩子在大城内也能安心修炼。"

"这是为了更好地保护我们，我们在县城，经常遭到妖王屠戮。去大城，多安稳。"也有人反驳的。

总之，整个天下已经开始迁移了，道路好走的地方还算顺利。那些道路不好走的州府，要迁移大量人口，真的很艰难。

"呼。"

孟川飞在高空，看到有许多人从一条条官道前往江州城，离得近的县城，数个时辰就能抵达。

"已经开始迁移了。"孟川俯瞰着，一眼又看到远处江州城正在建造的外城。

沐浴在火焰中的柳七月，独自站在外城墙上，仿佛火中的神灵。

她施展出暗星领域，瞬间挖掘出许多泥土和岩石，一时间，泥土和岩石飞了起来，在她掌控的火焰下熔化成熔岩浆体。熔岩浆体在暗星领域中被压缩成长约八十丈的城墙模样。

缓缓流动的熔岩浆体，热气迅速被柳七月吸走，熔岩浆体迅速冷却，并且被她的暗星领域强行挤压。

最后形成近八十丈长、十二丈高、六丈宽的坚固城墙。

"轰隆！"这城墙犹如一座小山重重落下，和原先的城墙连在一起。

挖掘泥土、熔化、塑形、冷却、功成，整个过程用了半盏茶时间，便建造了近八十丈长的巍峨城墙，城墙主要为了抵挡普通妖族，这样的高度已经足够。

挖掘后，城墙外自然形成了一条近八十丈长、超过十丈宽的护城河。随着建造城墙，护城河也会慢慢变长。

柳七月一迈步，到了刚建造的城墙边缘，再度施展出暗星领域挖掘泥土和岩石，然后建造城墙。

"那位就是宁月侯。"

"真是厉害啊！"

"半里长的城墙，半盏茶工夫就建造成了。"

"今天早晨，宁月侯就开始建造了，这才一天，就建造六十里了。四面外城墙都长两百里，怕是半个月就能建成！"许多凡人看得目瞪口呆，这就是神魔的力量！他们对抵抗妖族也充满信心，他们相信，如此强大的神魔一定能够挡住妖族的侵袭。

他们不知，普通神魔们看到后也同样感到震撼。

这需要暗星领域配合火焰才能做到，柳七月也是因为修为达到道之境了，所以才能如此轻松建城。

"论建造城墙，我比七月差远了。"孟川看着这一幕，在心中暗道。

柳七月操控着一面城墙落下，城外护城河同样推进了半里，她转头看到了远处的孟川，笑着一迈步，便飞了过来，凡俗此刻再也看不见她。封侯神魔想要隐藏，普通神魔都看不见，更别说凡俗了。

柳七月笑着飞过来，对孟川道："阿川，再有十来天，江州城的外城就能建成了。"

第 《273》 章
煞气练成

"七月，你建城的速度可真快。"孟川赞叹道。

柳七月笑道："暗星领域再配合我的火焰，熔化一些泥土和岩石，然后再重新塑形罢了。任何一个封王神魔，施展无间领域建城都要比我快。"

孟川点头。

无间领域神秘诡异，有种种匪夷所思的能力。自己肉身强悍，堪称不死之身，又有神通，再加上速度冠绝天下，也差不多只能媲美普通封王神魔。实在是了解越深，就越明白封王神魔的可怕。而且封王神魔的实力，有一半都靠无间领域发挥出来。

冰冷、炽热、狂风、雷电……在无间领域中都能一念形成，简直有"言出法随"的能耐了。

罪孽、怨气、寿命……无间领域都能察觉。别人施展的元神之力，也无法逃脱无间领域的探察。

至于杀敌、防护、镇压等能力，更是远超暗星领域。

"大周王朝只是要建数十座城池，建城并不难。"孟川说道，"难的是，如何抵挡住百万妖王的攻击。"

"百万妖王。"柳七月眉宇间也有着愁意，只要想到百万妖王将在人族世界肆虐，都觉得是一场噩梦。

"元初山和黑沙洞天面对如此形势，依旧要建城，尽量庇护凡俗。"孟川说道，"我想他们便是有一定底气的，等战争开始时，便知道详细的作战计划了。"

"是得保密。"柳七月说道，"过去就有神魔和天妖门勾结，若是百万妖王杀入人族世界的消息传开，怕有更多神魔会背叛人族。"

虽然大多数神魔都站在人族这边，但人有千百种，神魔也有千百种！在这等紧要关头，有少数神魔背叛人族也都是完全能预料到的，应对妖族的真正手段，自然得保密。

连孟川都不知道，可见保密程度之高。

……

这个春节，虽然绝大多数府县的人都迁移到大城定居下来了，但他们并没有很开心。

因为一则消息在整个人族世界处处传播开来，随着时间的推移，越传越广，凡俗中议论的人越来越多。

夜里，江州城外城的一处民居内。

"我们大周王朝和黑沙王朝舍弃了所有府县，就是因为知道挡不住妖族的攻击。"这处民居小院内聚集着数十人，一位瘦小青年低声道，"之前一两名妖王屠戮县城时，我们人族都损失惨重。这次可是上百万妖王一起杀过来，听说天下的神魔一共也就过万，怎么抵挡？以一抵百？"

"难不成挡不住了？"

"我们现在可都是在州城。"

周围的人小声说着，牵扯到妖王，牵扯到生死，都是他们最关心的事。

"难！"瘦小青年摇头，"未战先怯，神魔们都怕了，现在都退缩到大城，若真的要杀起来，怕是很可能会战败。一旦战败，我们凡俗便犹如猪羊一般任由妖王宰割。"

"我们可以躲进地道。"

"州城人口众多，躲进地道，会有强大神魔来的。"

"蠢。"瘦小青年嗤笑，"过去是有强大的神魔会赶来救援，这次是真正的决战，如果全面溃败，哪还有神魔过来救援？没神魔救援，妖族会将我们全部杀光。"

周围的人听得心头发慌。

"我倒是听说了一个法子，在妖族屠戮时有望活命。"瘦小青年压低声音神秘地道。

　　"什么法子？"周围的人都看着他。

　　"面对妖王，高喊我是天妖门的探子，"瘦小青年说道，"或许就能活命。天妖门和妖族是一伙的，妖族不杀天妖门的人。"

　　"我们说，妖王就会信？"

　　瘦小青年嗤笑道："百万妖王呢，哪里都能辨别清楚，而且我也只是说个救命的法子罢了。"

　　"砰！"院门忽然被踹开。

　　一位青年带着数名兵卫冲进来，惹得里面的人一阵慌乱。

　　"二狗子，你干什么？"瘦小青年脸色大变，怒喝道。

　　那名青年立即指着道："就是他，他蛊惑人加入天妖门，散播百万妖王将要杀入人族世界的消息。"

　　"带走！"数名兵卫立即冲来。

　　旁边的人刚才听得起劲，此刻都不敢吭声，不敢阻挡。

　　"我也只是说说而已，我和天妖门可什么关系都没有。"瘦小青年连忙高声喊道。

　　可兵卫们毫不留情，直接将其带走了。

　　那名带兵卫进来的青年看向周围熟悉的乡亲们，朗声道："诸位叔伯，我服兵役七年，看多了妖王被杀。过去妖王杀到我们的家乡，最终不也都狼狈而逃？神魔们若是挡不住，何必辛辛苦苦让我们都迁移过来？既然天下间处处在建大城，那就是一定能挡得住。"

　　"而且我们人族历史不知道多少万年，遇到过多次劫难，过去能挡得住，那这次也依然能挡得住。这些妖王休想灭掉我们！"这名青年说道。

　　"是，既然一处处迁移，神魔一定是有底气的。"

　　"对，神魔们更强大，他们能轻易斩杀那些妖王。建城也快得很，一座小山般的城墙，宁月侯半盏茶的工夫就建成了。听说她丈夫东宁侯更厉害，也坐镇江州城呢。"

……

江州城如今的人口直逼两千万，鱼龙混杂，每日都有造谣之人被抓捕。

夜色中。

柳七月回到了孟府湖心阁。书房内，孟川在画画。

"回来了？"孟川抬头看了妻子一眼。

"的确如我们所料，妖族四处散播消息，事情发酵到如今，城内议论此事的人太多了。"柳七月摇头道，"那些主动宣扬的，虽然都抓进了大牢，但经过神魔审问之后发现，真是天妖门派遣的人没有几个，绝大多数人都是道听途说。"

"元初山不是早就定下方案了吗？"孟川淡然笑道，"让这些人去忙碌，忙起来累了，就没心思去凑热闹了。"

"你的意思是？"柳七月看向孟川。

"如今依旧有人口在迁移过来。"孟川说道，"那么多人是需要修建一些建筑的，比如新的道院和朝廷官员的住处，都是超大范围的建筑，神魔建造起来快，但也可以让凡俗去干！一来，让他们没闲情逸致去四处宣扬，如此情况下依旧不断宣扬的，是天妖门的可能性就高了；二来，也可以让那些人借此多赚些银子，这些迁移来的人焦躁得很，怕是也有州城粮食价高的原因。"

柳七月微微点头。

这些能在府城定居的，条件都不差。但州城人口太密集，每日消耗的粮食都惊人，所以粮食成本更高。每日开销大，人们自然焦躁不安。

"对了，阿川，你的煞气练成了吗？"柳七月问道。

"应该就在今夜。"孟川应道。

深夜，静室内。

孟川盘膝坐着，面前放着一个大的青铜葫芦，恐怖的气息四处弥漫着，周围的空间都仿佛被冻结，没有发生任何波动。

绝对的冰冷！令一切都仿佛静止了。

便是孟川的血液仿佛都要停止流动了一般，连粒子仿佛都被冻结了，移动不了，可孟川强大的肉身完全能够抵抗住。

轰。

近一年时间的修炼，煞气终于积累到了一定的程度，发生了质变。

之前还觉得肉身被冻住了，完全靠生命力在支撑，但蜕变之后，这种冰冷的感觉孟川不再觉得可怕，而是已经习惯，这也成了他身体的一部分。他只觉得冰凉之意发自心底，全身各处都凉爽得很。那种凉爽的滋味很舒服，完全蜕变后的煞气正自如地在他身体里流转着。

"成了。"孟川露出喜色，"我如今的煞气，可从未有人练成过，其威力应该在修炼浊阴煞或地极寒煞的修炼者之上，在封王神魔当中，都是顶尖一类的煞气领域了。"

不是谁都能修炼煞气的，得看神魔的体质，修炼雷霆灭世魔体的修炼者，在成神魔之初，煞气就是肉身最根本的力量，所以孟川才能炼煞。

历史上，修炼雷霆灭世魔体的封王神魔，煞气领域都很可怕。

孟川的煞气领域，更是其中最厉害的！

第《274》章

冻成虚无

孟川练成煞气，已是后半夜。

柳七月依靠在床上看着卷宗，每次她都是等孟川一起入睡的。

"阿川。"柳七月抬头看去。

孟川来到里屋，脱掉外套便上了床，倚靠在妻子身旁。

柳七月情不自禁地朝丈夫贴近了一些，轻声问道："煞气练成了？"

"嗯，和我预料的一样。"孟川笑道，"从师尊那里得到的归元煞气，还剩一些。"

"师尊也是怕你不够用，自然多为你准备了一些。"柳七月追问道，"煞气练成后威力如何，让我瞧瞧？"

孟川伸出手，手指尖冒出一缕深青色气流，看起来普普通通，仅仅是一道神秘的深青色气流而已，对周围的环境也没有造成任何影响。

柳七月的暗星领域是时时刻刻存在的，她从这深青色气流当中感受到了一丝威胁，她的体表有真元显现，全力护体，甚至她做好了随时施展凤凰涅槃的准备。她惊恐地看着那道深青色气流："阿川，它明明没外放一丝威力，可我觉得它好可怕，若是被它沾上，我就会立即毙命，连凤凰涅槃都来不及施展。"

"就是封王神魔都得靠无间领域护体，不敢碰它。"孟川说道，"若是封王神魔不小心被它侵袭，虽然能抵挡住，但是实力会大减。"

"好厉害！"柳七月惊叹。

"它在封王神魔中都算是顶尖煞气了。"孟川说道，"我如今一大半的实力都源自于它。"

柳七月说道："阿川，你只是封侯神魔就如此厉害……"

"我厉害，一是因为肉身一脉的秘术，令我的生命力足够强，加上雷霆灭世魔体能炼化煞气；二是有师尊赐予的这归元煞气。这可是元初山的先辈从域外得到的神秘煞气，连浊阴煞和地极寒煞如今在世间都难寻，这归元煞气的威力还在这二者之上。"

能练成如此煞气，有实力也有运气。

"归元煞气给旁人，练都练不成。"柳七月笑道。

孟川轻轻摇头道："我即便练成了归元煞气，面对即将到来的决战，我依旧感到心慌。"

柳七月也点头："在战争面前，我们能做的都很有限。阿川，你至少能救援各方。"

"众多四重天大妖王袭击天下各地，我的速度再快又能救几处？"孟川轻声道，"还有百万妖王杀来，我一人又能如何？"

"这不是你一人的事，天下间还有许多封王神魔，甚至还有造化境尊者。"柳七月说道。

"前路看不清，只能一路杀过去。"孟川说道。

"我会一直陪着你的。"柳七月看着孟川。

孟川看着妻子，不由得露出笑容，伸手抱住妻子。

柳七月靠在孟川怀里，轻声道："不知道我们这辈子能不能看到人族彻底获胜的那一天。"

"我也很想看到那一天。"孟川轻声道。

后半夜夫妻俩没再睡，只是闲聊着。

聊着天下，聊着江州城，聊着父母和孩子……

清晨。

已经起床练完刀的孟川，正和妻子一同吃早饭。

"川儿。"孟大江来到了湖心阁。

孟川和柳七月都起身，柳七月道："爹，要吃早饭吗，我给你盛一碗？"

"早吃过了。"

孟大江笑呵呵地坐下，有些犹豫。

"爹，有什么话说吧。"孟川笑道。

孟大江看着儿子，低声道："川儿，你爹我修炼也需要些外物材料，可我的功劳少得很，不够换取，所以想要和你借些功劳。"

"你早说啊，就这么点事。"孟川和柳七月相视一眼，都有些哭笑不得。

孟川在地底探察的事必须保密，所以外界并不清楚孟川如今赚的功劳何等惊人，之前单单救援各府城，积攒的功劳就很惊人了，足以媲美封王神魔。

"我想要一百零三万功劳。"孟大江说道，觉得有些惭愧，父母都是为孩子付出的，他这么多年都没向孟川开口过！如今他也是没办法，除了孟川这里，从其他地方他弄不来上百万的功劳。

"就这么一点，爹，你儿在外征战，有时候运气好杀几名妖王，一天的战利品，都不止百万功劳呢。"孟川说道。事实上他每天在地底探察，要斩杀约莫百名妖王，妖王的尸体和战利品……他每天获得的功劳，至少都有百万。

"爹，我写封信给元初山，将功劳转五百万到你的名下。"孟川说道，"你想要换什么就换什么。"

"五百万功劳太多了。"孟大江连忙道，第一次和儿子开口就挺有心理压力了，何况一下子转五百万功劳？

"真的不多。"孟川笑道，一翻手，手中就出现了笔墨和信纸，立即开始写信，信中蕴含着他的真元气息。

"小灰，速速送往元初山。"孟川喊道。

飞禽妖王惠姨出现，恭敬地接过信件："是，主人。"当即化作一只灰色飞鸟，破空而去。

孟大江见儿子如此果断，也没再推辞，实际上他如今真的很需要功劳。

"爹，我要出去了，最近事情有点多。"孟川起身。

"我也要去地网那边。"柳七月也起身。

"你们忙。"

孟大江知道他们任务繁重，特别是如今人口迁移，柳七月管理着两千万人口的城池，她也很忙。

孟大江离开了湖心阁，回到了自己的院落。

"百万妖王肆虐天下？形势越来越糟了？"孟大江在自己的小院内，开始练刀，"我孟大江这辈子要创造炼体一脉的奇迹，成为炼体神魔一脉的第一人，让白家对我刮目相看。如此，才有望和念云团聚。可如今年过八十，却还是不灭境。要想让白家刮目相看，估计是不可能了。可在这战争时期，我也是神魔，总不能一辈子躲在儿子、儿媳背后吧？修炼了这么多年，还学了儿子给我找的诸多刀法，总算达到了刀意境，炼体一脉达到大日境还是有希望的。总要放手拼一拼。"

孟大江这么多年来一直想要变强，年轻时，曾想开创炼体一脉的历史，成为第一个炼体一脉的封侯神魔。现在看来，彻底没希望了。和妻子白念云团聚的事情，儿子都没任何法子，他更只能放在心里。

他依旧有着一颗战斗之心，面对妖王，他不愿躲在别人身后。

……

孟川每天在地底探察六个时辰，身心疲惫，哪里还有心思观察父亲的心理变化？

孟川依旧一天天在地底探察。

地底一百九十里处，孟川的雷霆神眼睁开，超高速在地底穿行，全力探察着。他每天都去探察四重天大妖王数次，只是大多都是无用功，可他依旧坚持着，坚持才有希望。

"嗯？"孟川在飞行时，脸上忽然露出喜色，"发现了！"

在地底一百九十二里处，有一座妖王巢穴，此时已经进入了孟川的雷磁领域范围内。

"练成煞气的第三天，就发现四重天大妖王。这是近一年来，我在地底发现的第四名大妖王了。"孟川心情极好，透过雷磁领域瞬间爆发出闪电。

另一边。

妖王巢穴中，一名四重天熊妖王正呼呼大睡，当雷磁领域扫来时，它的眼睛陡然睁开，眼中满是惊恐。

"有神魔，赶紧逃命！"熊妖王立即传音怒吼。它自己则冲天而起，轻易将上方一切阻碍物撞得粉碎，即使是厚厚的岩石，此时在它面前也如豆腐一般脆弱。

雷磁领域激发无数雷霆，雷霆闪电瞬间就将这洞府内的大部分普通妖族、妖王劈死，仅有三名三重天妖王还活着，但都受了重伤。

扭曲的空间中，忽然一道深青色气流出现了。

"嗯？"疯狂逃命的熊妖王，手持两柄大锤在超高速穿行，也随时准备反击，可它忽然发现一道深青色气流出现在扭曲的空间中。

空间扭曲，岩石都不再是阻碍。

就好似瞬移一般，岩石完好，深青色气流却从空间的另一端直接到了面前。

"什么玩意儿？"熊妖王没有暗星领域，感应不够敏锐，可它还是谨慎地一锤砸了过去，大锤蕴含了土黄色妖力。

"砰。"一锤砸中深青色气流。

深青色气流却真的只是气流，大锤触碰气流的同时，气流自然散开，到了熊妖王的身旁。

熊妖王只感觉一股匪夷所思的冷气，瞬间从胸口，弥漫到全身！

紧跟着它就失去了意识。

熊妖王被恐怖的寒冰凝结，在这大妖王的身体上，覆盖着一层冰霜。

瞬间，熊妖王的身体彻底被分解成粒子，消失在世间。它手中握着的两柄大锤也被冻得碎裂成数十块，它的衣袍、储物袋等物，都直接被冻得碎裂了。

孟川从空间的另一端走了过来，看到熊妖王彻底分解后消失，以及一柄地级神兵层次的兵器直接被冻得裂开的场景，不由得惊叹。

"在我的感应中，它的肉身被彻底粉碎了，直接化作虚无。"孟川暗道，"不到必要时，我还是少施展，现在斩妖刀都没血气吞吸了，连战利品都毁掉了九成。"

第 《275》 章

帝君

孟川有些心疼地看着熊妖王死后遗留下的物品，被煞气毁掉九成，剩下的太少了。

"这两柄大锤虽然都碎成数十块，可妖王兵器，元初山一般都是回炉取其材料，现在碎裂了一样回炉。"孟川挥手将大锤碎片都收回洞天法珠，又看向旁边另一处，储物袋完全被冻裂、消失了，连储物袋内的物品几乎都被毁掉了，只有极少部分残留。

些许红色和紫色的残渣，也不知道是何物质。

"嗯？这里有一个完整的。"

孟川在那些残渣中，发现了唯一一个完整的宝物，一招手，那物品便从残渣中飞出，落到孟川掌心。

这是巴掌大的熊雕像，通体漆黑，保持着站立的姿势。孟川看了都一阵恍惚，隐约看到一头巍峨万丈的巨熊站在天地间，它仿佛天地间的主宰，行走在大地上，每一步都地动山摇，带着毁天灭地的威势。

"这是什么？"孟川有些疑惑，"在我的煞气下还能完好无损，定是不凡，等去了元初山可以问问师尊。"

孟川又返回妖王巢穴，在他的雷磁领域下，那三名重伤的三重天妖王自然逃不掉，都被暗星真元远距离击杀了："雷磁领域威力虽然小些，但连那些做杂活的三重天妖王都有大半被劈杀，并且至少不会毁掉战利品。"

孟川将妖王的尸体和战利品全部收起。毁掉了熊妖王的物品，孟川还是有些心疼。

当天傍晚。

孟川直接俯冲向元初山，将这些天斩杀的妖王的尸体和战利品上交，这种琐事如今都是元初山山主负责接待。

而洞天阁的亭子内，秦五尊者正在和洛棠尊者商谈着。

"如此配合，还算可以。"洛棠尊者看着卷宗，"不过还可以再调一调。"

秦五尊者忽然抬头，看向远处。

"怎么了？"洛棠尊者道。

"孟川来了。"秦五尊者说道，"应该是送妖王尸体等一些战利品的。"

洛棠尊者微微皱眉："秦五，你想好了吗？最终决战之时，该怎么发挥孟川的力量？"

"我还在犹豫。"秦五尊者皱眉。

洛棠尊者道："论速度他没话说，比我都快。可若是实力不够强，就不是去救援，而是去送死了。"

"随我来。"秦五尊者起身。

"去哪？"洛棠尊者疑惑。

"验证实力，只有知道我这徒弟准确的实力，才能在接下来的决战中，给他定下适合的任务。"秦五尊者说道。

在元初山的一座洞天内。

孟川将大量妖王的尸体和战利品都扔出来，元初山山主在一旁，看着妖王的尸体越堆越高，不由得赞叹道："孟师弟，每次看你将这么多妖王的尸体扔出来，都觉得痛快。最近一年，整个元初山其他神魔斩杀的妖王，都不及你一人多。"

"最近半个月，斩杀了一千两百三十五名普通妖王。"孟川扔出最后一具妖王的尸体，才笑道，"妖王们太狡猾，在地上很难斩杀。我在地底进行大范围探察，甭管它们多狡猾，除非远离陆地区域，否则都会被我发现。有时候笨法子才是最佳的法子。"

"这笨法子，在如今的人族神魔中，只有你和白钰王能用。"秦五尊者的声音响起。

孟川和元初山山主都转头看去，连忙恭敬行礼。

此刻秦五尊者和洛棠尊者并肩走来。

"杀得好啊！"秦五尊者看着那一大堆妖王的尸体，"只是妖王很狡猾，白钰王在黑沙王朝杀了十年，令很多妖王都逃到我们这边和大越王朝那边了。孟川，你如此杀下去……妖王怕也会接连逃走，越往后，杀起来就越难。"

"世界就这么大，它们能躲到哪儿去，大不了，整个世界处处探察。"孟川说道。

"好。"秦五尊者笑着点头。

"山主，"孟川看向元初山山主，又道，"还有战利品没交接，最近半个月，我还杀了一名四重天大妖王。"

"四重天？"元初山山主眼睛一亮，"尸体残骸呢？"

他知道斩妖刀能吞血气，可四重天大妖王的尸体一般会有残留。

"我施展煞气，令那妖王的尸体彻底冻结，粉碎成虚无。"孟川无奈道，"渣都不剩！连它的储物袋都彻底粉碎消失了，兵器等物倒是有些残余。"

孟川说着，一挥手，旁边出现两柄大锤的碎片，还有些残渣物质，既然没被煞气毁掉，想必那些残渣也不凡。

"这两柄大锤都冻碎了？"秦五尊者走过来，仔细看着那两柄大锤的碎片，忍不住惊讶地道，"炼化归元煞气后，你的煞气的确很厉害。"

"很厉害的煞气。"洛棠尊者也点头赞道。

"那熊妖王死后，唯一在煞气下保留完整的物品就是这个……"孟川一翻手，拿出了那个熊雕像。

秦五尊者、洛棠尊者一看，眼睛一亮。

"是个宝贝，能算三千万功劳。"秦五尊者说道。

"师尊，这是什么？"孟川疑惑。

"妖族传承。"秦五尊者解释道，"是一位达到帝君境的熊妖留下的其中一份传承。"

"帝君？妖圣之上的帝君？"孟川眼睛一亮。

他当然知道帝君，比如人族上一位帝君就是黑沙帝君，差点就彻底统一天下。

"妖族世界比我们庞大，强者数量比我们多。"秦五尊者说道，"所以诞生的帝君就多多了，如今这时代，妖族都有三位帝君。漫长的妖族历史，诞生的帝君更是超过千数。所以类似的传承挺多，这一个雕像仅仅只是帝君传承的其中一份而已，这应该是帝君赐予手下的。"

孟川点头。

"这招数更适合妖族，对妖族修炼肉身很有帮助。"秦五尊者说道，"我们人族的肉身和妖族截然不同，对我们的帮助就小多了。可终究是帝君所留，即便用来借鉴，三千万功劳也是值的。"

"熊妖帝君？"孟川了然，观看雕像时看到的巍峨万丈的熊妖就是帝君。

"我人族诞生的帝君就少多了。"秦五尊者摇头，"上一次人族诞生的帝君是黑沙帝君。那个时代还有一位了不起的大宗师，就是阴阳老人。阴阳老人虽然是造化境尊者，可修为已到帝君级，他自创的两界神体绝学更是人族有史以来十二大超品神魔体之一。单论对人族的贡献，阴阳老人的贡献还在黑沙帝君之上。"

"后来也因为内部分裂，阴阳老人暗算黑沙帝君，最终两败俱伤。"秦五尊者感慨道，"若是当时他们团结一心，或许那时世界就彻底统一了。"

孟川点头。

人族有十二种超品神魔体，龙神体和凤凰神体是血脉神体，严格来说，人族自创的仅有十种超品神魔体。每一种超品神魔体的开创者都很了不起，他们的才情在人族历史上都是排在前列的。

"若是我们这时代能诞生一位帝君，那就能彻底终结战争了。"洛棠尊者摇头道，"只是太难了，人族历史上每十万年才出一位帝君。不过这只是估计，有时候同时期出两三位耀眼人物，有时候数十万年不出一位帝君。"

第 《276》 章

验证

"而妖族，每个时期都有数位帝君，双方底蕴的积累就差远了。"洛棠尊者说道，"我们的优势就是占据地利，妖族的顶尖强者根本进不了人族世界。妖族厉害的宝物，没有妖族世界为依托，到人族世界威力会大减，甚至没用处。"

"像你师尊赠予你的护身石符，也唯有在人族世界使用才有效。"洛棠尊者说道，"出了人族世界，便无用了。"

孟川了然。

那些一次性宝物，既然不是自身力量，那就一定得有力量源头。离开原有的世界，便失去了力量源头。

"妖族历史上诞生的帝君较多，为了这场战争，赐给四重天大妖王的宝物怕也有不少。"洛棠尊者轻轻摇头，"真不知何时，我们才能诞生一位帝君。"

"帝君？"孟川暗暗思量。

自己所学的心意刀的创造者郭可前辈，虽然是封王神魔，但在年老时创造的最可怕的一刀，也达到了帝君级，无敌于当世。只是郭可前辈和阴阳老人比起来就弱多了，郭可前辈达到帝君级的仅有那一刀，阴阳老人却是自创出了一套完整的神魔体法门，是成体系的。两界岛过去一直被黑沙洞天打压，到现在却依旧屹立不倒，也多靠阴阳老人的余荫。

"诞生一位帝君，或者出现一位元神达到第八层境界的神魔，或者其他……"秦五尊者说道，"只要出现一个，我们就能赢得这场战争。"

"可每个都很难。"洛棠尊者道。

秦五尊者收起了熊妖雕像，开口道："孟川，最终决战随时可能开始，关于对你的调任，我和洛棠也在商量。"

"如今估测，七百位四重天大妖王会联手攻打人族，人族大城就那么多，它们不可能单独行动。最大可能是彼此配合，组成一支支队伍。四重天大妖王中有不少达到四重天巅峰的妖王，若选最恰当的伙伴配合，再配合妖族帝君赐予的宝物，每一支四重天妖王队伍，怕都能达到普通五重天妖王的实力。"洛棠尊者说道，"甚至说不定，还会有新晋五重天妖王藏在其中。"

秦五尊者点头道："实力不够强，若依旧去救援，就很可能死在妖族手里。在对你下达调任的命令之前，我和洛棠想要先验证一下你的实力。"

"好。"孟川点头。

他也很想知道，自己的实力到底达到了什么地步。

唯有清晰定位，才能制订正确的计划。

"你就和元初山山主交手吧。"洛棠尊者说道。

须发皆白的元初山山主看着孟川道："孟师弟，你可得小心了。"

"和山主交手？"孟川眼睛一亮，元初山山主是元初山名义上的领袖，且如今都有四百多岁了，活了这么久，元初山山主的实力在封王神魔中绝对算靠前。

"你们俩都不用想太多。"秦五尊者吩咐道，"施展出你们全部的实力，有我在，不会出任何意外。"

"是。"元初山山主若有所思，他之前还有所顾忌，毕竟杀招一出，很可能会出人命。

在这片洞天内。

孟川和元初山山主看着彼此，秦五尊者和洛棠尊者在远处看着。

"山主，且试试我这煞气。"孟川开口道，体表便有深青色煞气弥漫开去，这毕竟是验证实力，而非生死战，孟川最先施展威力最难预测的煞气，也让对方能感受清楚。

"哧哧哧——"

深青色煞气迅速朝元初山山主弥漫过来。

元初山山主调动全身的力量努力压制，却压制不住，深青色煞气所过之处的空间中都有寒霜凝结。

"这煞气真厉害。"旁边观看的洛棠尊者赞叹道，"元初山山主的五方界领域都压制不住。"

元初山山主周围有黑色真元配合五方界领域抵挡，都被这深青色煞气逼得只能护住周围三丈范围。

"孟师弟的煞气的确了得，我虽然能挡住，但周围的空间都被压制了，我只能发挥出五成速度。"元初山山主开口道，"不过我厮杀时，一般也不用移动。"

话音刚落，一个虚幻的巨人出现了，这虚幻巨人高百丈，体表有黑光流转。而元初山山主此刻就悬浮在虚幻巨人的身体内部。孟川释放出的那一道深青色煞气也侵袭着虚幻巨人，但只能影响虚幻巨人的速度。

"元初神体？"孟川暗道。

十二种超品神魔体，杀伤力最强的是十三剑煞魔体，可修炼这一种超品神魔体的神魔攻强守弱。

轮回魔体在近战中是最全面的，元初神体在远攻中是最全面的，二者非常相似。

二者都需要兼修五行，都需要将五种意之境练成后融合。轮回魔体的难度略高一些，因为是用五行力量修炼自身肉身。元初神体是用五行力量修炼虚幻的战体。战体没肉身的束缚，可自由发挥，威力自然可以很大，就是肉身较为脆弱，一旦战体被破，离死就不远了。

战体都扛不住，真元护体也是扛不住的。

"元初神体。"孟川颇为期待。

"孟师弟，且接我一掌。"元初山山主挥出一掌。

顿时这虚幻巨人拍出了一掌，那手掌刚拍出时仅十余丈大，随着离孟川越来越近，手掌也疾速变大。

两三百丈长的手臂，过百丈大的手掌朝孟川拍来。

孟川抬头看着，他感觉到周围的空间在挤压他，他却没躲，就这么抬着头看着，任由那巨大的手掌重重拍下。

"啪。"大地震颤，地上露出了一个巨大的手掌形状的大坑。

"什么？"虚幻巨人抬起手掌，发现全身散发光芒的孟川从大坑中飞了起来，周围的空间都在塌陷。

孟川毫发无伤，抬头笑道："山主，你这一掌威力挺大，打得我耳朵都嗡鸣了。不过威力分散在我的全身各处，却是连皮都没破呢。"

在远处观战的秦五尊者和洛棠尊者都眼睛一亮。

"怎么回事？那一掌的威力绝对达到了顶尖封王神魔层次。"洛棠尊者道，"秦五，你仔细看看，他的肉身怎么这么强？不死境这么厉害？"

秦五尊者一眼就看得清清楚楚："孟川肉身的坚韧程度足以媲美封王神魔，并且他在承受那一掌时，还施展了神通，就是他体表出现的光芒。这门神通令他肉身的防护能力再度飙升，全身仿佛覆盖了一层铠甲！刚才那一掌，威力被这铠甲大幅度削弱，传递到他肉身后，引起他的身体震动，他的身体内部出血了，不过这点伤势他瞬间就好了。"

"不死境肉身，身体就是粉碎了，也能瞬间合一。"洛棠尊者惊叹道，"我看过这门修行体系的介绍，知道不死境生命力极强，可没想到防护也强成这样。这还是我第一次看到不死境肉身，难怪沧元祖师将这门仅能修炼到滴血境的修行体系放在沧元洞天中。"

"孟川，施展全力。"秦五尊者喝道，"别只挨打。"

"是。"孟川连忙应道。

第 《277》 章

孟川战元初山山主

"师弟尽管出手。"元初山山主站在半空，他成为封王神魔近三百年，一直修炼的都是元初神体，积累何等深厚，如今对付一名封侯神魔自然很轻松。他能看出自己这位师弟的肉身不凡，但杀伤力还是很有限。

孟川站在那里，周围近百丈范围内的空间都扭曲了。

"师兄，你要小心了。"孟川瞬间拔刀，紧跟着便动了。

在扭曲的空间中，孟川仿佛瞬移一般，一迈步就到了虚幻巨人身旁，刀瞬间刺在虚幻巨人的胸口，因为元初山山主的本体就在巨人的胸口位置。

"龙吟式！"这是孟川修炼成不死境后，第一次全力出手。

这一招有着雷霆灭世魔体超绝的速度，更有着不死境肉身蕴含的强大力量，这一招又最擅长穿透。

"噗。"

虚幻巨人胸口的黑色流光都凹陷了，层层黑色流光努力抵挡住了这一刀。

"这一刀，足有封王神魔的实力。"元初山山主惊讶地道，"若是大意，被还是封侯层次的师弟逼得用出护身战体，那就是笑话了。"

他顿时变得紧张了。

元初神体一脉的神魔，修行到超高境界，可以兼修一种战体，一种主杀敌，另一种纯粹为了护身。

"师弟的刀法不错。"元初山山主施展指法，那虚幻巨人的一双手掌也袭向孟川，那五根巨大的手指舞动着，空间都开始发生变化，甚至肉眼难以看清那五根手指。空间变得虚幻，这让孟川施展身法时极其难受。明明想要去前方，但时间和空间都在发生变化，自己移动的轨迹瞬间就变了。

"《黑铁天书》中的元初印法。"孟川明白对方施展的招数，这是每一个元初神体都会兼修的。

可明白归明白，孟川就是觉得很难受。

"如果要逃命，只管朝远处拼命逃就是。"孟川暗道，"可要杀过去，就要冲出那一双手掌的攻击范围，那两只大手掌如今都变大了百倍，仿佛两座大山在我面前一般。"

孟川虽然头疼，但他还是施展了飞燕式，身影如鬼魅一般。

他的身影瞬间出现在虚幻巨人的四面八方，不断闪现，快且诡异。他围绕着虚幻巨人移动，寻找机会近身。

"师弟的身法还真快。"元初山山主笑着，手臂陡然变长，那巨大的手掌瞬间到了孟川面前，手指舞动着变幻，时空变幻，孟川欲要闪躲却已经来不及了，眼前一黑，一根仿佛柱子一般的巨大手指到了面前。

"不妙。"

这一根手指高有五十丈，手指周围五行错乱，时空扭曲，手指头却无比精妙地点中了孟川。

孟川体表的光芒震颤，被点得全身的毛孔都冒出了血丝，但瞬间血丝又飞回孟川的肉身内。

孟川被点得倒飞数十丈，便身影一闪，又到了虚幻巨人背后。

"师弟的肉身不亚于五重天大妖王了。"元初山山主笑道。

那虚幻巨人明明是背对着孟川，但是头颅却扭动到背后，一双手掌又挥向孟川。

孟川却没吭声。

"境界上差太多了，我这位掌教师兄早就达到法域境了，一招一式都比我更精妙，我的不死境肉身和刀法虽然擅长影响空间，但他却能掌控五行天地，影响时空。"孟川感觉到了，离元初山山主越近，时空扭曲得越厉害。自己的实力，便很难完全发挥出来。

"不倾尽全力，都没法威胁到我这位师兄分毫啊！"孟川暗道。

"当当当——"

忽然有钟声敲响。

那是孟川的元神兵器荡魂钟飞了出来，肉眼看不见，钟声形成的冲击波袭向虚幻巨人。

"煞气领域！"

孟川再也不是只小心地施展一道煞气，而是全面爆发了，只见道道深青色煞气以孟川为中心，朝四面八方爆发，完全笼罩自身周围百丈内。

"嗯？"原本要袭击孟川的一双巨大手掌，还没碰到孟川呢，仅仅在百丈范围内，就遭到大量煞气的侵袭，元初山山主只觉得寒意侵袭全身各处。这一次的煞气比一开始要多多了，这恐怖的煞气令元初山山主脸色微变，他感觉到战体的真元在煞气的影响下，流转的速度在变慢。

"这煞气大范围覆盖，连我的真元流转的速度都变慢了？"元初山山主不敢相信。

"还有这元神秘术，我修行四百年，也只是和他相当啊！"元初山山主的识海内同样有荡魂钟，他的元神也达到了第四层境界，此时他正竭力抵抗着钟声形成的冲击波。但是很显然，他在元神攻击方面，是不占任何优势的。

"变慢了！"

孟川感觉到那虚幻巨人的手掌挥出的速度变慢了，心头一喜，他的速度本就冠绝天下，如今对方的攻击动作再变慢，那自身的优势自然更大。

这也是孟川将九炼煞气往冰冻方向修炼的原因，主要是为了利用自身的速度。

掌法一慢，再精妙的用途也大打折扣，全身散发着光芒的孟川从扭曲的时空，杀到了虚幻巨人的胸口位置，毫不犹豫地接连出刀，一刀刀都是心刀式！

有奇异力道透过虚幻巨人的体表，虽只剩下两三成，但依旧朝元初山山主本体冲去。

孟川之前施展过龙吟式，连最擅长穿透的一招都没能破开这战体。他便知道，唯一能威胁对方的，可能就是心刀式了。

"嗯？"元初山山主的无间领域，清晰地感应到那只剩下两三成威力的攻击，微微一笑，单单凭借无间领域就层层削弱了，那劲道没碰到元初山山主的本体就彻底消失了。

"还是不行？"孟川发现不对劲。

他愤怒地双手握刀，正面朝虚幻巨人怒劈而下。

"给我破！"这一刀劈出，整个洞天陡然炸响，一道恐怖的雷电从孟川手中冲出，顺着斩妖刀劈在了虚幻巨人的胸膛上。这一道巨大的雷电一时间耀眼夺目，让旁观的秦五尊者和洛棠尊者都大吃一惊。虚幻巨人胸膛的黑光努力想要抵挡，可在煞气领域下真元流转的速度本就变慢了，此刻遇到这破坏力极强的一招，再也扛不住。

"砰！"巨人胸口的黑光直接被轰破，那一道巨大的雷电朝元初山山主劈了过去。

三大神通之天怒！

这是孟川练成不死境肉身后，拥有的三大神通中最强的杀招，这一招能够将肉身蓄积的三成雷电，集于一点爆发而出。他的肉身中每一个粒子空间都蓄积着雷电，全身蕴含的雷电非常庞大。虽然每个粒子空间都有元神念头盘踞，对每个粒子空间的掌控都很强，可爆发出三成雷电，依旧是他肉身所能控制的极限了。

这一招神通天怒，孟川也只能连续施展三次而已。

第 《278》 章
异族的尸体

"这雷电！"元初山山主也不敢怠慢，这雷电让他感觉到了死亡威胁。

"起！"

元初山山主仅仅一个念头，体表便浮现出了一道丈许高的黑色人影。丈许高也仅仅比元初山山主本体略高一些而已。这黑色人影通体散发着黑色流光，长发披肩，面无表情，但散发出的威严却远超之前那尊百丈高的虚幻巨人。这是元初山山主完全用来护身的护身战体，护身的能耐比虚幻巨人强数倍。

"轰隆隆！"那一道雷电轰击下来。

孟川也从虚幻巨人胸口的窟窿中冲了进来，持刀杀向元初山山主的本体。

先是雷电轰破了无间领域真元的阻碍，跟着劈在那丈许高的黑色人影上，黑色人影身上的黑光流转，坚韧无比。

"哧哧哧。"孟川冲来，煞气领域自然也侵袭过来。

"开。"

在煞气领域冻结那黑色人影时，孟川又是一刀！

又是神通天怒。

恐怖雷电先一步劈下，跟着就是孟川耀眼的一道道刀光。

"虎啸式。"孟川接连怒劈。

"我这师弟可真是够狠啊！"元初山山主微微咧嘴一笑，手指捏印，黑色人影先抵抗煞气领域的冻结，再抵抗雷电天怒的轰劈，最后抵抗狂暴的一道道刀光，所以这些都没能袭击到黑色人影。

"镇！"

虚幻巨人先是缩小到十丈，跟着便施展出一记记拳法。

一记记拳法朝孟川四面八方袭来，眨眼的工夫就轰出了数十记拳法，这数十记拳法仿佛大海的浪潮一般，令周围的空间都一阵震荡。

孟川处处遭到了攻击，任凭他的身法再高明，也无处闪躲。

"轰！"孟川陷在这浪潮中，觉得空间震荡的感觉传到了体内，令自己脏腑都受伤了，可这点小伤以他不死境的肉身，自然瞬间就愈合了。

孟川被空间震荡的冲击波袭击到两三里外，这才落下。

元初山山主微微拱手笑道："师弟的刀法和煞气都很了得，我也只能逼退师弟，奈何不了师弟。"

"师兄的招数和境界，的确远在我之上。"孟川也心悦诚服。

他最强的手段都拿出来了，也只是杀到师兄面前，根本撼动不了那护身战体分毫，师兄便击退了自己。

远处，秦五尊者和洛棠尊者看着这一切，都露出了笑容。

"比我预料的要厉害不少。"洛棠尊者笑道，"配合上煞气领域，有顶尖封王神魔的实力。他的逃命能力就更强了，他本就拥有不死之身，还有煞气领域冻结四方，速度又冠绝天下，想必修为在封王层次的神魔，能杀他的都寥寥无几。"

秦五尊者点头道："他的保命本事在封王层次的神魔中都算顶尖，我元初山的封王神魔虽然有几位颇为厉害，但要杀孟川怕只有真武王做得到。其他封王，包括白象王、安海王都做不到。"

元初山当代封王神魔中，真武王第一！

进入沧元洞天的封王神魔，如今仅有真武王和安海王，真武王年龄虽然大了，但实力深不可测。

"妖族派到人族世界的，主要是四重天大妖王。"洛棠尊者笑道，"就算突破，也是新晋五重天，对孟川并无威胁。至少按照现在我们收集到的情报看，除了九渊妖圣外，在人族世界，妖族没谁能威胁到孟川了。而九渊妖圣，进入人族世界的就这么一位，是不会轻易冒险的。"

"嗯。"秦五尊者微笑点头，"在最终决战时，孟川可以发挥更大的作用，不过还是得想办法，弥补一下他的缺点。"

"你的意思是？"洛棠尊者道。

……

孟川和元初山山主一番交手后，也都更加钦佩对方。

元初山山主震惊于这位小师弟的潜力，如今实力和自己都相差不远。

孟川也发现自身和师兄还是有些差距。

"师尊，尊者。"孟川走来，向秦五尊者和洛棠尊者行礼。元初山山主也行礼。

秦五尊者和洛棠尊者都面带笑容。

"此次验证你的实力，是为了确定在最终决战中，对你该如何安排。"秦五尊者微笑道，"现在来看，配合上煞气领域，你勉强有顶尖封王神魔的实力。但说起来，你的护身本领和逃命本领都很强，就是这杀敌的手段还不够强。"

"是。"孟川承认，"弟子大半的实力都在这煞气领域上。"

有煞气领域配合，才勉强拥有顶尖封王神魔的实力。

对敌手段也匮乏，神通天怒倒是不错，可只能连续施展三招。

"你也不必丧气。"秦五尊者笑道，"修行数十年能有如此实力，已经很不错了。"

"师弟天资了得，将来成为封王，也定是其中顶尖的。"元初山山主称赞道，"我和师弟一比，顿时觉得平庸了许多。"

其实掌教这职位，看似地位很高，可因为要处理很多俗务，都是修行上没有多大潜力的封王神魔担任。像安海王这种年纪轻轻实力就在元初山山主之上的，是如今希望最大的造化境尊者的苗子，元初山是舍不得让他处理俗务浪费时间的。真武王等其他人，也没什么俗务。

"哈哈，好了，我们出去吧。"秦五尊者笑道。

……

洛棠尊者渐渐消失，元初山山主也离去处理事务。

"弟子也告退。"孟川行礼。

"你别急，我还有事交代你。"秦五尊者说道，孟川立即乖乖跟着他回到了洞天阁。

洞天阁内。

秦五尊者坐在那里，给自己倒了一杯茶，茶水依旧散着热气。他端着茶水，看着孟川："我和洛棠尊者商议后，决定在最终决战时，安排你单独行动，负责救援各方。"

"救援？"孟川眼睛一亮。

"是的，以你现在的实力，完全可以单独行动。"秦五尊者说道，"放心，应对最终决战，我们有详细的计划，你只是其中一小部分。"

"嗯。"孟川乖乖应道。

"和其他方面比，你杀敌的手段还是弱了一些，没办法，你毕竟没达到法域境。"秦五尊者一挥手，旁边园子中出现了一具尸体。孟川都惊呆了，那是一具约莫三丈高的尸体，有三对黑色鳞片翅膀，头颅两侧各长着一根弯角，手掌也比人族大，每一根手指都如钩子一般。

这具尸体放在那，虽然气息被约束了，但孟川依旧感到压抑。

那是生命层次带来的自然压迫。

"这是一具造化境的异族尸体。"秦五尊者说道，"是我们元初山先辈在域外斩杀，顺便带回来的。它修肉身，死后漫长岁月，肉身都不腐。你直接带回去，用你的斩妖刀每日吞吸它一个时辰，估计半月就能吞吸干净。"

"斩妖刀吞吸它？"孟川看着这具尸体，难以置信。

一具造化境尸体，得要多少功劳换取？

"一具尸体罢了，对元初山不算什么。"秦五尊者笑道，"我元初山强大的神魔，都会得到栽培，你也只是其中之一罢了。"

这是事实。

本就强大的真武王、安海王等神魔，元初山都想尽办法让他们变得更强。

如此，在战争时才能发挥出更大的作用。

"去吧去吧，别杵在这了。"秦五尊者挥挥手，拿起一旁的卷宗看起来。

"是，师尊。"孟川不再多想，当即用洞天法珠将那一具造化境异族的尸体收起，跟着便迅速离去。

　　秦五尊者这才放下卷宗，看着孟川消失在天际，轻声自语："还是时间太短了，孟川的天赋是高，可也要时间慢慢成长啊。希望我们撑得久一点，撑得久，才会有奇迹出现！"

第 《279》 章

妖王摩南到来

夜色朦胧，残月高悬。

孟川在高空飞行，俯瞰着这苍茫大地。

他的视力能看到在野外生活的人们，他们白天大多都藏着，黑夜才出来劳作。大人们在劳作，孩童们在旁边玩耍，也有认真练刀剑的。

"昼伏夜出？"孟川轻声低语，"黑夜，妖王的可视距离大大缩短了。黑夜反而能够保护人族，真是笑话啊！"

"一座座城池都荒废了。"

孟川飞行着，路过的县城、府城，如今都是一片漆黑。这种黑暗让孟川感到窒息。

"整个大周王朝，只剩下大城。"孟川终于看到了一座大城，繁华的大城有上千万人口，只是大城中同样人心惶惶。百万妖王攻打人族世界的消息，早就满天飞了。

"大周王朝，算上七大城关，一共是六十一座大城。"孟川暗道。

七大城关，洛棠关那里人口超两千万。

像安海关、燕山关、白象关等，早期就有数百万人口聚居，自从人口迁移，这些大型城关也同样有人口迁入，人口也超千万。

"野外无数百姓，也围绕着六十一座大城在各地生存。有大城，就有希望。他们赚到足够银子便可以迁移到城内，他们的孩子若是天赋高，更是可以免费送入城内的道院修炼。即便天赋一般，也可以花银子送孩子入道院。大城，就是希望，必须得守住。"

孟川俯瞰下方。

下方的一片空地上，一个孩童和一名男子正在切磋刀法。

"砰。"刀剑碰撞。

孩童被震得往后倒飞落地，他不甘心，再度冲向自己的父亲。

"我力气比你大，你就不该和我硬碰硬。战斗，本就是以己之长，攻敌之短！"男子说着，又挥刀压制住儿子发出的攻击。

孩童又摔了个跟头，满头大汗，脸上还擦破了皮。

男子看到后却喝道："再来，只要你今年能将基础刀法修炼到圆满，便能通过道院的考核。到时候，我砸锅卖铁也会送你进城，送你进道院。若是再不行，你就一辈子和我生活在野外吧，别怪我没给你希望。"

"哼。"孩童咬着牙再冲上去。

高空中。

孟川看着这一幕，又接着飞过。类似的场景他每天都看到很多，可每一次都很触动他，他多么想要完成自己的梦想——斩尽天下妖族，若是能完成，即便拼掉性命也心甘情愿。只是真的很难啊！越往后修炼，越能感觉到斩尽天下妖族是何等艰难。

"这只是黑暗时期，会迎来黎明的。"孟川默默道。

……

孟川飞回江州城。

柳七月等他一起吃了晚饭，随后他就闭关了。

那具造化境异族的尸体，直接被放在静室内，静室是让神魔修行的，建造的也颇大，至少放这具身高三丈的尸体还是放得下的。

"造化境异族，主修肉身？"孟川仔细看着，这具尸体全身有着一层黑色鳞片，连面部都有黑色鳞片，不过胸口却被切割了一大片，鳞片消失了。

"到了这等境界，伤势应该能瞬间愈合。"孟川观看着，"这伤口，更像是这异族死后，被切走鳞片的，难道是元初山的先辈们试着用它来炼制器物？"

造化境肉身强者的尸体，体表的鳞片肯定不凡。

简单缝制成铠甲，价值都很高。

无形的气息波动从这具尸体中散发开来，不过终究是死物，孟川的暗星领域轻易就能封锁这些气息波动。

孟川拔出斩妖刀。

"嗯？"孟川一惊，看向手中的斩妖刀，斩妖刀出鞘后，震颤着想要扑向那一具尸体。

"别急。"孟川笑着挥刀，一刀快如闪电，劈在异族尸体体表的鳞甲上。

实际上，当接近鳞甲约莫一寸时，就有无形斥力作用在斩妖刀上，将斩妖刀抵挡在外。

"幸好元初山的先辈们早就切割了一片，否则我都奈何不了这尸体分毫。"孟川自嘲一笑，将斩妖刀伸向这异族尸体胸口的大伤口，贴近着伤口，过了许久，一滴金色血液终于从伤口中缓慢流出，金色血液仿佛无比重，勉强吸附在刀身上。

"哧哧哧。"

金色血液刚刚碰到斩妖刀的刀身，刀身就缓慢出现了金色纹路，斩妖刀又震颤起来，吞吸着这一滴血。

孟川自己就是修炼肉身一脉的，他清楚神通境和不死境有着质的区别。这造化境异族的一滴血的能量，怕是比自己整个肉身都要强。

这一滴血，斩妖刀吞吸得非常艰难，过了半个时辰，才彻底将一滴血吞吸掉。

"斩妖刀都吞吸得这么艰难。"孟川暗暗感慨，"在历史上，它或许都没吞吸过造化境肉身一脉强者的血液。"

吞吸了一个多时辰后，斩妖刀便不再吞吸了。

似乎暂时达到了饱和状态。

"斩妖刀也得慢慢消化，明天再吞吸吧。"孟川很期待，吞吸一具造化境异族尸体的斩妖刀，会有多大变化？

……

时间一天天过去。

又一天傍晚。

孟川回到湖心阁，和妻子柳七月一同吃晚饭。

"嗯？"孟川和柳七月同时转头看向远处。

一道虚幻的身影从远处踏着湖水走来，它穿着黑袍，有着干瘦面孔、黄色眸子，此刻微笑着踏上了湖心阁。

孟川夫妇起身走了出去。

"妖王？"孟川开口道。

"见过东宁侯、宁月侯。"这黑袍虚幻身影微微行礼。

"妖王的分身我还是第一次见，不知你是哪位大妖王？"孟川开口道。他见过秦五尊者和洛棠尊者的分身，都是元神达到第五层境界后才能拥有的手段。分身是没杀伤力的，不过妖族的神通千奇百怪，或许四重天大妖王也能有分身。

黑袍虚幻身影微笑道："我叫摩南，此次来是邀请东宁侯、宁月侯加入我妖族。"

"加入妖族？"孟川嗤笑，"我们人族怎么会加入妖族？"

"那天妖门为何愿意为妖族而战？"黑袍虚幻身影微笑道，"就是因为我妖族帝君从天外降下妖族圣碑给天妖门，圣碑上刻下了我妖族的承诺。待妖族成功攻打人族世界后，会将人族世界的一成疆域划分给人族，那一成疆域将由天妖门统治，人族从此废除神魔修行体系，只用天妖修行体系。从此人族便是妖族百族之一，也是我们妖族中人了。"

孟川和柳七月彼此相视。

"人族和妖族之战，人族必输无疑。"黑袍虚幻身影微笑道，"既然必输，二位又何必送死呢？你们完全可以带着族人继续生活下去。只要没有新神魔诞生，你们这些神魔，妖族也允许你们存在，等你们老死之后，这世间自然再无神魔。"

"对你们而言，逍遥一生，娶妻生子，族人后代皆幸福圆满，岂不是很好？"黑袍虚幻身影微笑道。

"幸福圆满？真是可笑！"柳七月冷哼道。

"哪里可笑？"黑袍虚幻身影微笑道，"你们非得自己战死，家人战死，孩子战死，才乐意吗？"

　　"就凭你们这些妖王，还想杀我们？"孟川看着对方。

第 ⟨**280**⟩ 章

妖族的承诺

黑袍虚幻身影笑着道："妖族可以源源不断派遣妖王进入人族世界，甚至派出五重天大妖王乃至妖圣，来到人族世界的妖族力量会越来越强。而到时候你们的造化境尊者也只能乖乖低头，否则必死无疑。你们这些封侯神魔，又何必逞能呢？我妖族也不是要你们现在就臣服。你们可以继续在人族世界，做他们的英雄，只要暗中透露一些情报即可。等战争大势不可改，人族世界必输无疑时，你们再投降也不迟。"

"当然，你们得先提供情报，若是一点贡献都没有，将来想要投降，我妖族也是不收的。"黑袍虚幻身影笑道，"这对你们没任何损失，仅仅透露一些情报即可。这么做的神魔有不少，多你们两个不多，少你们两个不少。给自己留条后路，给自己的家人和族人也留条后路，不是很好吗？"

孟川轻轻摇头："没觉得哪里好。"

"将来人族的疆域是小了，只有一成疆域，可至少能继续繁衍生存。你们的家人和族人可以一代代传承下去，你们也可以逍遥一辈子。这是多好的事！"黑袍虚幻身影说道，"后辈们是修炼天妖修行体系还是神魔体系，和你们又有多大关系？换一种修行体系，寿命一样很长。难道仅仅为了坚持修炼神魔体系，你们就要拉着无数人去陪葬？"

"放弃修炼神魔体系，换得无数人幸福生活，多好。"黑袍虚幻身影劝说着。它仅仅只是分身，没有任何魅惑手段，但它也清楚，针对封侯神魔和封王神魔，魅惑只能维持短时间。

要让他们投靠，必须让他们自愿。

"透露情报的事，只要用点手段，谁都察觉不了，连我妖族都没证据指认你们。"黑袍虚幻身影说道，"若真的出现奇迹了，人族获胜了。你们自己守口如瓶，那么谁也不知道你们透露过情报。我妖族也指认不了，就算指认……恐怕人族也不会信。"

"进，可以在人族继续风光；退，可以将来在那一成疆域，依旧统领无数凡俗，过着人上人的生活。

"东宁侯、宁月侯，你们要多多思量。不单单是为了你们，更为了你们的儿女和族人。

"透露情报的方法很简单，施展迷魂之术，控制一个凡俗送个情报即可。那凡俗又无法供出你们，你们留下约定好的暗记，妖族知道是你们夫妻即可。"黑袍虚幻身影温和地道。

孟川感慨道："贪生怕死，乃是人的共性，恐怕真的会有神魔给你们透露情报。"

黑袍虚幻身影微笑点头："是，还不少。"

"可所谓的承诺，所谓的圣碑雕刻，却是一个笑话。"孟川冷笑看着它。

"笑话？妖族圣碑在我妖族极有威信。帝君们亲自雕刻了承诺，若是违背，帝君们便会遭天下人耻笑，再无妖族会信服于它们。"黑袍虚幻身影说道。

孟川摇头道："据我所知，妖族内分很多种族，狼妖、熊妖、虎妖等，可有任何一种妖族，是靠承诺活下来的？"

黑袍虚幻身影一愣。

"妖族内部弱肉强食，"孟川说道，"只有靠实力才能活下来。如今你们为了安抚人族，许下妖族百族之一的承诺，可若将来真的占领了人族世界，其他妖族会放过人族？"孟川摇头。

"帝君亲自雕刻在圣碑上的……"黑袍虚幻身影接着道。

"哈哈，现在的帝君不会违背自己的承诺，那以后诞生的帝君呢？"孟川追问，"据我所知，妖族内部竞争激烈，帝君杀死另一位帝君都是常见的事。帝君们自相残杀，还会在乎其他帝君许下的圣碑承诺？"

黑袍虚幻身影看着孟川，轻声说道："东宁侯的确了得。是，妖族世界本就是强者为尊。将来的帝君是不一定遵守前任帝君的圣碑承诺。可是帝君们寿命万年！人族至少有数千年安稳时间可以好好发展，相信人族也能诞生一批天妖体系的强者。如此，也能凭实力，位列妖族百族当中。"

"天妖体系？"孟川嗤笑，"整个修行体系都弱于妖王体系，甚至至今最高才能修行到五重天天妖。想必随便派出一位妖圣，都能覆灭人族了，我们如何能与妖族百族并肩？"

"天妖体系，也可以达到妖圣境。"黑袍虚幻身影继续道。

"画大饼而已，可有人做到？"孟川摇头。

"东宁侯，帝君们的承诺，至少能保你的族人数千年安稳，封王神魔也就五百年寿命。"黑袍虚幻身影说道，"你们这辈子，甚至你们子孙上百代人都能安稳。既然如此，还管数千年后作甚？"

"说不定神魔们刚投降，妖族就诞生出一位新帝君。"孟川轻声笑道，"新帝君一声令下，便将人族彻底毁灭了。其他帝君到时候就会说……是新帝君要灭，我们也阻拦不住。"

"帝君也是讲脸面的。"黑袍虚幻身影说道。

"将我整个人族的生存希望，寄托在妖族帝君的脸面上？"孟川嗤笑道，"更何况，我人族堂堂正正生活在自己的家乡，自己的家园里，为什么非得仰你们鼻息？"

黑袍虚幻身影轻轻摇头："东宁侯，多想想你的家人和族人，只是留一条后路而已。"

"一成疆域，"孟川却感慨道，"人族疆域大大缩小，原本散居天下的凡俗怕是会成为妖族口粮，被吞吃。仅剩下天妖门以及部分贪生怕死的叛徒神魔带着家人和族人苟活，靠所谓的帝君的承诺苟活。这简直是狗一般的日子啊！"

"我人族神魔，宁死也不愿给你们妖族做狗。"孟川看着它。

柳七月站在孟川身旁，同样意志坚定。

"这是何必呢？"黑袍虚幻身影轻轻摇头。

"你放心，这一战，你们赢不了，我们人族必胜。"孟川看着对方，"所有入侵的妖族都得死！"

"哈哈，东宁侯，你也不看看你们人族的实力？"黑袍虚幻身影笑了，"身为封侯神魔，连这点基本的认知都没有？"

"我们一定会赢得战争。"孟川平静地道，"而且你们妖族如此凶狠残暴，我们人族定不会忘，终有一天，要你们妖族血债血偿。"

"血债血偿？凭谁，凭你吗？"黑袍虚幻身影笑了，"东宁侯，你太盲目自大了，或许过些时日你可以将形势看得更明白，到时候我再来拜访吧。"

说完，这道虚幻身影直接消散了。

第 《281》 章

妖族大军

柳七月看着那黑袍虚幻身影消散，怒道："妖族真是阴险，说来好听，说是给我们和族人留一条活路，如果真的勾结妖族，又怎么可能拼命去杀妖王？杀多了，就不怕妖族秋后算账？"

"这就是攻心之策。"孟川冷冷地道，"让部分神魔失去战意，人族这边的战力怕就要损失部分。画个大饼就能让战争轻松很多，多好的事？"

柳七月点头道："对，妖族之所以画大饼，就是因为攻打人族世界对它们而言也非常艰难。"

"当然艰难，妖族最强大的力量根本进不了人族世界。"孟川说道，"七月，我先去静室修炼。"

"斩妖刀还没吞吸掉那具造化境异族的尸体？这都一个多月了。"柳七月轻声问道。

"快了，应该就在这一两日。"孟川说道。

……

静室中。

孟川放出了那具三丈高的造化境异族的尸体，尸体已经干瘪了不少，不过体表的黑色鳞片、骨骼都还完好，肌肉和筋骨也还有近一半。

吞吸到如今，才吞吸掉三分之一。

孟川之所以说最近一两日能完成，是因为越往后，斩妖刀吞吸得越快。

"去。"

孟川从腰间拔出斩妖刀，随手一扔，斩妖刀便刺入那异族的尸体内部，立即有血气被斩妖刀吞吸，血气开始缓慢减少。

任凭斩妖刀吞吸，孟川则在一旁空手施展心意刀，演练刀法。

近一个时辰过去。

有气息传来，孟川疑惑地转头看去，只见刺入异族尸体内部的斩妖刀正在发生变化，一股奇异的力量在刀身上汇聚，渐渐地，刀身上开始浮现出复杂的符文。

"神魔符文？"孟川眼睛一亮，像妖王修行体系、神魔修行体系等种种体系，修行到一定境界，身上都会有符文外显。

比如孟川的不灭神甲就有符文外显，这代表了某种规则，使他拥有了独特的力量。

刀身上的符文不断延伸，数息时间便完成了。

紧跟着斩妖刀对血气的吞吸速度陡然加快，只见大量筋骨开始粉碎，金红色的血气不断涌向斩妖刀。

"吞吸得好快。"孟川眼睁睁地看着这具异族的尸体以惊人的速度被吞吸得粉碎，连黑色鳞片皆粉碎，化作黑色雾气融入了斩妖刀。

仅仅十余息工夫，尸体的血气便大部分被吞吸，只剩下右爪那五个如钩子一般的手指还残存。

"只剩右爪？而且斩妖刀丝毫吞吸不动。"孟川一招手，斩妖刀飞入手中，那五个如钩子一般的手指也飞到他面前。

每一个钩子，犹如弯刀，七八寸长，锋利无比。

应该是这异族强者身上最锋利的部位。

"这五个手指稍加炼化，就是弯刀神兵。"孟川暗道，"这尸体坚韧无比，元初山的先辈们怕也没太仔细研究这具尸体。至于斩杀这异族的前辈强者，估计也没将这尸体当回事。"

到了这等境界，滴血重生怕是都不难做到。

元初山的前辈是怎么杀掉它的呢？

尸体几乎完好？

那位元初山的前辈，是否已达到帝君境？

"人族历史上诞生过帝君，也诞生过元神达到第八层境界的强者。我们这一代人，相信也能做到。"孟川收起那个利爪，准备交给元初山去炼制，同时看向手中的斩妖刀。斩妖刀刀身呈暗红色，无尽煞气令人心惊，煞气都开始冲击孟川的意识了。

只是孟川的元神达到了第四层境界，完全能抵挡住这等冲击。

"斩。"孟川将暗星真元灌入手中的斩妖刀，激发刀身上的符文，简单朝下方挥劈。

以他不死境的肉身发挥出的恐怖力量劈下，暗红刀身表面的符文越加耀眼。刀身发出了轻微的声音，空间仿佛纸张一般，被斩妖刀切割开一道手指宽的缝隙，透过这一道缝隙，能够看到有混乱的力量汇聚其中。

"我竟然能破开空间？"孟川很吃惊，虽然他之前能令虚空塌陷扭曲，能令百丈距离缩短到一丈，但一直无法破开空间。

封王神魔中，境界高者，才可以破开空间。

这代表凝聚的力量超出了虚空的承受极限。单凭孟川之前的蛮力和速度是不行的，如今蛮力和速度通过斩妖刀进行转化，所以劈开了空间。

"如今再和掌教师兄比试，掌教师兄怕是没那么轻松了。"孟川对即将到来的战争，底气更足了几分，"在我身上，元初山便如此投入，师尊也说了，在其他封王神魔身上也有投入。我相信每个神魔的实力都会有所提升。此次战役，人族一定能获胜。"

"不知道妖族什么时候开战。"孟川默默地道。

战争的主动权，在妖族手中。

妖界。

一座山头上，聚集了数千名妖王。

"我们到这都一个多月了，到底什么时候开战？"半山腰上两名妖王喝着酒，吃着肉闲聊，它们看着远处的世界通道，那世界通道连接着人族世界。

"这些都是上面帝君决定的，我们乖乖听令就是了。"

"真希望进入人族世界后，能够一战获胜，彻底打垮人族。若是再这样拖下去，我们还得在人族世界躲躲藏藏，我可不喜欢一直居住在地底。"

"我生来就飞翔在天际，我也不喜欢钻地。"

两名妖王闲聊着。

如今山头上，数千名妖王都在等帝君的命令。

而像这样的地方在整个妖界有近两百处，超过百万的妖王随时准备杀入人族世界。

人族世界时间，五月十九日。

妖界。

一艘大船在云雾中飞行，大船的甲板上站着一男一女。

黑发独角男子乃是妖族星诃帝君，而眉心有着三片白色鳞片的女子，则是玄月娘娘，也是妖族三大帝君之一。

"四重天妖王们早就做好了准备，百万妖王也在两个月前分别抵达了各个世界入口处。"玄月娘娘轻声道，"怎么一直拖到今天才攻打？"

"玄月妹妹，你刚醒来，对有些事情还不太清楚。"星诃帝君笑道，"本来我们是打算召集完四重天妖王后，简单部署几天，跟着就突袭人族世界。谁想我们才召集，消息就泄露了，人族世界的元初山、黑沙洞天几乎放弃了所有府县，开始建大城了。既然消息泄露了，无法出其不意偷袭，那就干脆悉心准备，做好十足的准备再动手。"

第 《282》 章

大型城关广御关

"如今做好准备了？"玄月娘娘询问道。

"所有四重天妖王的配合，都做好了调配。"星河帝君说道，"九渊去年恢复到妖圣实力，趁这大半年的时间，也将我赐予的血魔战甲彻底炼化，融入体内。有血魔战甲相助，它比之前巅峰时的实力怕是还要强一些。"

"强一些又有何用？它仅仅是一个妖圣，人族世界可是有一群造化境尊者。"玄月娘娘说道，"那又是人族的地盘，人族怕是有不少镇族宝物能动用。而我们隔着一个世界，诸多镇族宝物根本无法起作用。"

"没办法，暴露了嘛。"星河帝君笑道，"暴露了，就只能以大势碾压。七百名四重天大妖王，只需偷袭部分城池，便可令部分城池彻底崩溃。分数次偷袭，人族便会彻底沦陷。百万妖王分散袭击，人族神魔再厉害，但也始终分身乏术，他们能杀多少妖王？百万妖王可以令整个人族彻底陷入绝境。"

"以绝对的大势碾压，最难破解。"玄月娘娘赞许点头。

"到了。"星河帝君说道。大船开始缓缓降落，降落到一个庞大的世界入口前方。

"九渊妖圣会攻打这一处的城关，这个秘密，暂时只有他和我知道。"星河帝君笑道，"那些四重天妖王都在船舱内，空间封禁，它们都不知道自己身处何处，更别说泄露消息了。人族打探消息的手段实在太厉害，我不得不小心。"

玄月娘娘微微点头："九渊什么时候动手？"

"只需等待，一盏茶的时间内，九渊必定动手，然后攻破这座城关。"星诃帝君站在甲板上，看着那个庞大的世界入口。这个世界入口的另一边是两界岛镇守的大型城关广御关。

五月十九日，落芳岛，广御关。

大越王朝有丛林，也有很多岛屿，其中大型岛屿占地面积也很大，比如落芳岛就是大越王朝排在前五的大岛，论面积近乎半州之地。这岛上有两千多万人，其中有一半都生活在广御关内。广御关是两界岛镇守的七大城关之一，由广御王亲自镇守。

繁华的广御城内。

有一群兵卫护着一辆马车在前行，所过之处，人们老远就避让开来。

"是广御王家的马车。"

"是广御王家的大人。"

人们都敬畏无比。

两界岛的封王神魔一共就八位，却需要镇守七大城关，七大城关中还有一座是超大型城关，所以两界岛给了镇守的封王神魔大量好处。

比如将整个落芳岛赐给广御王，作为他的封地，在封地内，广御王一言九鼎，两界岛都不能插手他的决定，他就是落芳岛的最高统治者。

在大越王朝，这种分封制度是很常见的，甚至还有奴隶制。

反倒是大周王朝和黑沙王朝是没分封的，也没奴隶制度。

"那些都是广御王家的兵卫，若是能够加入广御王家，那就是光宗耀祖的事了。"

"听说要达到脱胎境，才有资格加入广御王家。这对我们凡俗来说真的太难了。"

许多人议论纷纷，不少年轻人对进入广御王家满是向往。

广御王的府邸，距离世界入口只有两三里，广御王一闪身便可赶到。

"广御关也是大越王朝二十二座大城之一，若是妖族要攻打，怕也不会放过广御关。"广御王站在亭子内，他身着白色衣袍，衣袍上绣着复杂的百鸟图案，身材高大，方形脸，须发浓密，眼神幽深似海，"不过来攻打的都是四重天妖王，威胁不算太大。"

"倒是百万妖王肆意杀戮，怕是会令整个天下大乱。"广御王思索着。

忽然他脸色一变。

因为他看到前方出现了一道身影，一名邋遢的老者，乱糟糟的头发下，一双黄色的眸子盯着广御王。

"怎么可能？"广御王不敢相信有敌人能无视他的无间领域，直接出现在自己眼前。

"轰！"无间领域爆发。

更有白色气浪翻滚着击向四方，正是广御王修炼的招数四海领域，广御王立即通过令牌发出求援，同时也抽出腰间的神剑。

这名邋遢老者右手一伸，干瘦的手掌上浮现了血色护甲，看似在远处，却瞬间到了广御王的胸口位置，所谓的领域和真元护体都没用。

那血色爪子直接抓住了广御王的心脏。

"是造化境实力，差距太大了！"

广御王眼中露出一丝惊恐，手中的神剑还没刺出，那血色爪子就有五道血光飞入广御王体内，令广御王的身体膨胀起来。

"完了。"广御王绝望了，在最后一刻，他通过传讯令牌，以最高级别求援，疯狂求援数次。

下一刻，他的身体彻底炸了开来。

"镇守两界岛七大城关的神魔，整体实力都偏弱，广御王更是排名靠后，也就普通封王神魔的实力。"邋遢老者眼中流露出一丝不屑，为了保险起见，它才选择整体实力较弱的两界岛，再从七大城关中选择了比较容易对付的广御王。

九渊妖圣夺舍潜入人族世界这么多年，总算恢复了实力，又炼化了血魔战甲。

实力达到巅峰的妖圣出手，却只杀一个普通封王，真的不尽兴啊！

"轰。"

邋遢老者一闪身，就冲到两里多外，来到那庞大的世界入口前。

"轰隆隆！"恐怖的领域将周围覆盖住，周围巍峨的城关瞬间倒塌，巡守的兵卫直接被炸碎，以邋遢老者为中心，周围五里范围内瞬间就粉碎了，这一带主要是城关和大府邸，可依旧有很多人死去。这还是九渊妖圣没刻意杀戮，若是长时间杀戮，可以令广御城都化作灰烬。

而世界入口的另一边。

那艘大船的甲板上，星诃帝君和玄月娘娘通过庞大的世界入口，看到了另一端悬浮而立的九渊妖圣，看到九渊妖圣周围的一切都不复存在。

九渊妖圣朝世界入口另一端的两位帝君微微躬身。

"速速进入人族世界。"星诃帝君立即传音给船舱内的所有四重天妖王。

一名名四重天妖王瞬间飞了出来，在两位帝君的关注下和九渊妖圣的接引下，六百零五名四重天妖王接连飞入世界入口，仅仅数息时间，便都到了世界入口另一端——人族世界。

……

元初山。

秦五尊者看到身旁出现了一道虚幻男子的身影，脸色一变，虚幻男子焦急地道："师尊，我已经和其他四重天妖王一同进入人族世界的广御关。战争已经到来！"

第《283》章

元初山的力量

"终于来了！"秦五尊者站了起来，面色凝重，"看到九渊妖圣了？"

"九渊妖圣正在吩咐我等，让我们全部进入它的洞天宝物内。"虚幻男子说道，"我们已经进入洞天宝物内，九渊妖圣应该正准备离开广御关。"

秦五尊者微微点头。

以妖圣的实力，要带着手下逃跑，当然快得很。

"我该怎么做？"虚幻男子看着秦五尊者。

"依旧将自己当成妖族一员。"秦五尊者吩咐道，"有任何新的消息，立即告诉我。"

"是。"虚幻男子恭敬地道，身影便消散了。

秦五尊者默默地看着这一幕。

默默无闻为人族做贡献的，绝不仅仅是在地底寻找妖王的孟川，还有更多神魔。

"战争来了。"秦五尊者目光冷厉，"来得好啊！"

在洞天阁的其中两处小院，两界岛的造化境尊者徐应物、黑沙洞天白瑶月，他们两位的虚幻身影接连出现。

很快，三人便碰面了。

"广御关被破。"徐应物此时脸色很难看，开口道，"广御王转瞬间便战死，求援级别也是最高级，出手的应该是九渊妖圣。九渊妖圣的实力应该恢复到了妖圣境。"

"我能肯定，四重天妖王们已经潜进来了。"白瑶月说道。

"就是从广御关潜入的。"秦五尊者说道，"九渊妖圣将它们弄进了洞天宝物，正迅速逃离广御关。"

三方论实力，黑沙洞天如今和元初山相当，毕竟上一位帝君黑沙帝君和上一位创造出超品神魔体的阴阳老人都来自于黑沙洞天，黑沙洞天的实力毋庸置疑。

而论底蕴，则是元初山更强，毕竟是从人族部落时期存续到如今的，历经诸多帝君时期！即便有帝君想统一天下，都难以攻克元初山。人族诸多强大的传承，包括最神秘的沧元洞天都在元初山。

"这妖族真将我两界岛当成软柿子。"徐应物咬牙切齿。

"你们镇守大城的封王神魔实力最弱，选你们也很正常。"白瑶月淡然道。事实如此，像元初山的东河王、元初山山主这些顶尖封王神魔都没资格镇守大型城关。负责镇守的是真武王、安海王、白象王、燕山王等，他们要么实力达到造化境门槛了，要么达到封王巅峰层次了。

九渊妖圣自己掂量掂量，也会选择软柿子，以防意外。

"白瑶月，"徐应物脸色铁青，"我们两界岛刚战死了一位封王神魔，你就这么说风凉话？"

白瑶月轻哼了声，没再反驳。

以她孤傲的性格，能不反驳，都算是看在大局的分上了。

"如今的情势很明朗，妖族大军已经入侵，七百名四重天妖王，这还仅仅是四重天妖王的战力。"秦五尊者说道，"对我们而言更麻烦的是百万普通妖王以及无数普通妖族！如今百万普通妖王分布在妖界一个个中型世界入口旁，随时都有可能杀进来。"

白瑶月和徐应物脸色沉重。

"一瞬千年秘术的事，你们也一直保密，没泄露吧？"秦五尊者说道。

"我们都知道此事牵扯甚大，绝对不可能外泄。"徐应物说道。

"放心。"白瑶月冷冷地道。

"那就按照原计划行事吧。"秦五尊者说道，"必须出其不意，直接重创妖族！若不重创，接下来就会有很多麻烦。"

白瑶月和徐应物都点头。

　　"赶紧准备，四重天妖王们要从广御关赶往陆地上的一座座城池，单单赶路潜伏，就需要六个时辰。我们必须尽快，越快越好。"秦五尊者说道，"诸位，人族存亡，在此一战。若是这一战输了，我们就没有以后了。"

　　"这一战必须重创它们。"徐应物目光冷厉。

　　"看我怎么收拾这群只会钻地洞的。"白瑶月眼中也流露出一丝杀意，随即瞥了一眼秦五尊者和徐应物，说道，"你们有事再唤我。"

　　随即，白瑶月虚幻的身影便消散。

　　徐应物的身影也消散了。

　　元初山的一处洞天内。

　　白雾飘荡，宫殿冷冷清清，秦五尊者和洛棠尊者并肩而行。

　　在宫殿前巨大的广场上，盘膝坐着两人，一名是略显颓废的中年男子，另一名则是黑袍红发女子，他们俩盘膝坐着，宛如雕塑，仿佛已经坐了千百年。

　　"嗯？"盘膝坐着的两人微微一震，都睁开了眼睛。

　　"两位护道人。"秦五尊者开口道，"如今已到了人族生死存亡的紧要关头，此次也需要你们俩出手了。"

　　"自从夺舍进入护道人之身，就一直终日枯坐。"中年男子起身道，"我的元神达到了第六层境界，要让这具肉身一百二十年都保持清醒，就得元神消散。每一点清醒的时间都很珍贵，用来杀妖王，倒算值了。"

　　"你能维持一百二十年，而我元神达到了第五层境界，只能维持这具肉身三十年。"黑袍红发女子冷冷地说道。

　　中年男子立即赔笑道："师妹，只要我俩不战斗，静心冥想枯坐，都是能维持千余年寿命的。而且护道人的肉身让我们拥有普通造化境的实力，我俩运气算很好了。"

　　"随我们一同进来吧。"秦五尊者和洛棠尊者率先往前走。

　　"外面形势有多恶劣？"两名护道人询问，跟着一起走。

　　"一名妖圣和七百名四重天大妖王，都藏在暗中。"秦五尊者道，"还有百万妖王和无数妖族随时准备侵袭。它们的目的是要破城，要屠戮凡俗！要将人族凡俗灭个干净。若是人族世界没了凡俗，就不会再有新的神魔诞生。过个数百年，除了几个尊者，人族的封王神魔们都会老死。再过千余年，尊者都得老死。"

"更何况没有足够的人手，它们就可以在我们人族世界扩大世界入口。"

秦五尊者说着，便走到了宫殿前。

宫殿的大门紧闭，大门外，有九尊神兽雕塑。

"诸位护法神兽，醒来。"秦五尊者开口。

九尊护法神兽皆睁开眼。

"此次也需诸位出战。"秦五尊者说道。

"谨遵尊者之命。"九尊护法神兽恭敬地道。它们都不是正常的生命，只是傀儡，只要维护得好，可以永久存在。

秦五尊者和洛棠尊者彼此相视一眼，共同上前推开大门。

"轰隆隆！"

大门轰隆打开。

便看到弥漫寒气的大殿内，有许多人躺在那，都来自人族，个个都被巨大的深蓝色冰块冻住了。

"苏醒吧，诸位！"秦五尊者开口道。

只见大殿内所有的深蓝色冰块都开始融化，那些躺着的人，眼皮开始动了。

第 《284》 章

苏醒吧，诸位

二十六块巨大的深蓝色冰块，里面躺着二十六个人。

随着这些深蓝色冰块渐渐融化，这些躺着的人族强者开始苏醒，秦五尊者、洛棠尊者、两位护道人都颇为激动。

"嗯？"

"这是……"

一位位人族强者坐了起来，紧跟着下地站起来，刚开始还略显困惑，很快，一个个渐渐彻底清醒。

"秦师兄，我睡了多久？"一位白衣男子开口道，"五百年？八百年？"

其他人族强者也都看向秦五尊者。

"诸位，"秦五尊者道，"如今是妖族入侵的第八百五十三年。"

这群苏醒的男男女女，很多都恍然大悟。

"这一睡便是五百余年。"

"三百年了。"

"沧海桑田，世间还有几位熟悉之人？"

这些人族强者都心情复杂。

不过有两位却略显困惑，一位胖乎乎的白发老者疑惑地道："秦师弟，你已经成尊者了？还有，妖族入侵八百五十三年？妖族又是哪一族？"

"秦师弟，这妖族入侵是怎么回事？"山羊胡老者也疑惑地问道。

"彭牧、云疯子，"苏醒的一位中年儒雅男子开口道，"你们俩已经沉睡九百八十二年，一瞬千年秘术乃是我元初山的核心秘术之一，历代封王神魔，只有实力媲美造化境，接近寿命大限时，才会进入千年殿沉睡，也是为元初山留有一份战力。你们俩沉睡后百余年，妖族就入侵了，妖族世界的力量比我人族世界强得多，所以元初山决定，所有封王神魔在离寿命大限还有五十年时，便让他们沉睡。在妖族入侵的两百年后，察觉形势没好转，经元初山所有尊者和护道人商议后决定，将一瞬千年秘术也传给两界岛和黑沙洞天。"

"师尊。"白发老者和山羊胡老者看到这中年男子连忙恭敬行礼。

"李师兄。"秦五尊者和洛棠尊者也微微行礼。

这位中年儒雅男子便是造化境尊者李观，他是其中实力最强，也是年龄最大的，离两千年寿命大限也不是太远，所以大多时候都在沉睡。

一瞬千年秘术，中途可以醒来，但最多从天地规则下偷得千年时间。

"诸位都醒了，"李观尊者目光一扫周围，"便代表形势恶劣到必须我们都参战。"

这些苏醒的封王神魔眼中都流露出战意。

这是千年来，元初山不同时期诞生的强大封王神魔，像彭牧和云剑海更是千年前纵横一个时代的封王神魔。这群封王神魔，不算沉睡时间，他们都是四百多岁，积累浑厚。外界都以为他们老死了，可实际上当他们只剩下数十年寿命时便都沉睡了。

即便是现如今，达到封王神魔这一层次后，战死的都极少。而在数百年前，形势要好得多，封王神魔们几乎都能老死。而实际上自从得到一瞬千年秘术后，三大宗派的封王神魔年老后都一一沉睡了。

这一秘术，一直保密着。

知晓这个秘术的，要么是尊者，要么是沉睡的封王神魔。

……

"苏醒吧，我两界岛的封王神魔们。"

徐应物和章淳看着深蓝色的冰块融化后，一位位封王神魔苏醒，他们苏醒后不由得都露出了笑容。

不同于如今这时代的封王神魔，实战经验不足。这些沉睡的封王神魔，个个接近寿命大限，最弱的都是顶尖封王神魔，达到造化境门槛的也有两位。

……

"苏醒吧，诸位。"

白瑶月、蒙天戈、芈玉这三位尊者，或是真身，或是化身，都看着黑暗大殿内沉睡的神魔。

深蓝色巨大冰块融化，一道道身影正在慢慢坐起。

"元初山的一瞬千年秘术，的确对我们的帮助很大。"留着络腮胡子的蒙天戈开口说道。

"沧元祖师的传承都在他们那里，他们多些手段也很正常。"白瑶月平静地道。

而那些男男女女也站了起来，个个彻底清醒，看向三位尊者的眼神中也充满战意。

"是需要我们上战场了吗？"

"已经到了需要所有封王神魔都苏醒的地步了？"这些封王神魔都问道。

蒙天戈开口道："诸位，如今人族世界需要你们守护，需要你们斩杀妖王。"

……

三大宗派都蓄势待发。

元初山，大殿内。

"李师兄，这是我们暂定的计划，可有什么需要更改的？"秦五尊者将一份卷宗递给李观尊者。

李观尊者接过，迅速翻看着，作为造化境尊者，阅读起来自然极快。

"七百名四重天大妖王、百万普通妖王……妖族还真想一举摧毁我人族之根基。"李观尊者平静地看着，"如今大周境内算上七大城关，共有六十一座大城？当代的十三位封王神魔、沉睡的二十五位封王神魔、九个护法神兽、两名护道人，以及七十三位封侯神魔。"

"造化境战力共有十位，不过除了我们三个，其他人的实力都只达到造化境门槛。"李观尊者看着卷宗，微微点头，"这计划也算稳妥，让我的本尊坐镇元初山？"

"元初山是人族最后的希望。"洛棠尊者说道，"就算妖族有再厉害的手段，我们也可以退守元初山。元初山是绝不容有失的。"

李观尊者微微点头："逼急了，就灭世吧，我们独守元初山。"

"那样死去的凡人太多了，若真没有办法，没有希望了，再选这条路。"秦五尊者说道。

"嗯。"李观尊者看了看卷宗，惊讶地道，"这个孟川，也是负责救援的三大神魔之一？负责救援，一个是你，一个是我的元神分身，另一个是他？"

顿时其他刚苏醒的封王神魔也都感到十分惊讶，他们并不认识孟川。

"卷宗上有关于他的实力的详细介绍。"秦五尊者解释。

"嗯。"李观尊者看完后，微笑点头，"行吧，你做事一向比我稳妥，就按照这个计划执行。"

"那就立即执行？"秦五尊者询问。

"立即！"李观尊者点头。

很快，秦五尊者、李观尊者、洛棠尊者三人单独召见了一位位封王神魔和护道人。

"护道人王善，你持令牌速速前往江州城。从今天开始，镇守江州城。"秦五尊者将令牌扔给护道人王善，"到了江州城，你需藏身暗中，不可让任何人族发现你。还有，会有飞禽使者随你一同前往，使者会传令给孟川和柳七月。"

"好。"王善接过令牌，便带着一名飞禽妖王使者，迅速离开了元初山，直奔江州城。

所有的封王神魔、护道人、护法神兽都得到了命令，个个都离开了元初山，奔向四面八方。

护道人王善的修为境界极高，也有造化境门槛的实力，带着飞禽使者赶路也极快，天色昏暗时，他便已经来到江州城。

"江州城好大，当年江州城人口也就数百万，如今都过两千万了？"王善站在高空，看着这座庞大而又繁华的城池，心中的情绪颇为复杂。而那飞禽使者躬身行礼，随即便独自朝孟府方向飞去。

孟府。

孟川和柳七月正在吃晚饭闲聊，这是一天当中他们夫妻二人比较悠闲的时刻，孟川的眉宇间都有着难掩的疲惫。

飞禽使者从天而降。

孟川和柳七月都惊讶地看向外面。

"东宁侯、宁月侯，这是元初山给两位的调令，请两位速速出发。"这飞禽使者将两封信分别递给孟川和柳七月。

"调令？"

孟川夫妇惊讶地接过信，拆开信封，看着各自的调令内容。

第《285》章

四方调令

　　孟川看着信上的内容，信上面有秦五尊者的印记气息，这也是防假冒的手段之一。

　　"东宁城、楚安城、长丰城，我仅仅需要救援三座大城和八座中型世界入口？"孟川看后有些惊讶，"八座中型世界入口，已安排神魔应对，需要救援的可能性较低？"

　　"我的速度冠绝天下，真正需要救援的只有这三座大城？"

　　孟川很吃惊，他一直以为，自己的速度冠绝天下，拥有顶尖封王神魔的战力，师尊秦五更是赐了一具造化境异族的尸体给自己，让斩妖刀蜕变到历史最强阶段，猜测元初山会重用自己。可大周王朝六十一座城，自己仅仅需要救援三座大城？

　　甚至三座大城都不是自己镇守，有其他神魔镇守。

　　仅仅是镇守的神魔求援时，自己再赶去即可。

　　"也对，我终究只是一人，若真的安排太多大城，我救援时难以做得更好。"孟川露出了一丝笑容，"元初山仅仅安排三座大城让我救援，显然其他城池都有了妥善安排。"

　　宗派底气越足，孟川越兴奋，这代表宗派所做的准备超出自己预料！

　　"宗派的实力越强越好。"孟川暗道。

　　"两位，调令可看完了？"飞禽使者开口。

孟川和柳七月相视一眼。

"阿川，调令的内容我不可泄露。"柳七月说道，"不过，我现在必须随使者一同离开。"

"哦？"孟川惊讶。

按照调令，自己单独行动即可。妻子柳七月却需要和飞禽使者一同离开？

"各方调遣乃是机密。"飞禽使者道，"虽说神魔们都为人族奋战，但终究难免有一两个勾结妖族的。所以宁月侯得到调令后，我将跟随她一同前往另一处大城，以此也能证明，这赶路过程中，宁月侯没外泄消息。"

孟川微微点头，嘱咐道："七月，要小心。"

"阿川，最终决战，你也要小心。"柳七月也看着孟川。

夫妻二人，将在这天下的不同地方，应对妖族的侵袭。

这场决战，他们输不起，他们必须赢！

"走。"柳七月直接和飞禽使者一同朝西方飞去。

孟川遥遥看着。

"爹、岳父大人，"孟川则传音给孟大江和柳夜白，"从今天起，你们帮忙看顾好孟悠，让她最好别离开孟府，即便有麻烦，切记别离开江州城。"

江州城是大周王朝排在前十的大城，其安全指数肯定在东宁城等城之上。

"好。"孟大江和柳夜白正在乘凉闲聊，听到后也是一惊，不敢怠慢。

孟川看了一眼远处果树下正在练剑的女儿，一闪身，也迅速离开了。

在这一晚……

东宁侯和宁月侯都离开了江州城。元初山两大护道人之一的王善亲自镇守江州城。

宁月侯随着飞禽使者，朝西方飞去。

"宗派的确谨慎，有飞禽使者盯着，叛徒们根本没法外传消息。"宁月侯还是很满意的，"不过元初山却没派使者跟着阿川，显然阿川很受信任啊！"

孟川的确很受信任，但元初山从来不会绝对信任一个封侯神魔，之所以放任孟川，也是因为孟川知道的情报很少！他只知道自己负责救援三座大城和八座中型世界入口。至于这三大城和八座中型世界入口的镇守力量如何，却一无所知。

"杜阳城。"柳七月看着眼前庞大的城池，这就是她需要镇守的城池。

"宁月侯，且随我来。"有飞禽使者引路，很快就飞到了杜阳城内的一座府邸内。

柳七月随即降落，这是一座比较幽静的府邸，占地面积不算大，但如今仅有她和飞禽使者，连一个仆人都没有。

"嗯？"柳七月抬头看去。

高空中有一名飞禽使者领着一位老妇人飞了过来。

"常师姐。"柳七月眼睛一亮，迎了上去。

"原来和我一同镇守杜阳城的是柳师妹。"这老妇人露出笑容，"这下我就放心了，柳师妹拥有凤凰神体，便是十个八个四重天妖王杀来，都是送死。"

"也需常师姐探察四方，提防妖王偷袭。"柳七月微笑道。这老妇人乃是梅雪侯，修炼的沧海魔体，极擅长领域探察和近战。有她负责戒备，自然能护柳七月安全。柳七月只要施展凤凰涅槃，便是顶尖封王层次的神箭手，便可大杀四方。

她唯一的弱点就是在没施展凤凰涅槃前实力较弱。

"两位大人有什么事，尽管吩咐我们。"两位飞禽使者都颇为恭敬。

柳七月和梅雪侯都微微点头。

"真谨慎，都不安排凡俗的丫鬟。"柳七月心中感慨，"而且两位封侯神魔还相互监督，很好，越谨慎越好，那些叛徒休想外泄消息。"

东宁城。

自从东宁府扩建为大城后，孟川从高空路过多次，却从没有落下来好好观看过这座城。

"东宁城是一座大城了。"孟川在高空俯瞰着。

原本的东宁府城只是内城，后又扩建了外城，外城的四面城墙都有一百五十里长。

孟川落在外城墙的一处烽火台上，这四面外城墙加起来有六百里，不过每五丈距离就有一名兵卫值守，仔细盯着城外。同时还有巡逻队流动巡逻。

当然，孟川的暗星领域隔绝一切气息和光线，那些兵卫根本没看到一旁烽火台上方有一人坐在那里。

孟川坐在烽火台边上，拿着一壶酒喝着。

"也不知道三大宗派是怎么安排的。"

"七百名四重天大妖王，百万普通妖王，无数妖族，若是任由妖王在城池肆虐，那死去的凡俗就太多了。"孟川默默道，越是接近最终决战，他越担心。

"想再多也没用，将我的任务好好完成吧，其他任务自有其他人去做。"

孟川便开始慢慢饮酒。

"这次我需要救援的三座大城，东宁城和楚安城相隔一千一百里，楚安城和长丰城相隔一千两百里，东宁城和长丰城相隔一千五百里。元初山将这相近的三座大城安排给了我，是让我救援起来更方便。"孟川暗道。

"从救援速度上来看，我在楚安城待着，是最适合的。楚安城到东宁城、长丰城都较近，既然如此，那就去楚安城吧。"

孟川轻轻一握，手中的酒壶就化作了粉末，他一闪身，直奔楚安城。

东宁城虽然是家乡，但面对最终决战，必须保证自己的救援效率达到最高。因为快一点到达救援地点，就很可能决定成败。

第 《286》 章
五重天

安海关，薛府。

薛府的练武场非常大，占整个府邸一半，长宽足有两里。而练武场内是禁止任何族人和仆人进入的，便是神魔也只能在练武场外禀报消息。

练武场，常年都只有一人在此，便是安海王。

安海王盘膝坐在练武场的草地上，巨大的练武场中，没任何人打扰他。

他面容冷峻，身材高大，盘膝坐在那里，他的周围有着奇异的魔力，月光在他周围都变得扭曲，时间流速也仿佛发生了变化。

"嗯？"他睁开眼睛。

犹如天地间第一缕光芒，有着骇人的威势。

他在神魔中有着极高的威望，便是妖族也很畏惧他，他是元初山公认的最有望达到造化境的封王神魔。明知是大威胁，妖族便不敢偷袭，九渊妖圣也从未选他当过对手。

"使者？"安海王看着高空，高空中出现了两道身影，一是飞禽使者，另一个是孔雀模样的暗红色金属异兽。

"禀安海王，"飞禽使者恭敬地将信递出，信直接朝安海王飞了过去，"这是元初山的调令。"

"调令？"安海王的眉头微皱，他坐镇安海关许久，难不成要将他调离安海关？

安海王打开信封，看着信中的内容。

"战争时期，安海关遭到攻打的可能性较低，由护法神兽镇守。我被调遣到北宿城？"安海王看了那护法神兽一眼，他能隐隐感觉到护法神兽的肉身很特殊，简直就像是造化境神兵一般的躯体，他也只能击败这护法神兽，无法将其击杀。

"用来镇守城关倒是足够了。"安海王微微点头，开口道，"我这便前往北宿城。"

说完，安海王瞬间消失，再出现时已经到了天空远处，又一闪身，便彻底消失了。

……

"护法神兽，你暂且镇守真武关。我换防到离水城？"真武王看着信上的内容。他是一名待人很亲切的长发老者，当代元初山第一封王神魔，论技艺境界和元神境界，各方面他都不亚于造化境尊者。只是因为年龄太大，突破到造化境的希望非常渺茫。若尝试突破，死亡的可能性超过九成。

"真武关遭到攻击的可能性是很低，适合护法神兽镇守。"真武王点头。

他地位特殊，是内定的下一任护道人，如今就知道宗派内许多秘密，比如这些护法神兽只要维护得好，可以永久存在。但不战斗还好，一旦战斗，维护成本就大大提升。

毕竟护法神兽只是一个特殊的傀儡而已，神魔们战斗很正常，护法神兽战斗，其消耗十分惊人，一次大战，可能维护成本就相当于上千万功劳，元初山的想法是能少用就少用。

"这一场决战，必须得大胜。否则诸多底牌已出，接下来就麻烦了。"真武王看到护法神兽，也猜到尊者们大概的计划了，怕是宗派内积累的诸多战力大多都调用了。

真武王一迈步，前方的空间出现数十道真武王的残影，残影瞬间消失在天地尽头。

……

安海王和真武王，论速度都远超寻常封王神魔，与造化境尊者相比也只差一点点。

"大战要来了。"

白发白眉老者看着信函，微微点头，也一迈步，消失在天边。

白象王是当代封王神魔中最年老的，离进入一瞬千年的沉睡状态不远了。

……

这一夜，天下处处都在调遣。

三大宗派毕竟都是在各自的疆域内调遣，速度都很快，三个时辰后，所有的调遣彻底完成！像孟川、柳七月、薛峰、阎赤桐等神魔，一个个都在各自救援或镇守的城池，耐心等待着决战到来。

洞天世界内。

九渊妖圣坐在宝座上，翻看着卷宗。

"两界岛的封侯神魔，有两位传出消息。元初山有一位封侯神魔传出消息。黑沙洞天什么消息都没传出？"九渊妖圣皱眉，"不是说，人族和我们有联系的封侯神魔有十八位吗，才三位传出消息？如今是关键时刻，他们怎么能退缩？"

"禀妖圣，三大宗派都小心防备，想要传消息很难。"下方一名天妖恭敬地道，"能有三位传出消息，已经很不容易了。"

"两界岛的两名封侯神魔，都暗藏在中型世界入口旁？"九渊妖圣看着情报，"元初山那位泄露消息的神魔，也藏在中型世界入口旁？"

天妖恭敬地道："他们都是单独藏在世界入口旁，好不容易才找到机会外传消息。"

"如今这个时候，还派遣封侯神魔去蹲守中型世界入口？"九渊妖圣皱眉，"看来，他们对上百万的妖王非常戒备，是绝对不会让这么多妖王轻易杀进来。"

"是。"天妖恭敬地道。

"他们宁愿降低部分大城的镇守力量，也要拦截住百万妖王。"九渊妖圣思索着，"不过仅仅三则情报，能看出的还是太少。"

天妖恭敬地道："卷宗中，还有我们天妖门四处打探的消息，以及一些我们的推测。"

"嗯，行了，你退下吧。"九渊妖圣挥挥手。

"是。"天妖退下。

九渊妖圣独自思索着。

片刻后。

一群五重天大妖王一同进入大殿。

"妖圣。"众多五重天大妖王都恭敬行礼。

"哈哈哈……"九渊妖圣看到它们，不由得笑了，"看来你们都成功突破了，在人族世界，我们妖族的实力就更强了。"

"若无帝君赐予的宝物，我们中恐怕只有一半能正常突破。"为首的一名三头蛇大妖王笑道，"有了宝物，我们进入人族世界后，才一鼓作气，皆成功突破。"

九渊妖圣微微点头："整个妖界也就筛选出你们二十三名临近突破的四重天大妖王，如此一来，在这场战争中，我们的胜算更大。"

"妖圣，我们现在该如何行动？"一个个都看着九渊妖圣。

九渊妖圣微笑道："放心，帝君们早有安排。你们将分别偷袭大周王朝、黑沙王朝境内的二十三座大城。到时候会有一群四重天妖王先偷袭，你们后偷袭。一明一暗！若只是封侯神魔镇守，你们互相配合，就全将他们杀光。若是有强大封王神魔镇守，你们就立即撤退。你们的安全很重要。"

这二十三名五重天大妖王，是经过层层选拔才确定的，妖族还是很信任的。

个个都赐予了重宝！

毕竟要找到一个临近突破的四重天大妖王是真不容易。

"明白。"这些五重天大妖王都点头。

"这是你们各自的安排。"九渊妖圣一挥手，半空中便出现二十三封卷宗，分别飞向这二十三名五重天大妖王。

"你们按照各自的计划行动，不得外传给其他任何妖王。有谁敢打听的，便是叛族。"九渊妖圣吩咐，"且都回去准备，很快便会送你们离开。"

"是。"众五重天大妖王都恭敬应命。

九渊妖圣看着它们离去，眼中也有着期待："以帝君们的谋划，即便人族有些手段，也定会彻底崩溃。"

第 《287》 章

蓄势待发

幽暗的殿厅内，摆满了食物，六名妖王在一边吃饭，一边闲聊。

"这一战，我妖族胜算占大半，只是不知道我等能不能活下来。"白眉狼妖王喝着酒说道。

"帝君下令，我等谁敢违背？"黑鳄大妖王咧着大嘴，一口吞下一大块烤肉，嗤笑道，"不过我们终究是四重天妖王，帝君也不会轻易让我们去送死。"

"人族世界毕竟是一个完整的世界，这个世界的历史上也诞生过不少帝君。"红狐妖王轻声笑道，"从妖族的角度看，完全占领人族世界，即便是牺牲当代大半妖族都是值得的；从三位帝君的角度看，若是彻底占领人族世界，人族历史上那些帝君留下的宝物，也将落到三位帝君手里。想必人族世界积累的宝物，三位帝君也很重视。"

"就是苦了我们。"背着巨大龟壳的龟妖王低声说道，"我们需要冲在最前面，和人族神魔拼死一战。"

"别说得那么难听，若是立下大功，帝君们也是会大大赏赐的。"体形最小的鼠妖王美滋滋地喝着酒道。

六名大妖王，在妖界也是一方霸主。

可随着帝君一声令下，都只能乖乖来征战。它们六名妖王组成了一支四重天妖王队伍。

"来了。"乌蛇妖王轻声道，抬头看向厅外。

厅外有一名使者走了进来，看着眼前六名妖王，手持令牌，道："诸位妖王，妖圣有命，你们现在立即出发。"

乌蛇妖王随手一扔手中的骨头，起身看了一眼使者，微微拱手弯腰，道："谨遵妖圣之命。"

"谨遵妖圣之命。"另外五名妖王也都起身行礼。

"此次任务，仅有乌蛇妖王知晓，不可泄露给其他妖王。"那名使者持着令牌，继续说道，"乌蛇妖王只管带着它们出发，抵达目的地后，等待命令即可。"

"是。"乌蛇妖王应道。

使者这才离去。

乌蛇妖王扫视了一眼同伴："诸位，该去杀一场了。"

"走。"

"出发。"

这五名妖王都起身，眼中都有着杀意。

虽然有些不满帝君们的做法，但它们依旧执行命令，因为从出生那一刻开始，它们就习惯了妖族以强者为尊的规则。三位帝君是妖界地位最高，实力也最强的，它们自然要服从命令。

……

这一支妖王队伍被九渊妖圣放出了小型洞天。

它们在地底深处，小心赶路前行。

"乌蛇妖王，我们这次是去哪里？"

"我们要攻打哪一座大城？"

它们在地底穿行，有无形黑风包裹着它们的身体，不断钻地前行也能保持比音速略快一些的速度前行。

"这是三位帝君定下的规矩。"乌蛇妖王低沉摇头道，"我可不敢违背，再等几个时辰，等抵达目的地诸位不就知道了？"

"还真够小心的，都最后快行动了，都不让我们知道目标。"红狐妖王轻声笑道。

"当然得小心，三位帝君刚刚召集我们，人族那边就得到了消息，三位帝君也是怕妖王中再有外泄消息的人。"白眉狼妖王说道。

"说起来也奇怪，三位帝君悄悄召集我们，一召集就不让和外界联系，就算有叛徒想要告密，也没法和外界联系才对。"黑鳄妖王感慨，"可最后消息还是泄露了，人族打探消息的手段，可真厉害。"

"终究是诞生过帝君的世界，手段自然也厉害。"白眉狼妖王点头说道。

六名妖王在地底悄然赶路。

三个多时辰后，终于抵达目的地。

"到了。"

如今已是白天中午时分，太阳高悬，阳光夺目。

在茂密的树林当中，六名妖王从地底钻了出来，周围一片荒芜，并没有人在此生活。

"就是那里。"乌蛇妖王看着前方，前方是一座荒芜的城关，城关上都长满了杂草。

城关的城门上方有三个大字——清雨关。

"清雨关？"红狐妖王眼睛眯起，低声道，"这是大周王朝境内，废弃的中型城关之一。之前不是说攻城吗？"

"难道我们是要攻一座没人的城？"

其他五名妖王看向乌蛇妖王。

乌蛇妖王看着清雨关，说道："想必诸位也猜到了，这里是清雨关，这里有一个稳定的中型世界入口。很快，大量的普通妖王会杀进来！而人族神魔很可能现身阻挡。我们的任务就是截杀前来抵挡的人族神魔，保护我方普通妖王顺利通过世界入口进来。"

"截杀神魔？"五名妖王彼此相视，白眉狼妖王更是遥遥感应着另一处。

……

苍茫荒野。

一座孤山之巅，长发男子盘膝坐在这里，身旁却忽然出现了一道虚幻男子的身影。

"赵毅。"秦五尊者看着自己的爱徒，眼神都温和了许多，他很清楚徒弟做出了多大的牺牲。

"师尊，"赵毅恭敬地道，"我所在的四重天妖王队伍，得到了命令，在赶路三个多时辰后，抵达清雨关外！"

"抵达清雨关？"秦五尊者眉头一皱，"你们的任务是？"

"百万妖王会从天下各地的世界入口杀进来。"赵毅说道，"妖族猜测人族可能会派遣神魔阻挡，我们这支妖王队伍的任务就是负责截杀前来阻挡的神魔。攻打城池固然重要，但妖族也很重视百万妖王能否顺利进入人族世界。"

秦五尊者微微点头。

"弟子知道的就这些，弟子先告退。"赵毅躬身行礼，随即虚幻的身影散去。

"世界入口，截杀神魔？"秦五尊者轻声低语，"七百名四重天妖王，六名妖王为一队，一百一十二支队伍。而天下间的中型世界入口，便超过两百个，就算想要截杀，也不可能截杀所有世界入口处的神魔。站在妖族的角度，四重天妖王的第一次袭击，第一目标还是希望杀死的封侯神魔越多越好，第二目标才是保护百万妖王进来。"

"对我们而言，百万妖王的威胁很大。可对妖族而言，数十年后又繁衍出百万普通妖王了。不过，我方得加大世界入口处的救援力量。"

秦五尊者思索着，随后，他留在元初山的化身便将事情告知了李观和洛棠两位尊者，他们很快对整个布局做了微调，到了如今这一步，已经来不及做大调整了，各地的安排都已经妥当。

……

那个隐秘的小型洞天内。

"如今一百一十二支妖王队伍都抵达了目的地。"一个黑袍身影站在一旁，微笑道，"二十三位五重天大妖王也都早就抵达，其他的安排都已妥当，一切蓄势待发。九渊，是不是可以发动进攻了？"

九渊妖圣看着半空中显现的地图，地图中有诸多光点，每一个光点都代表了一名大妖王。

"开始吧！"九渊妖圣微笑道，"北觉，你留在此陪我一同观看此战的结果。"

北觉微微点头："希望此战，能彻底奠定胜局。"

第 《**288**》 章

起始

夕阳的余晖洒在北河关的城墙上，北河关一片寂静，城内许多杂草在微风下轻轻摇曳。

北河关内城关下，那长约两里、宽半里的世界入口依旧没有动静。忽然，毫无征兆的，数十道妖王的身影冲了进来，它们个个十分警惕，都没有发出声音。这些妖王绝大多数都是二重天妖王，只有七名三重天妖王。

一名羊妖王站在出口处，看向四面八方，它微微挥手，顿时，出口处陆续涌出大量妖王。

妖王们在慢慢进入人族世界。

"不能再让它们进来了，它们进来后就分开逃了，数量多得我都难以截杀。"一名嘴角叼着一根杂草的八字胡男子，瞬间从地底钻出，他站在内城关下，一挥手，顿时一缕缕刀光从他手中飞出，足足三十六道刀光笼罩了周围。

每一柄刀光都快如幻影，妖王们连闪躲都来不及，个个都被刺穿了头颅。

这些刀光环绕在他周围两三里范围，一眨眼，刚刚冲进来的百余名妖王，就被杀了。

"千影侯。"羊妖王脸色大变，立即后退，逃进了身后的世界入口通道。

"一百三十五名妖王，有两个逃回了世界入口。"千影侯看着这一幕，忽然，他的脸色一变。

"轰隆隆！"

整个天地陡然化作火焰世界，热浪滚滚，空间都变得扭曲，更有两道庞大的身影朝他杀来，正是两名擅长近战的大妖王。

它们施展了幻术，能直接侵袭元神。

"有埋伏！"千影侯脸色一变，一时间四面八方都有大妖王朝他围攻过来，六名四重天妖王既然已经组成了一支队伍，那自然是配合起来有奇效。即便人族封侯神魔的暗星领域再了得，也难以抵挡。

……

黑沙王朝境内，角星城，一座人口过千万的城池。

这座城池中的凡俗依旧过着平静的生活，丝毫不知一场大战即将到来。

城内一座府邸内。

一名银发老妇人和一名中年人相对而坐，正饮茶等待着。

"太阳都快下山了，妖族还没来。"银发老妇人放下茶杯，说道，"按宗派的情报，妖族应该不会拖延，而是会以极快的速度发动进攻。"

"师姐，该着急的是妖族。"中年人笑道，"妖族百万普通妖王和无数普通妖族都被调动，在各个世界入口处待命，它们不可能一直这么等着的。"

"嗯？"中年人脸色一变，看向东方，"妖王来了。"

"来了？"银发老妇人也一惊。

他们俩立即飞了起来，一眼便看到了远处东城墙所处的空间震荡了一下，随后大量建筑倒塌，无数凡俗身死，鲜血染红了那片区域。

"哈哈，人族神魔受死！"

"人族神魔呢？"

"怕了吗？"

东城墙区域出现了五道身影，最庞大的是一头身高三十丈的银色巨猿，还有一头行走的象妖，象妖呈人形，手持两柄大斧。然后就是一头化作雷霆闪电的飞禽，正肆意释放闪电。还有悬浮当空没动手的猫妖王，以及走在最后面的龟妖王。

它们的力量散发出的余波，瞬间令周围的凡俗毙命了。

按照妖族的战斗方式，便只管杀凡俗！神魔不阻挡，便将人类的凡俗杀光！神魔若阻挡，便杀神魔！

"找死！"银发老妇人瞬间化作一道剑光，杀了过去，这银发老妇人论技艺境界已不亚于封王神魔，只是身体器官已经渐渐衰老，无法突破罢了。可若真施展禁术，爆发起来也有媲美普通封王神魔的战力。

　　天地间出现数十道剑光，射向那五名大妖王。

　　"师姐，我来助你。"中年人也迅速飞来，周围出现了一颗颗金属球，这些金属球立即被分解成无数金属丝，这些金属丝朝四面八方飞去，遍布周围五里，为银发老妇人布置出一个可怕的战斗领域。这中年人乃黑沙洞天刀戈殿的一位封侯神魔，拥有的器械自然厉害。

　　"师姐小心，明面上是五名妖王，暗中还有一名妖王。"中年人传音道。

　　"杀！"

　　银发老妇人的声音回荡在天地间，数十道剑光一闪，仿佛瞬移一般到了那五名大妖王眼前。

　　虽只有两名封侯神魔，但配合起来，完全不亚于六名四重天妖王联手。

　　"交手了。"角星城外一株大树树冠上，站着一名五重天蝎大妖王，它站在那里，全身气息完全内敛，光线在它周围都变得扭曲。便是封王神魔，在无间领域之外，也很难发现一名潜藏的五重天大妖王。

　　这蝎妖大妖王遥遥看着，一条长长的蝎尾缓缓摆动。

　　"两名封侯神魔？"蝎妖大妖王露出一丝笑容，"既然不是封王神魔，便可以动手。"

　　说完，它已经消失不见，悄然直逼那两名封侯神魔。

　　……

　　妖族在暗，人族在明。

　　伴随九渊妖圣一声令下，分布在天下各地的妖王队伍已经发动了进攻。不管是柳七月镇守的杜阳城，还是孟川如今所在的楚安城，抑或是孟川的家乡东宁城，这些城池都在同一刻遭到了妖族的攻打。

　　楚安城。

　　城中央的钟楼位置，这里每天早晨都会敲响钟声，而钟楼的屋顶上，孟川坐在那里喝酒，从昨天夜里他就一直待在这里，因为这个位置最适合他立刻出发救援。

"从昨夜到今天，现在太阳都快落山了。"孟川看了一眼夕阳，太阳只剩一半还能看见，西方半边天都被渲染成红色，"难道妖族要等到黑夜再攻打？还是要等更晚？"

"嗯？"

孟川陡然一个激灵，猛然看向北城墙的位置，他清晰地感应到那里有妖力爆发了。

"战争开始了？"孟川眼睛一亮，从得到调令那一刻起，他就在等待。

这一刻，终于来了！

"这场战争，只能胜不能败！"孟川的速度突然飙升到极致，在感应到妖力的一瞬间就立即直奔北城墙。

北城墙那片区域的空间陡然炸开，两三里范围内一片狼藉，大量建筑倒塌，许多凡俗或死或伤。孟川肉眼都能看到那两三里区域内被红色占据，那是鲜血染红的颜色。

一闪身，孟川冲到近处，瞬间就动用了元神兵器荡魂钟。

"当当当！"

元神兵器荡魂钟飞出，悬浮在孟川身边，肉眼看不见。钟声阵阵，直接袭向周围的一名名四重天大妖王。

"此战，必须速战速决！"孟川很清楚自己担负的责任。

第 《289》 章
媲美五重天

楚安城。

翼蛇大妖王凌空而立，它冷漠地看着周围。

九头狮妖王颇有些兴奋地发出怒吼，怒吼声引起空间震荡，波及四面八方，四周的建筑不断倒塌，区域内的大多数凡俗都被震死，只有少数活了下来。

"这些人族，真弱小。"一名黑衣女妖王站在那里，无数白色蛛丝蔓延至四面八方，也在屠戮凡俗。

羊妖王手持两柄巨大的弯刀，一刀挥出，有一道百丈长的刀光切割而过，建筑、树木、凡俗等一切挡在刀光面前的都被切割了。

还有一名容貌绝美、穿着紫色衣袍的女子，她身上散发着花香，正笑盈盈地看着四面八方。

除了现身的五名妖王外，在地底丈许处还有一名老龙龟妖王盘踞着，老龙龟妖王时刻感应着周围五里范围。

"有二哥在，我们这支队伍在众多妖王队伍中实力都算顶尖了。"九头狮妖王咧嘴笑着。它也是妖圣后裔，更拥有巅峰四重天的战力。但面对旁边的翼蛇大妖王也只是恭维着，这名翼蛇大妖王在妖族名气极大，虽然是四重天妖王，但实力足以媲美普通五重天大妖王，只是因为年岁大无法突破了，它是这支队伍无可争议的领袖。

翼蛇大妖王凌空而立，它也对自己的队伍很有信心。

它一对一，都能媲美普通五重天妖王，更何况还有五个实力很强的同伴！

"帝君给我配的同伴，个个都不错，它们配合我，想必能力压新晋封王神魔。"翼蛇大妖王暗道，"在众多妖王队伍中，我这支队伍的实力肯定排在前十。"

就在这群妖王无比自信的时候——

一道身影突然就出现了。

"什么？"六名妖王都吓了一跳，包括地底的老龙龟妖王。

几乎毫无征兆的，孟川出现在它们面前。

"当当当！"

荡魂钟的波动，耳朵自然听不见，那是元神受到的冲击。

"啊啊啊——"手持两柄弯刀的羊妖王，身体摇摇晃晃，它开始失去对身体的控制了，连站都站不稳了，它也是六名妖王中唯一一位元神只达到一重天的。

"定。"

紫袍女子的眉心有一道道金光散发出去，覆盖在同伴身上，让有些痛苦的九头狮妖王、黑衣女妖、老龙龟妖王都清醒了许多，只是羊妖王依旧无比痛苦。

境界上早达到法域境，元神也达到三重天的翼蛇大妖王，受到荡魂钟的冲击波只是眉头微皱，在得到花妖王的帮助后，便彻底不受荡魂钟影响了。

"东宁侯孟川？"翼蛇大妖王看到现身的人族神魔，不由得眼睛一亮。

"驻守楚安城的神魔是东宁侯？"

"封侯神魔，能杀。"

"动手！"

九头狮妖王变得异常兴奋，瞬间往前冲。

黑衣女妖放出了白色蛛丝，也杀向孟川。

老龙龟妖王的身体也有部分从地面浮现，周围五里范围内开始有水雾显现。

"东宁侯，年轻的小辈。"翼蛇大妖王瞬间动了，它心中是充满自信的。在它看来，对付人族封侯神魔，它有队友帮忙，应该能战胜对方。这个孟川的名气虽然大，但修行的时间终究短了一些。

在它们都要发动进攻的时候，忽然愣住了——

"噗。"

羊妖王的头颅被一柄暗红色的刀刺穿，孟川正握着那柄暗红色的刀站在羊妖王面前。

羊妖王庞大的躯体犹如灰尘一般消散开去，过去斩妖刀吞噬血气还要一些时间，现如今这种四重天妖王的肉身在被斩妖刀刺穿的刹那，就彻底化作了粉末。

羊妖王，毙命！

"羊妖是元神太弱，不必担——"翼蛇大妖王传音给同伴，刚传音便脸色一变，因为周围的空间变得扭曲，孟川瞬间就到了它面前。

速度太快了。

"当。"

翼蛇大妖王瞬间挥动双翅，搅动空间，封禁周围，挡住了孟川那可怕的一刀。

它终究达到了法域境层次，技艺境界高明得很。

"挡住了。"翼蛇大妖王心中一阵后怕，实在是孟川出刀太快，连它都为自己挡住了这一刀而感到庆幸。

"嗯？"

翼蛇大妖王忽然瞳孔一缩，因为在它挡住那一刀的同时，有深青色的雾气从孟川的刀中飞出，自然传到了它这边。

雾气飞得太快，彼此距离又实在太近，翼蛇大妖王根本来不及闪躲，雾气便碰到了它的身体。

"这——"恐怖的煞气通过体表的鳞甲渗透进体内，翼蛇大妖王只觉得意识都要被冻住了，"不好！"

它的元神瞬间施展出神通，只见全身体表的鳞甲浮现出妖纹，努力抵挡着煞气的侵蚀，只是身上各处依旧有冰霜凝结。

"能挡住我一刀，而且我的煞气也没有瞬间冻死它，这妖王的实力还挺强。"孟川心中闪过这个念头，只是攻击并没有停下，在翼蛇大妖王艰难抵抗煞气的时候，它便感应到一道刀光再次袭来。

速度依旧快得可怕。

在被煞气侵袭的情况下，翼蛇大妖王再也无法挡住孟川这可怕的一刀。

"噗。"

这一刀锋利无比，坚韧的鳞甲和头骨都无法阻挡，斩妖刀仿佛刺穿豆腐一般，直接刺穿了翼蛇大妖王的头颅。

刺穿后，翼蛇大妖王依旧能保持清醒，它的肉身修炼到这一地步，头颅都不再是要害，即便是被砍掉头颅，也能继续厮杀战斗。

可是这次，几乎是一刹那，翼蛇大妖王双眼瞪得滚圆，伴随着浓郁的血气涌入斩妖刀，它的身体瞬间化作齑粉，消散开去。

翼蛇大妖王，毙命！

……

说来缓慢。

孟川现身后，先是一刀杀死羊妖王，然后挥出两刀结合煞气杀死了翼蛇大妖王，前后都不足一息时间。

"二哥死了？"九头狮妖王看到这一幕惊呆了。

老龙龟妖王、花妖王、黑衣女妖也都惊呆了。

一对一战斗，都能媲美五重天的翼蛇大妖王，才一个照面就死了？不是说强大妖王的生命力十分顽强吗？怎么在那斩妖刀下直接化成粉末了？

"逃！"

老龙龟妖王元神传音，随后它毫不犹豫朝地底一钻。

"逃！"九头狮妖王、花妖王、黑衣女妖也毫不犹豫仓皇欲逃。

当然得逃！

媲美五重天实力的翼蛇大妖王一个照面就被杀了，它们剩下的四名妖王一起上，怕也是几刀的事吧。虽然无法理解一个封侯神魔怎么会这么强，妖族情报中根本没记载，但这个时候它们只有一个想法——逃命！

孟川一闪身，就到了那黑衣女妖身边，速度快得宛如瞬移一般。黑衣女妖此刻还没来得及钻进地底，便看到孟川出现在眼前，接着一道刀光当头袭来，不由得心中冰凉。

第 《290》章

心疼

　　黑衣女妖虽然本能地吐出大量蛛丝欲要抵挡，可伴随着刀光刺穿头颅，这黑衣女妖也化作了齑粉。

　　一息时间，原本信心满满的妖王队伍便被孟川斩杀了一半。

　　"太强了！"

　　"怎么会这么强！"

　　九头狮妖王、花妖王、老龙龟妖王都钻进了地底。

　　以它们的实力若都钻地分散逃跑，也许还有一线生机！

　　"逃？"孟川眉心的雷霆神眼早就睁开，雷磁领域笼罩四面八方，并且另一门神通不灭神甲也施展开来，体表更散发着光芒，周围的空间塌陷了，一挥手就是两道深青色煞气直接穿过百丈距离，追上了钻进地底的九头狮妖王和花妖王。

　　同时孟川一闪身，追向那逃得最远的老龙龟妖王。

　　"封！"老龙龟妖王全力施展领域，散发无尽水雾在地底竭力阻挡那两道深青色煞气，帮助同伴。

　　"该死！"九头狮妖王是亲眼见过这煞气的可怕之处的，连翼蛇大妖王都被冻结得没有反抗之力，这一刻它的身体一晃，一分为九。

　　一道身影主动迎上煞气，另外八道身影都疯狂朝四面八方逃去。

　　这是源自血脉的保命神通——分身术。

　　施展一次会元气大伤。

"哧哧。"那一道煞气碰到九头狮妖王这一具肉身时，这一具肉身直接冻得分解开来，煞气一分为八，追向九头狮妖王其他八道分身。

"不。"花妖王露出惊慌之色，柔弱得惹人怜爱。她眉心更有淡淡的绿色能量弥漫四方，攻向远处的孟川。

可遇到元神达到第四层境界的孟川，根本无法影响他分毫，他依旧分心操纵着煞气，将花妖王直接冻成粉末。

"什么？"孟川微微皱眉。

因为孟川在追杀老龙龟妖王，使得煞气离自己越来越远。这煞气能蔓延的距离是有限的，而九头狮妖王的八个分身又是分开逃的，逃得实在快。

就算是他的真身去追，他也没法同时追八个分身。

"这些妖王，逃命的本领真多。"孟川的速度超绝，自然追上了老龙龟妖王。

"饶命。"老龙龟妖王求饶。

暗红色的斩妖刀，轻易就刺穿了老龙龟妖王的龟壳，刺入体内。接着老龙龟妖王身体里的血气就被斩妖刀全部吞噬，连龟壳都彻底化作粉末。

孟川卷起老龙龟妖王留下的物品，暗星真元将花妖王死后的残留物品也收起，便冲出了地表。

孟川一个念头，翼蛇大妖王、黑衣女妖、羊妖王所留下的物品皆被他收起。

说来缓慢，实际上整个战斗也就大概五息时间。

而远处两个封侯神魔还在赶来的路上！

从城中到城墙这里，有七八十里距离，以封侯神魔正常的速度，需要十息左右的时间。所以那两名封侯神魔还在赶来的途中，孟川便已经斩杀了五名大妖王，仅有九头狮妖王凭借神通逃走了。

"是孟川。"南云侯和铁花侯全力飞来，隔老远便看到北城墙那边已经厮杀起来，只是水雾弥漫，他们难以看清情况，只知道妖王爆发出的妖力很惊人。

他们俩才赶路到一半，孟川就飞出地表，显然战斗已经结束。

孟川朝他们俩微微点头，便化作一道闪电瞬间消失在天际。

"好快。"

南云侯和铁花侯彼此相视。

"那支强大的妖王队伍，被孟川彻底击溃了？"铁花侯是一名英姿飒爽的女子，她惊叹道，"我俩联手镇守楚安城，孟川却突然出现，他还是单独行动，恐怕就是负责救援各城的。"

"嗯。"南云侯点头，"只是我们还没到，他怎么就到了？"

"或许他刚好路过吧。"铁花侯说道，"刚才那几名大妖王，我俩便是联手击败它们也并不容易，而孟川一人却能转瞬将它们击溃。"

南云侯微微点头："当初我亲眼看着他通过元初山的考核，进入了元初山。如今的实力都在我之上了。"

"这代表我人族更有希望了。"铁花侯露出笑容。

……

孟川手持令牌，令牌中有两处地方都发出了绿色光晕，分别是东宁城和长丰城，这两座城是自己要救援的另外两座城。

"东宁城和长丰城也发出了求援信号，不过都是最低等的求援信号。"孟川暗道，"按照调令中的意思，仅仅是提醒我这两座城如今都发现了妖王，一切还在他们的掌控之内。"

仅仅只是提醒，不过孟川还是朝东宁城的方向全力飞去。

他以无比惊人的速度划过长空，便是秦五尊者和李观尊者他们与之相比，速度都要慢一些。

可孟川仅仅飞了三百余里，便陡然停下。

"嗯？"孟川震惊地看着手中握着的令牌，令牌上新出现了一处求援，发出的是血色光晕。

他需要救援的地方，除了三座城，还有八座中型世界入口，这八座世界入口都在东宁城、长丰城、楚安城周围一带。

令牌上散发出血色光晕的，正是八座中型世界入口之一的银湖关。

"生死求援？"孟川急了。

他们这次救援的紧急程度分三个级别，分别是绿色光晕、紫色光晕、血色光晕。

血色光晕代表生死一线，最为紧要！

孟川毫不犹豫地调转方向，以最快的速度朝西南方向冲去。

"元初山认为，八座中型世界入口，需要求援的可能性较低，没想到战争一开始就发出了生死求援信号。"孟川暗道，如今的确是战争刚刚开始，自己杀那支妖王队伍耗费的时间，都不够很多城池的封侯神魔赶到城墙位置。

"银湖关。"孟川焦急起来，"等等我，要撑住。"

小型洞天内。

九渊妖圣和北觉看着半空中那张巨大的地图，看着那一个个光点。

忽然，一个个光点接连消散。

"嗯？"九渊妖圣和北觉脸色微变。

"战争终有死伤，人族世界的历史上毕竟还是诞生过一些帝君，我们想彻底获胜自然不容易。"北觉开口道，"只要能获胜，即便牺牲大半也值得庆贺。"

光点还在慢慢消散。

"战争刚开始，这死得也太快了。"九渊妖圣脸色难看，"情况比我预料的要糟。"

元初山上。

李观尊者、洛棠尊者的分身和秦五尊者的分身坐在茶桌旁，看着墙壁上用能量显现出来的大周王朝的疆域地图，每一处地方都有身影。

"哗。"

一个个身影接连消散。

跟着又是两个身影消散。

李观尊者、洛棠尊者、秦五尊者都沉默地看着，每一个身影的消散，都代表着一个神魔身死。

"已经战死五位封侯神魔和八位大日境神魔。"洛棠尊者忍不住说道，这时候又一道虚幻身影消散，"六位封侯神魔了！"

"我们已经尽力了。"李观尊者平静地道。

"或许不值得守那么多座城池。"洛棠尊者都有些后悔，心疼地道，"少建造二十座城，神魔镇守的压力会轻松得多。"

"凡俗是人族之根本。"李观尊者说道，"若是都如两界岛舍弃那么多城池，人口会大大减少，天才也会更少，往后人族神魔的力量会更薄弱。我们必须保证天下有足够的人口，这是神魔根基，也是人族的根基！"

接着，又看到七道身影如泡沫一般破灭。

"又是七位大日境神魔。"洛棠尊者眼睛泛红。

"一切都已部署好，无法后退，我们必须战斗到底。"秦五尊者的眼睛也微微泛红，每一个消散的身影他都无比熟悉，很多都是他的弟子。

如今这时候，洛棠尊者的真身镇守洛棠关，李观尊者的真身坐镇元初山，李观的元神分身和秦五尊者的真身也同样在救援，都已竭尽全力。

第 《**291**》 章

孟川被围攻

一道流光在天空中飞行，直奔银湖关。

"快，再快点。"

孟川看着手中令牌上亮起的血色光晕，满心焦急，快一息或许就能救下一两个神魔。

即便如今他的速度被认为冠绝天下，可他依旧觉得自己不够快。

下方的景色都变得模糊，大山、大河、平原、树林在他眼前一闪而过。

"到了。"孟川一眼就看到了远处的一座城关，那是被放弃了的银湖关。

从收到求援信号那一刹那开始，孟川就全力赶七百里路，终于赶到了银湖关！耗费的时间也刚过十息而已。

孟川一闪身，就来到了城关上。

一眼便看到了那一个长约两里的世界入口，在世界入口周围有很多妖王的尸体，同时还有人族神魔的尸体。

仅仅只是看一眼，孟川就发现了三具神魔的尸体，人族神魔的尸体都遭到了破坏，有的头颅被刺穿，有的胸口被挖出窟窿。孟川的脸色十分难看，这些都是元初山的大日境神魔，他自然认识。显然世界入口太多，元初山也没法每一处都安排封侯神魔，有部分世界入口安排的是大日境神魔队伍。

"开！"孟川睁开了雷霆神眼，全力探察。

瞬间探察地底，在地底，孟川瞬间又发现了两具神魔的尸体，跟着还发现有妖王正在追杀人族神魔。

"还有神魔活着。"孟川眼睛一亮，立即俯冲而下。

……

神魔魏铖正在地底全力逃跑，他心中十分绝望："我怕是逃不掉了。"

他的神魔队伍由八名大日境神魔组成，大多都是年龄大、实力强的，其中实力媲美封侯神魔门槛的就有三位，其他五位也都是巅峰大日境实力。这样的大日境神魔队伍，比当初斩杀黑水宫宫主的孟川三人组成的小队的实力还要强许多。世界入口处冲进来一群三重天妖王，他们都是能够轻松应对的。

谁承想，他们遇到了妖王队伍。

六名四重天妖王，个个实力深不可测，达到巅峰四重天实力的妖王就有三名，六名妖王联合起来的实力更是足以媲美普通五重天妖王。

双方的实力差距实在是太大了。

"虽然在发现四重天妖王队伍后，我们就立即选择钻地逃命，但实力差距太大，方师兄他们三个还没钻进地底就死了。其他人分散逃，希望能逃出一两个吧。至于我，肯定是逃不掉了。"魏铖全力穿行，同时感觉到一条触手迅速朝自己抓来。

地底探察是很难的，所以一般选择钻地逃命，活命的希望很大。只是要拉开敌人足够远的距离！不过大日境神魔的实力本就和四重天妖王差不多，大多都还来不及拉开多远的距离，就被抓住了，想要逃掉艰难得很。

"妖王，受死！"一声蕴含暗星真元的怒喝声在地底传开。

"嗯？"

"谁？"

"我感应到了人族封侯神魔的气息。"

六名四重天妖王因为追杀人族大日境神魔，是分散的，不过分散的距离也不远。

此刻这六名四重天妖王元神都一震，它们感应到了那肆意爆发的暗星真元气息，一时间，一个个四重天妖王都放弃追杀大日境神魔，迅速朝孟川包围过去。

追杀剩下的三个大日境神魔也是耗费时间，还不如联手对付一个封侯神魔呢！杀一个封侯神魔，比杀二十个大日境神魔的奖赏还多。

"受死！"震怒的孟川，带着电光冲进地底，杀向离他最近的那名身高约十丈的牛妖王。

这名牛妖王抬头看着上方朝自己杀来的孟川，咧嘴一笑，道："是东宁侯孟川！"

伴随着它的一声大笑，它也挥出了手中的长棍。

孟川一刀劈下，牛妖王反手一棍朝上方抽打过去。

刀和棍碰到一起！

孟川没用暗星真元激发斩妖刀上的符文，而是任由刀和棍碰到一起。

伴随着撞击声，孟川往上方倒飞出一截，隐隐吃了一些亏。

"是东宁侯孟川？"又一名牛妖王眼睛一亮。

"东宁侯孟川，速度冠绝天下，四处救援，杀了许多妖族！"一名狐妖王有些兴奋。

"杀他的功劳，不亚于杀一名封王神魔。"

"千万别让他逃了。"

"我们从地底包抄，地底难以探察，他很难发现我们。"

妖王们小心翼翼地从四面八方朝孟川包抄过来。

"你这妖王，力气倒是不小，再接我几刀。"孟川再度杀来，身影诡异。

那名牛妖王挥舞着长棍，恐怖的威势令空间都变得扭曲，周围的泥土都化作齑粉，可面对孟川的身法速度，它还是有些狼狈。

"飞燕式！"孟川的身影变幻，一瞬间化作十余道模糊的身影，每次都接连出刀，牛妖王努力抵挡，有两刀劈在它身上，但仅仅劈出两道伤口。

终于，孟川挥出的最后一刀从牛妖王的耳朵中刺了进去，不过刺得有些吃力。

"滚开！"牛妖王感觉到死亡危机，猛地一掌拍在了孟川身上。

孟川硬生生承受了这一掌，依然将斩妖刀刺入了牛妖王的头颅深处，真元将其头颅彻底毁灭。牛妖王的眼睛瞪得滚圆，明明是自己故意引诱东宁侯孟川，怎么自己送了命？

"喀喀喀。"孟川被一掌拍飞，撞击在岩石上，忍不住咳出了鲜血，可他脸上满是激动，因为杀死一名厉害的四重天大妖王值得庆祝。

"大哥！"

"大哥！"

旁边的岩石中冲出了另外两名牛妖王，它们都瞪大牛眼，震惊地看着死去的兄长。

忽然，大量触手从泥土中伸出，杀向孟川。

更有黑雾飘荡，向孟川笼罩过去。

"东宁侯孟川，你无路可逃！"那五名妖王已经彻底愤怒，此时已将孟川包围。它们愤怒是因为明明它们占据绝对的优势，却还葬送了一位同伴。之前它们是忌惮于东宁侯孟川名传天下的速度，所以一直小心翼翼从四周包围，来保证这东宁侯孟川逃不掉。

如今战死一位同伴，剩下的五名妖王越加悲愤。

"给大哥报仇。"那两名牛妖王咆哮道。另外三名妖王也同时出手。

"什么？五名妖王？"孟川脸色大变，连忙欲朝上方逃窜，却引得妖王们全力来阻截。

第 《292》章
西海侯

"别让他逃了。"

"杀了他!"

来得最快的是那一条条触手,众多触手完全挡住了孟川前方的路,而两名牛妖王也杀了过来。

"很好。"孟川心里却很满意。

如果他一现身就展露出碾压四重天大妖王的实力,那这些妖王只会拼了命地逃跑!加上它们本就分散在地底,若真分开逃,那他能杀死一半就算不错了。

而如今呢?

故意示弱,只是展露出一名封侯神魔正常的实力,令这些妖王主动围过来,一个个靠他很近,生怕他会逃掉。

"如此我能一锅端啊!"孟川平静地挥刀。

斩妖刀轻易地刺入了面前的一条触手内,触手的皮肤根本无法抵挡,在刺入刹那后,斩妖刀便强行吞噬了其中的血气。

"哧哧哧。"一条条触手开始化作齑粉。

掌控这些触手的是一名黑袍女妖王,它身体背后衍生出一条条触手围攻孟川,如今那些触手尽皆化作齑粉,它也同样瞪大眼睛。斩妖刀对血肉的吞噬力实在是太强了,一个四重天大妖王根本无法抵挡住。

"嗯?"冲杀到眼前的两名牛妖王,看着那一条条粗壮的触手直接化成齑粉,不由得心头一颤。

"当当当！"荡魂钟敲响！

无形的元神波动击向剩下的四名妖王，孟川的体表也开始显现出光芒。

"啊！"两名牛妖王都痛苦地捂住脑袋，它们俩的元神都只达到第一层境界，连意识都无法保持清醒。

斩妖刀连闪两下，分别刺穿了它们俩的头颅。

六名四重天妖王冲到孟川面前，却又毫无反抗之力，孟川杀起来自然快！斩妖刀在杀死它们的同时，也吞噬了它们的血气，两头牛妖王彻底化作粉末。

"什么？"

"这……"施展毒雾领域的蛇妖王和施展幻术的狐妖王都惊呆了。

先是当诱饵的牛妖三兄弟的老大毙命，如今近战实力极强的另外三名同伴也死在了孟川的刀下，而孟川体表浮现出的光芒，令周围的空间都扭曲了，那恐怖的威势，令蛇妖王和狐妖王感到害怕。

"是陷阱。"它们俩此时自然明白了，于是准备逃走。

孟川在发现距离剩下的两名妖王都有些远时，他毫不犹豫地一挥手，一道雷霆轰出。

一道巨大的雷电瞬间轰出，泥土和岩石都化作齑粉，随后轰向那欲逃跑的狐妖王。

这是孟川施展的神通天怒！

虽然只释放出了肉身蕴含的一成雷电，但威力依旧达到了封王神魔层次。孟川在极限状态下一次性也只能将三成的雷电击出，这神通天怒是孟川最快的杀招，依靠的是雷电的速度，那名狐妖王刚刚准备逃跑，便被这雷电劈中，当场变成了黑炭，更有烟雾升起。

狐妖王毙命。

孟川却化作闪电，追向那名蛇妖王。

"只剩你一个了。"孟川充满信心，若是六名妖王分开逃，他的确头疼。如今故意示弱引诱它们围攻自己，到现在只剩下一名蛇妖王。一对一，在雷磁领域范围内，这蛇妖王怎么可能逃得掉？

仅仅一息后，蛇妖王也在斩妖刀下化作了齑粉。

自此，这一支四重天妖王队伍皆送了性命。

孟川冲出了地表，将地上另外三具神魔的尸体也都收入洞天法珠内。

"我会找时间送你们回元初山的。"孟川默默地道。如今正是最紧张的时刻，他只能暂且将同门的尸体放在洞天法珠内。

孟川一翻手，看着手中的令牌，东宁城、长丰城的地标上发出了绿色光晕，至于其他世界入口都没有发出求援信号。元初山的猜测是没错的，世界入口求援的可能性很低。

忽然，东宁城的绿色光晕，瞬间变成了血色光晕。

"生死求援？东宁城？"孟川惊愕万分。

之前东宁城那边，一切都还在神魔的掌控中，怎么忽然就变成了生死求援？

"快。"孟川顾不得多想，瞬间化作流光，立即冲向东宁城，"银湖关距离东宁城一千零五十里，我大概需要二十息才能到。竟然发出了生死求援，一定是遇到大麻烦了。一定要撑住，撑到二十息。"

孟川内心十分焦急。

二十息说长不长，封侯神魔二十息一般才跑百里距离。但说短也不短，彼此生死搏杀，实力差距很大的话，足以被对方杀死几十遍了。

……

太阳还没落山，东宁城南城的一片区域早就化作了废墟。

"噗。"一名老者口吐鲜血，捂着胸口，他的胸口有个大窟窿。

另一边一名青鳞妖王站在那里，看了老者一眼，道："你们人类神魔的肉身真脆弱，都是封侯神魔了，只是挖出你的心脏，你就要死了。我可以救你，但是你都这么老了，还是死了吧。"

无形的能量波动拍击在老者身上，老者直接趴在地上，眼神变得黯淡，没了气息。

"雨师兄。"持剑的中年男子脸色苍白，悲痛地看着这一幕。

"你们走吧，这里交给我。"青鳞妖王挥挥手，另外六名四重天大妖王彼此相视一眼，跟着都恭敬行礼，个个迅速离去。

"五重天大妖王！"持剑的中年男子盯着青鳞妖王。他和紫雨侯联手镇守东宁城，遇到妖王队伍杀来，他们俩对付六名四重天大妖王，一开始他们俩还略占优势，可是这五重天大妖王却忽然暗中偷袭，直接重创了紫雨侯。随后，五重天大妖王和六名四重天大妖王联手，轻易便斩杀了紫雨侯，也重创了他。

这名五重天大妖王又有宝物在身，比普通封王神魔都要强。

青鳞妖王看了一眼紫雨侯的尸体，转头看向持剑的中年男子，道："西海侯，你还年轻，有大好的前程，我可以给你一个活命的机会。"青鳞妖王的左爪中出现了一颗火红色的丹丸，"只要你投靠妖族，服下这颗妖丹，就可以活命了。"

"我阎家乃神魔世家，当代有一名封王神魔，三名封侯神魔，岂会投靠妖族？"西海侯咬牙震怒道。

"如今时间很宝贵，只能给你十息考虑。"青鳞妖王淡然道，"时间一到，你不投降，便是死。"

第 《293》 章

赶到

西海侯的脸色苍白，他看着地上死去的紫雨侯，看着周围一片废墟，大量被波及的凡人都死了。

"这场战争，很多神魔都战死，今日也轮到我了。"西海侯默默地道。他刚才和那五重天大妖王交过手，很清楚彼此的实力差距！若正面一对一，数招内他就会丢掉性命。

"你才修炼百年，"青鳞妖王轻声笑道，"以后可以变得更强大，只要你服下这颗妖丹，依旧可以以西海侯的身份在人族世界生活。人族根本不知道你已经叛离，你依旧可以风风光光的。只是需要为我妖族做些事，等将来人族战败了，率领家族彻底归顺妖族，一样享尽荣华富贵。"

"在这世间，只要你好，对你家族好，不就足够了吗？"青鳞妖王笑道，"你们人族世界有一句话，人不为己，天诛地灭！"

青鳞妖王劝说着。

若只是杀死西海侯，所得的功劳是有限的。

若是一个被控制的西海侯，依旧潜伏在人族阵营中，那作用就大太多了，青鳞妖王能获得的功劳也多得多。

"动手吧。"西海侯看着青鳞妖王。

"我就不明白了，向强者低头不是应该的吗？"青鳞妖王疑惑，"我妖族比你们人族强，你为何不低头？"

"低头？"西海侯看着青鳞妖王，笑道，"给妖族当狗？太憋屈，太不痛快了！我们神魔在世，堂堂正正，上无愧于天，下无愧于地，岂能给你们妖族当走狗？"

"就因为憋屈不痛快？"青鳞妖王惊诧道。

"那样的日子想想都觉得不痛快啊！"西海侯笑道，"十息到了，别白费口舌了。"

西海侯已做好赴死准备。

人生自古谁无死，不过先后罢了。

西海侯在这一刻回忆了他一生的经历，出生在阎家这等封王神魔家族里，从小他勤勤恳恳，也天资卓绝，他和妻子很恩爱，他的儿子阎赤桐虽然比他这个父亲桀骜一些，但论修行速度比他还要快。

"夫人，恕我无法再陪你走下去了。"西海侯默默地道。

"十息的确到了，真是可惜。"青鳞妖王轻轻摇头，身影陡然动了。

西海侯眼皮一动，眼中流露出一丝癫狂。

虽然准备赴死，可不代表他不反抗！他瞬间施展神魔禁术，施展剑术迎向青鳞妖王。

"当当当。"

青鳞妖王仅仅用一只右爪迎战，右爪的每一根手指都锋利无比，轻轻点在那看似绚烂无比的剑光上，轻易就破解了剑法。

不管是力量、速度还是境界，样样都彻底压制西海侯。

西海侯瞬间化作七道身影，可青鳞妖王的身影同样在移动，一直盯着西海侯的真身，轻易便破解了剑招。

"我会死，但这场战争我们人族一定会赢。"西海侯越发癫狂。

"嗯？"青鳞妖王的脸色陡然变了，它感应到一位强者进入了它的领域范围，并且已经朝它杀了过来。

空间塌陷，一道刀光直接从塌陷的空间中飞来，瞬间就到了它眼前。

快到匪夷所思的一刀！

本就是快刀，再配合不死境神通对空间的控制，刀光仿佛瞬移一般到了青鳞妖王的近前，暗红色的刀身也到了近前。青鳞妖王乃五重天大妖王，它对这一刀的感知非常敏锐，刀刃将空间都切割出黑色的裂缝，这让它心头一紧。

原本袭向西海侯的一爪，转而拍向了那惊艳无比的刀光。

青鳞妖王的这一爪，看似温柔，五根手指仿佛没有骨头一般，十分柔软，瞬间和刀光碰触在一起。

一碰即分。

那道身影带着西海侯迅速退开，这才显现出模样，正是全力赶来的孟川。孟川体表有着一层淡淡的光芒，令周围的空间不断塌陷。

"东宁侯。"西海侯看着孟川，又激动又吃惊。

如今孟川施展神通不灭神甲时的威势，让西海侯都感觉到有些压抑。

"我若是再来晚点，就真救不了西海侯了。"孟川说了一句。他有些庆幸，他赶到时青鳞妖王已经出杀招了，眼看两三招内就要击杀掉西海侯，还好自己赶到，救下了西海侯。只能说西海侯运气真好。

像紫雨侯死得早，孟川赶来便晚了。

孟川看了一眼旁边紫雨侯的尸体，十分难过，又一位封侯神魔战死了。

"东宁侯，小心这五重天大妖王，它的领域手段诡异莫测，有无形丝线突然出现，它凭此招杀了雨师兄。"西海侯传音提醒道。

"嗯。"孟川微微点头，看着青鳞妖王。

五重天大妖王，这也是孟川第一次面对五重天大妖王！

这等层次的神魔，他也只和掌教师兄交过手，那次还只是切磋，并非搏命。

"好厉害的一刀。"青鳞妖王赞许道，"东宁侯孟川在领域方面的造诣，当真让我惊叹。我在东宁城多逗留十息，看来逗留对了，遇到了东宁侯这等高手。"

"你先走。"孟川传音给西海侯。

"好。"西海侯也明白，他留下只会影响孟川，从刚才那一刀来看，这位和自己儿子年龄相当的东宁侯孟川，绝对拥有封王层次的实力。

西海侯瞬间远去。

青鳞妖王根本懒得理会，孟川的价值要比西海侯高太多了！单单前些年孟川救援天下，就让妖族恨他入骨。这次妖族安排青鳞妖王来东宁城暗中偷袭，便认为这里是孟川的家乡，孟川在东宁城驻守的可能性很大。

"一开始看到驻守东宁城的两名封侯神魔中没有你，我还挺失望，谁想如今你真来了。"青鳞妖王看着孟川，"看来你注定要落到我手里。"

孟川平静地看着它，没急着动手，而是感应到西海侯远去后，他也通过令牌发出了求援信号，不过是最低等的求援！这便表示自己遇到了厉害对手，一切还在掌控中。若是秦五尊者他们谁有空闲赶过来，自然就能轻易拿下这五重天大妖王。

一对一，孟川有信心应对，但并无把握将其击杀。

青鳞妖王却不敢拖延，它已经暗中下手了，一根根丝线隐藏在空间中，朝孟川逼近。

即便孟川拥有暗星领域、雷磁领域、元神领域等诸多探察手段，他也没有发现这一根根丝线在悄然朝自己逼近，这些丝线好似空间中的一部分。

第《294》章
大战

孟川有神通不灭神甲，可令百丈范围内的空间都塌陷，离孟川越近，塌陷的程度就越夸张。那一条条丝线原本非常轻松地在空间中前行，可在塌陷的空间中，前行得有些吃力，在距离孟川还有三丈距离时，那一条条丝线露出了破绽。

"嗯？"孟川发现在塌陷的空间中，六根丝线暴露出来了，跟着一闪，就到了眼前。

"绞杀。"青鳞妖王目光冷厉，六根丝线再无遮掩，近距离杀向孟川。

孟川瞬间身影变幻，但六根丝线是从四面八方包围过来，且每一根的速度快得可怕。

孟川虽然挥刀抵挡，但依旧有一根丝线划过孟川的左臂，它轻易划破了暗星领域的防护，在碰到孟川体表的光芒时，才遇到极强的阻力，最后也穿过光芒，划破了孟川的皮肤和肌肉。孟川这时候已经闪躲开了，伤势瞬间就愈合了。

"什么？"孟川十分惊讶，"竟然能破我的不灭神甲？"

青鳞妖王同样吃惊："帝君赐予我的秘宝，竟然只能伤他？这个东宁侯孟川，肉身怎么感觉都媲美五重天大妖王了。"

"还好这丝线的威力在我的承受范围内。"孟川知道伤势瞬间愈合了，一闪身便消失不见，只见一道道刀光从空间中袭来。

不见人，只见刀光。

刀光悄无声息，只有一个"快"字。

青鳞妖王也被迫闪躲，连忙挥爪抵挡。

在挡住刀光的刹那，有深青色煞气从刀光中蔓延过来。

"好冷。"

青鳞妖王在碰到深青色煞气的刹那，便全身发抖，它体表的青色鳞片都隐隐浮现出秘纹，抵挡煞气的侵袭。作为五重天大妖王，它也有三门神通在身，格外擅长护身。

孟川当初修炼归元煞气是将其吸进体内，对身体伤害才会那么大。青鳞妖王论肉身不亚于孟川，如今施展神通正面抵抗，使得煞气仅仅让青鳞妖王的动作稍稍缓慢了一些，对整体实力的影响并不大。

青鳞妖王挥动双爪，招数玄妙，并且双爪之间还有丝线飞舞，即便动作慢了一些，也依旧挡住了孟川挥出的每一刀。

"困。"青鳞妖王站在原地，一条条丝线再次攻向孟川。

一道道深青色煞气蔓延开去，笼罩住青鳞妖王，并且还影响着那些丝线，令丝线的速度都慢了一些。

"好强的煞气。"青鳞妖王皱眉，"本来我的速度就不及这孟川，如今速度上的差距更大，根本奈何不了他。"

"这妖王的招数玄妙，境界又在我之上，还有奇特的兵器在手，我根本伤不了它。"孟川也发现了问题。

孟川一次次施展身法袭杀青鳞妖王，想要靠身法速度寻找获胜的机会。

青鳞妖王也有些狼狈，它被逼得只能小心防守，反击的招数根本碰不到孟川。

孟川和青鳞妖王厮杀的余波都无比骇人。

丝线的一道余波便切割了百余丈区域。

孟川的煞气也让周围彻底冻结了，万物皆死。

这让远处的凡俗更加仓皇地逃走，生怕被波及了。

"二十里距离足够安全了。"西海侯在二十里外停下，"这妖王要飞到我这里，也需两息时间，两息时间我轻易就能钻地逃走。"

西海侯默默地看着。

远处的青鳞妖王站在原地，威势恐怖。而孟川的身体表面散发着光芒，威势同样可怕，他出现在四面八方，仿佛一人化作百人在攻击，一道道刀光不断挥出，然后又被一根根丝线不断阻挡。

一人一妖，即便是发出的一丝余波都让西海侯震撼。

"一对一，孟川竟然能略占上风？"西海侯暗暗惊叹。

……

青鳞妖王和孟川都十分小心，各自都藏有杀招，正在寻找机会。

"这孟川对领域的掌控太厉害。"青鳞妖王感觉到吃力。孟川周围的空间都塌陷了，百丈距离触手可及，甚至他施展身法时整个人犹如一柄刀，一闪就能到近处，每次青鳞妖王都抵挡得很艰难。

忽然，青鳞妖王再度一爪挡住了孟川的一刀，可孟川的这一刀却有奇异的力道钻进了青鳞妖王体内。

心刀式！

"就是这个时候。"孟川立即趁机再次迫近。

"来了！"青鳞妖王的身体内部受到冲击，动作慢了一点，让孟川有机会近身了。

青鳞妖王却朝孟川一笑，它的额头位置原本有个不起眼的紫色小独角，如今这紫色小独角，陡然化作一道紫色流光袭向孟川。

距离太近，仅仅三丈多距离。

这紫色小独角射出的速度更是比孟川的身法速度还快，令孟川都来不及反应。

紫色流光瞬间破开了暗星领域和不灭神甲的双重阻挡，轰击在孟川的额头位置，只见孟川的额头直接被轰出一个窟窿，紫色流光从孟川后脑勺飞出。

"哈哈，中招了。"青鳞妖王眼睛一亮，当即挥出六根丝线围杀过去。

孟川的额头被射出一个窟窿，却又直接愈合了，丝毫无损。

孟川仅仅眉毛一皱，露出了一丝惊讶，并没有受任何影响。他肉身的每一个粒子都有元神念头盘踞。论肉身，他和五重天大妖王相当；论生命力，他就要比五重天大妖王强多了。他的肉身便是有上百个窟窿也能瞬间愈合。

若是到了滴血境，就是被轰击成渣，只要有渣子残存，都能瞬间恢复。

"什么？！"青鳞妖王看到孟川额头的窟窿瞬间愈合，不由得脸色一变。

头颅可是牵扯到识海，被轰破……即便是五重天大妖王也会受些影响，需耗费一两息时间才能恢复。当然，对五重天大妖王而言，就是没了头颅，依旧可以战斗，只是实力减弱罢了。

可孟川头颅上的伤势瞬间愈合了，实力根本不受任何影响。这令青鳞妖王震惊了。

冲到近处的孟川，受到这一击却不受丝毫影响，他自然会继续出招。

他挥出的斩妖刀，爆发出了无比耀眼的雷霆。

犹如天崩地裂一般，恐怖的雷电直接怒劈在青鳞妖王身上，雷电的速度让青鳞妖王同样来不及阻挡。

神通天怒！

孟川将体内的雷电融入这一刀，倾力爆发而出，雷电如大树，如群蛇，轰隆一声，皆劈在青鳞妖王身上。

第 《295》 章

十八截

"啊！"

这是孟川的神通天怒的狠狠一击，他将体内蕴含的三成雷电都完全汇聚于这一刀当中。当初元初山山主面对这一招时，元初神体都被轰破了。

而如今的青鳞妖王实实在在承受了这一击，一瞬间被轰蒙了！它的肉身坚韧强大，鳞甲的防护力了得，更有其他护身神通。

可在这雷电下，它依旧被劈得鳞甲的缝隙中流出了血，全身都出现了麻痹感。

青鳞妖王只觉得脑袋里一直嗡嗡叫，它都还没反应过来，孟川的斩妖刀就劈在了它的身上！

实际上雷电就是从斩妖刀中轰出的，紧接着，斩妖刀也劈下！

处于麻痹状态中的青鳞妖王，没有任何抵抗能力，被这一刀狠狠劈中。

"虎啸式。"孟川修炼的心意刀中最残暴的一招。

暗红色的刀切割开空间，孟川双手握刀，面目狰狞，倾尽全力的一刀从青鳞妖王的腰部劈砍进去。连空间都能劈开，自然能劈开鳞片……只是劈到青鳞妖王腰部近半的位置时，就卡住了。实在是青鳞妖王的肉身太坚韧，要彻底劈砍成两截很不容易。

"煞气！"孟川在劈砍这一刀的同时，深青色煞气也顺势侵袭进去，没了鳞甲阻挡，煞气沿着巨大的伤口钻进青鳞妖王体内，冰冷的感觉突然袭来。

"冷。"青鳞妖王控制不住地发抖，又看到腰部出现了一个巨大的伤口，这一刻它真慌了。

"走。"青鳞妖王一个念头，那丝线迅速收回来护身，欲要逃走。

"轰隆隆！"又是一道耀眼无比的雷电。

神通天怒再一次爆发，在煞气的侵袭下，青鳞妖王根本来不及抵挡，再度被击中。耀眼的雷电瞬间刺穿了青鳞妖王的身体，更是透过腰部的伤口侵袭到身体内部，肆意破坏着。

这一次雷电带来的破坏力更大，它的伤势也更重，有些血肉都被劈得焦黑。

"噗。"孟川在施展神通天怒的同时，又挥出一刀，彻底将青鳞妖王从腰部一刀劈开！

下半身反抗能力大大削减，迅速被煞气冻结成了冰块。

只剩上半身。

青鳞妖王的上半身依旧抵抗着煞气的侵袭，冻结的速度很慢，依旧想要逃命。

孟川疯狂挥刀，刀光闪烁。

青鳞妖王上半身的动作慢了许多，妖力控制丝线抵挡时都慢了不少，已经无法挡住孟川的刀了。到了这个地步，孟川已经不愿再施展神通天怒了，这都施展两次了，消耗也够大了。

孟川又挥出一刀，从青鳞妖王左臂位置斩下，一条手臂断开，刚一断开就被深青色煞气给冻成了冰雕。

"这冰冻的感觉太难受了。"青鳞妖王急了，"内外侵袭，我实力都发挥不出三成。"

孟川又挥出一刀，青鳞妖王的身体又被砍掉一截，抵抗煞气的能力再度下降。

"我又无法化水遁逃，我的水遁神通完全被这煞气给克制了，一旦化水遁逃，定会被彻底冻住。"青鳞妖王焦急万分，操纵丝线拼命护身，可它的实力下降了，孟川一刀刀接连落在了它的身上，它的眼中也露出了一丝绝望。

很快，青鳞妖王的身体被分成了很多截，头颅被单独冻着，再也无法反抗。

青鳞妖王头颅中的元神盯着孟川，传音道："孟川，你如何才能放过我？"

孟川看到青鳞妖王此刻已动弹不得，方才松了一口气，并没理会青鳞妖王说的话，而是先拿起了令牌，撤掉了之前发出的求援。

撤掉求援是告诉元初山，他这边的麻烦已经解决，不必再派人过来救援。

孟川这才手持斩妖刀，一刀刺入青鳞妖王的一截大腿中。

这一截大腿单独被冰冻，又在煞气的侵袭下，抵抗力被大大削减，可斩妖刀吞吸起来依旧比较慢。因为吞吸活的生命，对方是会反抗的！

"如今反抗的力道弱了不少。"不一会儿后，斩妖刀便完全吸收了。

那被冰冻的青鳞妖王的元神急忙传音道："孟川、孟川，一切好说。"

孟川却继续用斩妖刀吞吸着青鳞妖王其他地方的血气。

一处处吞吸，半盏茶时间后，青鳞妖王身体的其他部分都被斩妖刀吞吸，只剩下头颅。

"放心，我不会这么快杀你。"孟川一挥手，将这青鳞妖王头颅收进了洞天法珠，将其放在洞天法珠内，时刻在他的监控中，自然出不了意外。

紧接着，孟川又将其他战利品皆收起，至于紫雨侯的尸体在他动手前就已经收起来了。他看了看周围，发现周围一片白茫茫，显然一切建筑、树木、尸体在战斗中都彻底化作了齑粉，两三里外也是一片废墟。

"要杀一名五重天大妖王可真不容易！"孟川暗道，然后取出了令牌。

令牌上，原本几处地方最低层次的求援也都消失了，显然都撤掉了求援。

"三座大城，八座中型世界入口，真正关键的战斗应该都结束了。"孟川暗道，"真正紧急的，也就是银湖关和东宁城。大多数地方镇守的神魔还是能应对的。"

元初山的安排，还是很妥当的，只有极少数地方需要紧急救援。

"也不知道现在天下间各地的形势如何了。"孟川暗道，"天下间的城池遭到五重天大妖王袭击的，怕不止东宁城，希望其他各地也都能守住。"

他能做的很有限。

毕竟斩妖刀吞吸异族尸体的血气后，孟川也只能算是拥有顶尖封王神魔的战力，在这等大战中，能起的作用终究有限。

西海侯从远处飞来，颇为激动地看着孟川，道："那妖王死了？"他是等妖力气息彻底散去后才过来的。

第 《**296**》章

死伤

"五重天妖王很难一下杀死。"孟川说道。

"对，修炼到五重天大妖王生命力都极强。"西海侯点头。

"我已经活捉了它，大战过后会交给元初山。"孟川说道。

"活捉？"西海侯吃惊。

按照他知晓的常识，就算将五重天大妖王的身体分成很多截，都可能被对方反扑。待妖力散尽他才敢过来，就是怕遭到偷袭，会拖了孟川后腿。

"嗯。对了，这是雨师兄的尸体。"孟川一挥手，地上出现了紫雨侯的尸体，白发老者紫雨侯胸口有一个窟窿，显然是心脏被挖走了。

"雨师兄。"西海侯看着这具尸体，脸上有着悲恸之色。

"西海侯，这里的事就交给你了，我还需去其他地方看看。"孟川看了一眼紫雨侯的尸体，也有些悲伤，只是这些年他见过太多了。

"好。"西海侯点头，他知晓孟川应该是负责救援的。

孟川当即化作流光离开。

他负责的其他城池和中型世界入口，虽然没有再发出求援信号，但他还是要去看一看。

秦五尊者犹如一柄剑划过长空，来到了一座大城的城外，距离远处神魔和妖王的战场还有近百里。

在近百里外的战场上，空中自然有剑气凝聚，在那一道道剑气近距离的绞杀下，六名四重天妖王迅速被斩杀一空。

秦五尊者修炼的乃是十三剑煞魔体，到了他现在的境界，自身周围百里都属于他的攻击范围，他一个念头便可凝聚剑气斩杀敌人。毕竟四重天妖王对他而言真的很弱小，都不用放出自身的剑煞。

"杀妖王虽然很容易，但赶路需消耗时间。"秦五尊者站在半空，看了看手中的令牌，"周围两千里内所有城池，都撤去了救援，局面应该是稳住了。"

"这一战，人族损失惨重，只是不知道妖族损失如何。"秦五尊者默默地道。

他一迈步，飞到百余里外的一座大山，在山顶盘膝坐下。战争还没结束，妖族说不定会反扑，他自然得随时准备救援。

时间流逝。

黑夜降临，天下间恢复了平静，待得第二天天蒙蒙亮时。

秦五尊者身旁，出现了一道虚幻男子的身影。

"师尊，"虚幻男子恭敬地道，"弟子已经回到了九渊妖圣的小型洞天内，如今各队伍中未战死的妖王基本上都回来了。"

"都回到了洞天内？"秦五尊者眉头微皱，"看来暂时不打算攻打了。妖族的损失如何？"

虚幻男子惊叹地道："损失非常大，听很多妖王说，它们攻打城池时遇到封王神魔偷袭！说我们人族的封王神魔很阴险，施展无间领域靠近，在近距离偷袭下，妖王队伍损失惨重，一支队伍中能有两三名妖王逃回来就算不错了，有些甚至一整支队伍都没能回来。"

"嗯。"秦五尊者微微点头，"你了解妖族的大概损失吗？"

"不太清楚。"虚幻男子犹豫道，"估摸着损失得有一半，不过这仅仅只是我的猜测。"

"好，继续盯着，有任何情况随时告诉我。"秦五尊者吩咐道。

"感觉妖族的信心都被打没了，怕是短时间内不会发起第二轮攻击了。"虚幻男子说道。

秦五尊者露出一丝笑容："希望如此吧！"

九渊妖圣的洞天内。

许多四重天妖王聚集在一起，吃喝闲聊着。

"我们刚去截杀人族神魔，谁承想立马就冒出个真武王。"白眉狼妖王端着酒杯，道，"真武王那可是人族封王神魔当中数一数二的神魔，据传实力和妖圣不相上下。我们六个当时都快吓傻了，立即分散钻地逃了，也就我和红狐的元神达到了三重天，才能保持清醒，逃得快，保住了性命。"

"碰到真武王，你们小队还能活下来两个算不错了。"有妖王说道。

一旁的红狐妖王则道："那真武王是救神魔心切，他若是收敛气息小心靠近，需要耗费更多时间，我们或许就能斩杀青木侯了。他远距离现身吓住了我们，我们立即便逃了，自然让那青木侯也活了性命。"

"我们也挺惨，攻打城池却碰到了一只孔雀异兽，那孔雀异兽尾羽展开，一道道金光射来，每一道金光都达到了封王层次的攻击力，数百道金光袭杀过来，我们都快吓蒙了。仗着肉身生命力强，我们小队才逃回来两个。"一名猪妖王吃着肉说道。

"孔雀异兽？什么孔雀异兽？"

"难道也是妖族？"其他妖王们疑惑地道。

"不是。"猪妖摇头，"不是妖也不是人，感觉更像是没生命的特殊兵器。"

"我们那一队也碰到了一只异兽，那异兽的实力绝对能媲美巅峰五重天大妖王，嘴巴一张，天地都黑漆漆一片了，没任何光亮了，我们吓得拼命钻地逃，最后我们小队只有我活了下来。"

这群妖王在各自说着战斗时的经历。

回忆起各自的经历，都依旧感到后怕。

"九渊，"大殿内，北觉翻看着卷宗说道，"从回来的这群妖王提供的情报来看，人族的城池，绝大多数都有达到封王层次的神魔在镇守。"

九渊妖圣沉默听着。

"只有极少数是封侯神魔联手镇守。一般都是选的实力极强的封侯神魔，两两联手足以抵挡我们这边由六名四重天妖王组成的队伍。"北觉继续说道，"甚至厮杀一段时间后，就会有实力更强的神魔前来救援。元初山可以确定的负责救援的人有秦五尊者、李观尊者、真武王、明玉王以及东宁侯。黑沙洞天负责救援的有白瑶月尊者、蒙天戈尊者、通冥王和熔火王。"

"明玉王？熔火王？"九渊妖圣开口道，"他们俩都是五六百年前的封王神魔吧，如果活到今天，应该都有一千岁了。"

"是。"北觉说道，"这次出现在各地的封王神魔，好些都是数百年前的封王神魔，他们还拥有异宝兵器。在各个战场，我们妖族的损失都很大。"

"我知道。"九渊妖圣说道，"通过令牌感应，就知道损失惨重。如今我们需要知晓人族的损失如何，若是人族也损失惨重，那就是值得的。"

第 《297》 章
希望

"人族损失还在调查。"北觉说道，"不过估计损失不是很大。"

九渊妖圣沉默。

这次妖族损失惨重，就连五重天大妖王都折损了不少。

"先查。"九渊妖圣终于开口，"通过各方仔细查，了解这次人族的损失。还有人族如今真实的战力如何，一切都调查清楚，再向三位帝君禀报，接下来如何行动，由三位帝君决定吧。"

北觉点了点头。

这次形势比它们预料的要糟，它们怎么都没想到会冒出一大群古老的封王神魔，寿命受天地规则限制，妖族都没找到突破寿命极限的方法，为何人族却做到了？

傍晚时分。

孟川飞行在高空，看到东宁城的四大城门有大量凡俗进出，在夕阳的照耀下，无数凡俗微小如蚂蚁。

一道身影破空而来，来人正是秦五尊者。

"师尊。"孟川恭敬行礼。

"每一座大城，都是那些生活在户外的凡俗的希望。"秦五尊者看着下方，"你看看，他们生活在城外，可以运输粮食来城内卖高价，可以在城内买衣服、兵器、修行秘籍，也可以送有天赋的子女来城内道院修行。"

孟川看着下方，进城对很多生活在城外的凡俗是一件喜事。

"有大城，生活就有盼头。若是没了大城，他们就会彻底沉沦，永远陷在黑暗中。"秦五尊者说道，"而且有这么多大城为据点，我们才能调动地网的神魔探察天下。不管是为了人们的希望，还是为了控制大局，这些大城都必须在，否则那些妖族肆意屠戮，我们都难以追查。"

"听说两界岛那边，损失就很严重。"孟川说道，"出了城，经常能碰到妖族为祸。"

"它们那边，人族和妖族几乎并存了。"秦五尊者叹息道，"可惜我们元初山和黑沙洞天，连保护自己的疆域都很吃力，更加帮不到两界岛了。"

孟川点点头。

生活在这时代，的确感到无力。

自己少年时，天下还算太平，一处处城关都有神魔镇守。这数十年来，先是放弃城关，后又放弃坞堡、府县……大多数凡俗就像野人一样生活在城外，只有少数生活在大城内。

"这些年，变化太快了。"孟川轻声道。

"对，变化很快。"秦五尊者说道，"甚至妖族都打算借此一战，彻底占领人族世界。不过人族能发展到今日，又岂是那么容易就能被击溃的？妖族这次损失惨重，怕是需要做好更充足的准备才会再次发动攻击。"

"这次战果如何？"孟川眼睛一亮。

秦五尊者笑看着孟川："我来就是统计战果的。你斩杀妖王情况如何？"

"楚安城遇到妖王队伍，杀了五名妖王，逃了一名妖王。"孟川说道，"去银湖关遇到妖王队伍，全队都杀了。在东宁城又碰到了一名五重天大妖王。一共解决了十一名四重天妖王，活捉了一名五重天大妖王。至于普通妖王，就可以忽略了。"

"活捉了五重天大妖王？"秦五尊者眼睛一亮。

"是的。"孟川一挥手，旁边出现了青鳞妖王的头颅，此刻被煞气冻住了。

"师尊，它就交给你处理了。"孟川说道。

"很好。"秦五尊者挥手收起，感慨道，"这次最麻烦的就是出现了一批五重天大妖王，它们都非常狡猾。先让四重天妖王队伍攻城，发现有封王神魔，它们就会退去。若是封侯神魔镇守城池，它们就会偷袭。这次战死的封侯神魔，几乎都是死在它们手里。"

"天下间只有三座超大型城关，五重天大妖王进不来吧？"孟川说道，"它们难道是修为临近突破时进来，然后再突破的？"

"嗯。"秦五尊者点头，"应该是新晋五重天大妖王，不过个个得到了妖族帝君的赐予，有重宝在身，从情报来看，它们几乎都能爆发出顶尖封王神魔的实力。当然，凭借外物发挥出的实力和真正的顶尖封王神魔比起来，是有些缺陷的。"

孟川点头。

比如青鳞妖王肉身的修炼时间就短了一些，若是真正的顶尖五重天大妖王，肉身自然更强，自己想要杀它的难度更大。

孟川也算拥有顶尖封王战力，不过他是多方面很强，有不死境肉身、冠绝天下的速度、神通、煞气，还有发生蜕变的斩妖刀，他的综合实力很强。若不是斩妖刀发生了变化，孟川还真无法劈开青鳞妖王的肉身。

"从今天开始，你就继续在地底追杀妖族。"秦五尊者吩咐道，"平常也可以住在江州城。"

"是。"孟川露出喜色，如此一来，他便可以陪女儿了。

"那七月呢？"孟川询问道。

"其他封侯神魔还需调动，我们也需根据妖族的行动做出相应调整。"秦五尊者说道，"你负责救援，所以更自由一些。"

孟川点头，看来暂时没法和妻子团聚。

时间流逝。

天下间的气氛依旧紧张，可孟川回到了往昔的日子，每天在地底探察六个时辰，晚上回家。

孟川给家人都准备了一块令牌，可以彼此感应位置，他也知道妻子所在的城池，可按照元初山的规矩，他不好前去打扰，夫妻二人也只能写信交流。

"阿川，我今日刚得到消息，我的师尊天星侯也是战死的封侯神魔之一。我知道后，只觉得浑身难受，脑中全是当初在元初山师尊教导我箭术的场景，到如今提笔写字，我依旧悲痛万分……"柳七月信上的内容，让孟川沉默。

他知道的情况比妻子更多。

昨日他送很多妖族的尸体去元初山时，从元初山山主那打听到不少消息，知道这次战死的封侯神魔有十二位，元初山已经很多年没有出现如此大的损失了。

"七月，"孟川也开始写信，"我也打听到一些消息，这次元初山战死的封侯神魔有十二位，其中十一位都死在五重天大妖王手里，天星侯也是如此。不过妖族的损失更大……"

孟川将两页信纸写满才停下，写完信，看着窗外的明月，他也有些彷徨。

自己和妻子暂时分开，分别执行任务，诸多封侯神魔战死，这场战争到底什么时候才结束？这些他根本看不清。

"小灰，把信送往元初山。"孟川将信朝窗外一扔。

灰色飞鸟降落后化作一名女子，恭敬地接过信封，随后便一飞冲天，趁着夜色直奔元初山。

第 《298》 章
世界间隙

转眼便是一年过去。

百万妖王通过小型世界入口，还在悄悄分批潜入人族世界。虽然如此潜入的速度会很慢，可长时间分散开慢慢潜入，人族神魔阻拦起来也极难。人族神魔终究太少，大日境神魔单独行动反而容易被妖族截杀。

"妖王越来越多了。"孟川站在湖心阁，看着远处练剑的女儿，心中却关心着天下形势。

"妖族若是想，恐怕城外生活的无数凡俗，会被屠戮大半。"孟川默默地道，"不过只要妖王现身，就会有求援信号传来，我就会立即赶去截杀。"

孟悠忽然剑气纵横，威势大涨。

孟川一愣，不由得露出了笑容。

"爹，我悟出剑势了，我悟出剑势了！"孟悠有些兴奋。

"嗯。"孟川微笑点头。

十五岁悟出剑势，虽然比孟安晚两年，依旧算很优秀了。

"悠儿，你自己写信给你娘，告诉她这个消息。"孟川笑着嘱咐道。柳七月此时依旧在外镇守城池，无法归来。

"好。"孟悠连连点头，道，"爹，我十五岁才悟出势，能进元初山吗？"

"足矣。"孟川点头。

元初山经常提前招揽天才上山，天才分很多种，像觉醒了凤凰神体，像年纪轻轻悟出意之境，像神魔邓风虽然展露才华时年龄大了，但还是被特邀进入元初山。

十三岁就悟出势的，终究太罕见。

十五岁悟出剑势，也算有资格了。元初山每年招收二十名弟子，十五岁悟出势一般都能排在前列了。

半月后。

孟川将孟悠送上了元初山。

"你女儿的天赋也不错。"秦五尊者站在孟川身旁，笑道，"也有成封侯神魔的潜力。"

孟川微微点头："对了，师尊，听说元初山准备加大招收弟子的规模？"

"是。"秦五尊者点头，"进入我们人族世界的妖王越来越多，人族和妖族分出最终的胜负，可能也就在最近一两百年。特别是那些苏醒的封王神魔，他们的寿命都有限，我们人族的优势也维持不了太久。所以这些年，我们必须加大对弟子的栽培，希望能招更多弟子，能培养出更多强大的神魔。"

"苏醒的封王神魔，寿命都只剩下数十年。"孟川问道，"妖族如今不攻打，我们就这么耗着？数十年后，这批封王神魔都死去了，那该怎么办？"

"放心，我们自有安排，至少保证能守住诸多大城百年时间。"秦五尊者说道。

孟川微微点头。

妖界。

一座悬浮在高空的寒冰宫殿，妖界的三大帝君聚集于此。

"经过各方面一年的打探，情况很清楚了。"星诃帝君微笑道，"人族出现了一大批封王神魔，三大宗派加起来多了大概六十位封王神魔，有的是一两百年前声名赫赫的封王神魔，有些更是七八百年前纵横一世的封王神魔。都不是新晋突破的封王神魔，而是快接近寿命大限的封王神魔。过去他们从未现身，如今都现身了。"

"寿命大限，无法抵抗。"玄月娘娘说道，"域外早有传说，借助秘术假死能躲过一段时间，能在未来的某一段时间继续生活。可总的寿命，依旧无法增加。"

"我们妖族没有假死秘术，显然人族有这等秘术。"鹏皇说道。

星河帝君继续道："他们所剩的寿命都不长，都只有数十年。"

"那就耗吧。"玄月娘娘道，"耗个数十年，等这群封王神魔都老死后，人族便少了近六十名封王神魔，到那时我们再赢得战争就容易多了。"

"他们或许会继续实施假死秘术来拖延时间。"鹏皇说道。

"所以我们必须偶尔攻打城池，逼得他们无法削减镇守城池的力量。"星河帝君说道。

鹏皇皱眉道："有这么一群封王神魔在，再加上人族世界的一些宝物，人族怕还继续拖延百年时间。"

"哈哈。"玄月娘娘却笑了，"我们得有耐心，如今妖族世界和人族世界的世界间隙都已经出现，这代表在时空的长河中，两个世界接近是大势所趋。人族世界注定逃不出我们的手掌心。"

"嗯。"鹏皇也露出笑容，"之前我也担心，两个世界会又分离。如今都开始形成世界间隙，就不必担心了。以后世界入口会越来越多，妖族侵入也会越来越容易。"

"人族世界的沧元祖师，曾经名传时空长河的诸多世界，令各个世界的帝君都十分畏惧。"星河帝君也笑道，"虽然扛不过寿命大限最终死去了，但他遗留下的宝藏绝对是一个大惊喜。"

"不仅沧元祖师遗留下的宝物，就是人族世界一代代积累下的财富，也都将会是我们的。"玄月娘娘和鹏皇都无比期待。

到了帝君这等境界，心思一般放在了域外，甚至有更大的野心！

沧元祖师遗留下的宝物，对三位帝君而言，是志在必得的，甚至是这三位帝君一生有可能得到的最大宝藏。

人族世界。

"帝君们的意思是给人族足够压力，逼迫那些古老的封王神魔镇守城池。"北觉说道，"耗费百年时间，这群古老封王神魔都老死了，那时候赢得战争也更容易。而且帝君们说了，世界间隙已经开始形成，接下来，世界入口会越来越多。"

"世界间隙？"九渊妖圣眼睛一亮，"听说在时空长河中，两个世界彼此接近，才会形成特殊的世界间隙。"

"世界间隙和世界入口的通道一样，有修为限制，最高只能让五重天大妖王待在其中。"北觉说道。

"嗯，我是进不去了。"九渊妖圣有些遗憾，随即问道，"帝君们吩咐和人族耗百年，拿什么和人族耗？仅仅凭剩下的三百名四重天妖王和十余名五重天大妖王，那是远远不够的。"

"加上之前十余年潜入的妖王，到今日，人族世界的妖王已过五十万。在接下来三年内会突破百万。"北觉说道，"再往后，每年都会送进来数万名妖王。好好利用这百万妖王，逼得那些古老封王神魔不敢再次实施假死秘术。"

"用百万妖王来耗时间？"九渊妖圣了然，"那就简单了，论妖王层次的数量，人族差远了。"

"这些古老的封王神魔看似很难对付，但在寿命大限面前，根本不值一提。"北觉笑道，"而且世界间隙一旦完全形成，人族神魔就再也无法逃出我们的手掌心了！"

第 《299》 章

离水道院文院长

离水山脉是连绵数百里的山脉，自从坞堡村落废弃后，逃入离水山脉的凡俗也越来越多。

"有妖王。"一名青皮肤的丑陋妖王杀入了一座山谷内。这一座山谷常年有雾气遮掩，反而成了人们的世外桃源，谷内居住的凡俗就有数千。至于整个离水山脉，怕是超过十万人，分散在各处。

然而今天有一名妖王来到这座山谷。

"你们人族还真会躲。"这名妖王咧嘴笑着，手中的爪子一挥，便有强劲的妖力挥出，一时间，众多凡俗都死在它的爪子下。

"妖王！"伴随着一声怒喝，一个青年踏着崖壁从远处飞奔而来。

妖王抬头一看，瞳孔一缩，随即笑了："不灭境神魔？"

这个青年落下，手持一杆长枪，体表散发着血色气浪，看着这名妖王。

"人族神魔，你应该能感觉到你我之间的实力差距，你不仅不逃，还主动跳到我面前？"妖王笑道。虽然它只是一名普通的三重天妖王，但对付一名不灭境神魔，还是有把握的。

"那不是文院长吗？"远处逃跑的凡俗也发现了这一幕，个个都有些惊愕。文院长在离水山脉内建造了一座离水道院，山里没能力将孩童送进大城内道院修习的人家，不少都将孩子送到了文院长的离水道院。山里的凡俗一直认为文院长只是一名悟出势的无漏境高手。

没想到，文院长此刻展露出的恐怖威势，显然可以看出他是一名神魔。

"文院长是神魔？"

"院长，杀了那妖王。"有孩童激动地喊道。

"快走！"文院长怒喝道。他有些焦急，他很清楚自己和妖王的差距。

可是他如果不站出来，整个离水山脉得死多少人？

"人族神魔，我真佩服你的胆量，不过我还是会一口口吃掉你。"妖王狰狞一笑，便化作青色幻影扑杀上来。

文院长手持长枪，主动迎上。

地底。

一道流光在地底高速穿行，正是一直在地底探察的孟川，他眉心的雷霆神眼也一直睁着。

"妖族那边不断有大量妖王从各个世界入口潜进来。"孟川暗道，"天下间的中小型世界入口太多，如此潜入，我人族根本没法镇守住每一处。"

"不过对我而言，地底探察到的妖王却更多了。"

孟川目光冷厉，仿佛不知疲惫一般，长时间探察，每发现一处妖王的巢穴都杀个干净。

只是如今天下间再也找不到一名四重天大妖王，按照元初山传给孟川的消息，四重天大妖王几乎都待在九渊妖圣的小型洞天内，很少出来。一旦出来，那就是要对某一座大城进行袭击了。

"嗯？"在地底穿行的孟川，忽然有所感应，感应到地表有汹涌的妖力爆发。

妖力肆意爆发，便是隔着数十里，孟川的元神都能感应到。

"妖气。"孟川冲天而起。

他穿过三十里深的岩石层，瞬间冲了出来，一眼就看到了不远处的山上，一名染满鲜血的男子单手持一杆长枪，正和一名青色皮肤的丑陋妖王搏杀着。

这男子断了一条手臂，身上也有许多伤，胸口更有两个窟窿，寻常神魔早就毙命了，可他还强撑着。

"可恨，可恨。"这男子单手持枪，怒吼着，眼中满是不甘。

他有太多不甘心。

他用这条命也没有杀死这名三重天妖王，那他身后居住在离水山脉的十万凡人怎么办？他那些悉心教导的少年怎么办？

"我愿用我这条命，为离水山脉十万凡人搏一线生机，苍天，请你开开眼吧！"男子拼尽了一切，然而伤势太重，那名妖王也狡猾得很，根本没有硬碰硬。

"嗯？"男子在怒刺出一枪时，忽然看到空间塌陷，一道刀光从塌陷的空间中射来，飞过妖王的头颅，妖王的头颅落地，眼中还尽是惊讶。

"老天开眼了。"男子的脸上浮现出了一丝笑容，紧跟着全身一软，彻底倒下。

孟川瞬间出现在这男子身旁，他能看出这男子的伤势很重，胸口有两个窟窿。也就是因为这男子是炼体一脉的神魔，生命力够强才能支撑着。

躺在地上的青年看着孟川，露出笑容，说出了两个字："谢谢。"

"是我要谢谢你。"孟川的真元立即输入青年体内，控制住他的伤势，"没你和妖王搏杀，令妖王爆发的妖力足够强，我也感应不到。"

"不用救我，我是炼体一脉的神魔，很清楚我的伤势。"青年轻轻摇头，"心脏粉碎，脏腑重创，没救了。"

"有救的。"孟川在控制对方伤势的同时，从洞天法珠内取出了一个玉瓶，从玉瓶内取出一颗丹丸，"服下。"

真元裹挟着丹丸，让青年直接吞下。

青年一服用丹药，身体立马发生了变化，肌肉和皮肤迅速生长愈合，连他的断臂也迅速长了出来，青年自己都惊愕地看着这一幕。

"再重的伤，只要有一口气，元初山都能救。"孟川微笑道，"你现在这样是赶不到元初山了，不过我随身带了一些丹药。"

他如今的功劳何等惊人，自然常备一些宝物在身，毕竟现在是战争时期，说不定就要救人或救神魔。

仅仅一会儿工夫，青年的伤势就好了大半，青年立即站了起来感激地道："文芳见过东宁侯。"

孟川如今名传天下，青年认识孟川也并不奇怪。

"文芳？"孟川笑道，"你不是元初山弟子？"

"我是灭妖会的，借助灭妖会的资源修炼了炼体一脉。"文芳笑道，"很幸运，真的练成了，也成了神魔，修行至今方才达到不灭境。"

孟川微微点头。

父亲孟大江，也是借助灭妖会的资源成的神魔。

灭妖会是很独特的组织，存在的目的就是为了对付天妖门，对付妖族。孟川知道人族世界一共有九位造化境尊者，三大宗派一共有八位，灭妖会会主便是第九位造化境尊者，而且是散修。在如今这个特殊时期，三大宗派和灭妖会的关系都挺好。

"明知道敌不过妖王，就该逃，留下有用之身。"孟川说道，"否则死也是白死，太不值了。"

"我实在不愿看到离水山脉的十万凡人被屠戮，所以只能冒死拼一场。本以为仗着炼体神魔特殊的肉身，有希望杀死这名妖王，很显然是我想多了。"文芳看着孟川道，"幸好东宁侯及时赶到，救了我的性命。"

第《300》章
潜入

从理智的角度，敌不过就该逃，保留有用之身以后发挥更大的用处。

可孟川还是很欣赏这个文芳。

"院长。"

"文院长。"远处有十余个凡俗跑了过来。

孟川见状惊讶地道："院长？"

"我在离水山脉建造了一座道院，教导他们修炼。"文芳解释道。他朝那些人挥挥手，那些人都没再靠近，只是看到文院长完全恢复了，都很开心。在离水山脉，文院长还是很有威信的。

"以你的实力，在大城内建造道院都不难吧？"孟川问道。

"大城内高手如云，不缺我一个，而这里很需要我。"文芳笑道。

"你有家人吗？"孟川询问道。

一个神魔愿意为十万凡人扎根在大山当中，还是很少见的。

文芳笑了："我妻儿都在王都，族人也在王都，过得好着呢，我完全没后顾之忧。我唯一亏欠的就是妻儿，没能好好陪他们。但是他们也清楚，他们的生活比很多凡俗好太多了，也都理解我所做的事。如今这时代，妖王越来越多，不是都说百万妖王要灭世吗？"

"我一个神魔，作用太小了，能庇护一方，就庇护一方吧。"文芳说道。

孟川看着远处山谷，连绵的山脉中居住了很多人。

"你对他们有大恩。"孟川说了句。

"我做事，只求无愧于心而已。"文芳笑道，"相比而言，东宁侯对整个人族的贡献才大。"

"哈哈，也只是力所能及罢了。对了，这妖王遗留之物，对你，对这离水山脉的凡人或许有些用处，便交给你了。"孟川说完便离去，一闪身就消失不见。

文芳抬头目送之后，便去收拾妖王的尸体了。

夜，海水幽幽，轻声荡漾着。

在海水上方的某一处有一个长约百丈的小型世界入口，这些年来，中小型的世界入口越来越多，而这个小型世界入口在八年前才形成，人族从来没派过神魔来此镇守。人族世界若是继续派遣大量神魔镇守各处，怕是神魔早就损失大半了。

当初选择放弃，也是无可奈何的事。

从这小型世界入口当中，悄然飞出了一名颇为俊美的黄袍男子，有无形能量波动，便是封王神魔也难以探寻。它看了一眼四方，道："人族世界？我终于来到这人族世界了。"

"先找个地方，将修为提升到四重天，再去见九渊和北觉。"黄袍男子一迈步，便进入幽暗的海水当中。

仅仅两个时辰后。

九渊妖圣的小型洞天。

"黄摇老哥。"九渊妖圣和北觉一同迎接。

"九渊，我来投奔你了。"黄袍男子微笑道，气息比刚进入人族世界时强大了不少，达到了四重天层次。

九渊妖圣笑道："如今我们在人族世界有些吃亏，顶层实力差太多，你来，我也算多了一些底气。"

"不必担心，如今世界间隙已经出现。"黄袍男子笑道，"大势已定，这一场战争拖得越久，世界间隙便会越稳固，两个世界的联系会越紧密，世界入口也会越来越多，到时候我们妖界的优势会越来越大。"

"众多妖圣都懂得顺势而为，世界间隙没完全形成之前，就由你们俩夺舍进入人族世界了。世界间隙如今都出现了，进入人族世界的妖圣一定会更多。"黄袍男子说道，"据我所知，就有数位正在寻找适合的肉身，我只是快了一步。"

九渊妖圣和北觉都微微点头，它们俩也明白如今的形势。

"不过我想要恢复到妖圣层次却很难。"黄袍男子说道，"要恢复到五重天，估计都要数年。至于妖圣？耗费百年能成功就不错了。"

"慢慢来，不急。"九渊妖圣说道。

北觉擅长种种秘术，正面搏杀并不是太擅长。

妖圣黄摇，正面搏杀实力极强。技艺境界高，即便是四重天妖王之体，也能爆发出五重天的战力。若是恢复到五重天肉身，造化境下堪称无敌。恢复到妖圣层次，便不亚于九渊妖圣。

"夺舍换个肉身再慢慢修炼，虽然实力大减，但有个好处，"黄摇微笑道，"我们可以去世界间隙处看一看。"

北觉平静地道："世界间隙，最高只能容纳五重天大妖王，我们夺舍从头再来，的确可以进世界间隙。只是你我如今的实力都才四重天，进去遇到人族的封王神魔，那就必死无疑了。"

"等恢复到五重天实力再进去。"黄摇说道。

"人族沧元祖师所创的神魔体系，比我们的妖王体系更强一些。"北觉说道，"封王神魔当中最顶尖的几个，就算你我恢复到五重天，也不一定敌得过。"

"你是说真武王、明玉王、通冥王他们几个？"黄摇说道。

真武王和明玉王都是元初山的。

明玉王也是苏醒的古老封王神魔之一。

妖族至今不知，元初山还有两位不亚于真武王的古老封王神魔，一个是彭牧，一个是云剑海，他们是千年前那个时代实力超强的两位封王神魔。

北觉点头说道："这几个据传都有初入造化境的实力，神魔体系又占优势，你我恢复到五重天，怕都敌不过。"

"我们的实战经验比他们强，积累也更深，保命不是难事，甚至借助世界间隙的环境，以我们的经验或许能偷袭他们。"黄摇微笑说道。

北觉微微点头："可以试试，不过得等我们恢复到五重天。"

"两位便在我这里好好修行。"九渊妖圣微笑道。

"嗯？"地底深处，超高速穿行的孟川陡然停下，从怀里取出令牌，皱眉看着，"元初山召见我？师尊知晓我每日白天都在地底探察，没有重要事情定不会召我。"

孟川当即一飞冲天，飞出了地表，到了云层之上，跟着才朝元初山赶去。

孟川抵达元初山后，绕了一个弯先去看了看儿女。

景明峰的洞府内，儿子孟安正在练武场中独自练着枪法，却没有发现女儿孟悠。

"安儿来到元初山也有两年了，离练成轮回魔体，似乎还差得远。"孟川在空中遥遥看着孟安修炼，不由得笑了笑，轮回魔体的难度他早就清楚，孟安两年没练成也很正常。

跟着孟川飞到了洞天阁，在洞天阁厅内，看到了一名冷峻男子盘膝坐在那一动不动，犹如一座大山。

"安海王？"孟川一眼就认出，此人正是晏烬和薛峰的父亲，是姑祖母曾效忠多年的安海王。

孟川进来，安海王都没有转头看一眼，依旧闭眼盘膝坐在那一动不动，冷漠傲然。

"东宁侯，请在此歇息，还会有其他封王神魔和封侯神魔赶到。"老管事指引道。

"谢了。"孟川也在蒲团上坐下默默等待。

过了片刻，一名身穿黑色衣袍的青年也从洞天阁外走了进来，正是五公子薛峰，他面带笑容，当进来看到父亲安海王时，却表情微变，严肃了几分。

"薛峰也来了。"孟川向薛峰微微点头。薛峰也笑着点点头，在一旁坐下。

第《301》章
人选

洞天阁的庭院内，李观尊者、秦五尊者以及洛棠尊者的分身齐聚于此。

"这次真的要将孟川也派进去？"洛棠尊者说道，"如今进入人族世界的妖王越来越多，孟川在地底探察，每天都能猎杀不少妖王。如果派他进入世界间隙，可就是足足一年没法追杀妖王，要少杀数万名妖王。"

"我们不要只看眼下，更要看将来！"秦五尊者说道，"虽然孟川有一年时间无法在地底探察，会少杀数万名妖王，但他去世界间隙修行，会更早成为封王神魔！若是他肉身一脉的法门能修炼到滴血境，他在地底探察的范围将大大增加。再配合达到封王神魔的速度，到那时他再在地底探察，怕是一年就能将大周王朝地底探察个遍，探察整个天下也要不了几年，那时候他一人追杀妖王的数量，就能远超天下其他神魔。"

"我也赞同秦五的想法。磨刀不误砍柴工，孟川达到滴血境后，对我人族的帮助才是真的大。"李观尊者也说道。

"可是他的刀法天赋的确不算太高。"洛棠尊者摇头叹息，"前些时日在元初山上，师兄你指点他刀法时，他的刀法也只是达到刀道境大成。成封侯神魔都十三年了，依旧只达到道之境大成，离道之境巅峰都还差很远，更别说道之境巅峰到法域境的门槛了。"

"按照过去历代封王神魔的修行经验，道之境修炼到巅峰，一般需要十五年左右。道之境巅峰到法域境，一般三十年左右。这是修炼成封王神魔的平均年限。而现在看来，他比平均水准要慢。"洛棠尊者说道。

"我们早就知道，他在刀法技艺方面算不上绝世奇才，可他运气不错，得到肉身一脉的传承，便是两百岁了，肉身的生机都能保持在巅峰，依旧可以突破到封王层次。"秦五尊者说道，"看在他在速度和地底探察的天赋上，我们都必须不惜代价，让他尽快成封王神魔。推，也得推上去。"

"五十年内，必须让他成封王神魔。"李观尊者也点头，"他天资虽然差了一些，推到封王神魔还是不难的。达到造化境？那就不太可能了。"

"成封王神魔就足够了。"秦五尊者笑道，"那时他的作用，就十倍于白钰王，一人在地底追杀妖王，超过天下神魔。还有他的元神天赋，或许也能带来惊喜。"

"行吧。"洛棠尊者点头，"便让他占一个名额吧，希望五十年内他能成封王神魔。"

洞天阁殿厅内，已经有五位神魔聚集于此。

孟川、阎赤桐、薛峰三人靠得较近，他们三人的关系较好。

"孟师兄，东宁城的事，真是谢谢你了。"阎赤桐坐在一旁，颇为感激，"若不是你及时赶到，我爹怕就要死在那名五重天大妖王手里了。"

"五重天大妖王？"薛峰惊讶地道。

阎赤桐如今也是帅气青年模样，此刻听见薛峰询问，不由得犹豫了。

"这消息，当初元初山吩咐尽量保密的，知晓者不多。"真武王笑呵呵地说道，"不过妖族那边，将孟川定为顶尖封王神魔，所以告诉你也无妨。一年前妖族大规模攻打各座城池时，东宁城就遭到了一名五重天妖王的袭击。当时东宁城是紫雨侯和西海侯负责镇守，在最后危难时刻，孟川赶到，救下了西海侯，杀了那名五重天大妖王。"

"杀了五重天大妖王？"薛峰惊讶地看着孟川。

孟川在封侯神魔中的身份很特殊，因为他在楚安城杀妖王队伍时有很多人看到。

各方都清楚，东宁侯孟川有封王神魔实力！妖族那边，更将孟川定为顶尖封王神魔。

"孟师兄，"阎赤桐感激地看着孟川，"这份大恩德，我无以为报，只能铭记于心。"

"阎师弟，你之前就写信感谢我了，不必如此。"孟川笑道。

"我真的无法想象，我爹若是战死……"阎赤桐依旧后怕，他从小天资卓绝，性子跳脱，西海侯却很包容他，也一直教导着他，长大后他越发感激父亲，东宁城那一战，他知晓后真的无比感激孟川。

薛峰看着孟川，开口道："孟师兄，有时间切磋切磋可好？"他毕竟也只是巅峰封侯神魔实力，和孟川的差距有些大。

"好，有时间再切磋。"孟川点头。

在他们交谈的期间，安海王依旧独自闭眼盘膝坐在那里，没开口说一句话。

"这安海王也太孤傲了一些，我进来这么久，他仅仅睁开眼两次，一次是和真武王微微点头，一次是看了一眼儿子薛峰，但是都没说一句话。"孟川暗暗惊叹，"这脾气的确是有些怪，难怪惹得晏烬都仇视他，甚至都改名换姓了。"

孟川和晏烬关系好，自然清楚晏烬和薛家的关系很紧张，晏烬彻底脱离薛家了，姓氏都改了。

天下间，有脱离主脉的，比如柳夜白和女儿柳七月，但是改姓的还是很少的！因为改姓……便是不认祖宗，不认自己是薛家子弟了，这是非常果决地与薛家划清了界限。

"嗯？"孟川、薛峰、阎赤桐都看向前方，真武王面带微笑，安海王也睁开眼看着前方。

因为三道身影一同走了出来，李观尊者走在中间，秦五尊者、洛棠尊者的分身在两旁。

"拜见师尊。"

"拜见尊者。"

真武王、安海王和孟川他们三个，个个行礼。

李观尊者开口道："此次召你们五人过来，是准备送你们进入世界间隙。"

"世界间隙？"在场个个露出困惑的表情，真武王、安海王都疑惑万分。

"世界间隙是很罕见的。"李观尊者说道，"两个世界在时空长河中开始接近，时空层面的叠加，若是接近到一定程度……两个世界之间，就会开始形成世界间隙。这是两个世界相互影响、时空长河的力量自然形成的，非常神秘且震撼。"

"甚至这也是我人族世界历史上，第一次出现世界间隙。"李观尊者说道。

"两个世界在时空长河中开始碰触，然后叠加了？"真武王问道，"师尊，你说的是妖界和我人族世界？"

"对。"李观尊者点头，"虽然是人族世界历史上第一次出现世界间隙，但我人族历代强者探索域外，对世界间隙也有所了解。"

三位尊者都没说。

世界间隙的出现，代表两个世界的联系会越来越紧密，世界人口会越来越多，战争形势会越发严峻。

"如今世界间隙刚刚出现，正在慢慢形成。"李观尊者说道。

第 《302》 章

进入世界间隙

"世界间隙的形成，很复杂。"李观尊者接着道，"世界间隙扭曲后又叠加，范围同样浩瀚，据我们观察估测，怕是有人族世界的七成大小。"

"七成大小？"孟川他们个个吃惊。

"它自然不是一朝一夕形成的。按照先辈的记载，世界间隙的形成，短则数十年，长则数百年。"李观尊者又道，"在形成的过程中，时空长河的力量会逐渐塑造世界，也会有些奇物诞生。这些奇物，很多都是世界诞生时才会有的。"

"世界诞生时才有的奇物？"安海王和真武王都心中一动，孟川他们三个仔细聆听着。

旁边秦五尊者也笑道："世界间隙是一个扭曲的、且正在形成的特殊区域。它能承受的生命，修为最高也就是封王层次，造化境尊者是无法进入的。世界诞生的场景很震撼，对修行很有助益，所以妖族那边也会派遣五重天妖王进入。"

"真武王、安海王，你们进去后有可能碰到妖族，需要抵挡妖族的五重天妖王。"洛棠尊者说道，"同时你们还要保护好三位封侯神魔，你们能做到吗？"

"妖族的修行体系比我们弱些。"真武王微笑道，"如果敌人仅仅是五重天妖王，在五十里范围内，我有十足把握庇护住两位封侯神魔。"

"我能庇护一位。"安海王开口。

"安海王你便庇护薛峰，真武王庇护另外两位封侯神魔。"洛棠尊者说道。

安海王和真武王都没拒绝。

孟川三人听后才明白，两位封王神魔是负责保护他们的。

　　"世界诞生的过程，观看的机会很难得。"秦五尊者说道，"你们都要抓住机会，好好修行。若是遇到诞生的奇物，也要抢夺带回。"

　　"是。"在场的个个应道。

　　"你们三位封侯神魔，不可大意。"洛棠尊者吩咐道，"世界缝隙内若是有妖族的五重天妖王，恐怕就不是新晋五重天，而是一些真正修行了很久的五重天大妖王。这次三位封侯神魔进去的修行时间是一年。一年后，真武王和安海王便会送你们三位回来。"

　　孟川三人都了然。

　　"要去一年，那我们现在的任务……"孟川开口询问，地底探察的事就这么停下？

　　"你们的任务都停下。"秦五尊者微笑道，"会有其他神魔暂时接替你们，如今的神魔数量较为紧张，所以才只派遣你们五位进去，不然进去的神魔肯定是越多越好。"

　　秦五尊者看了看孟川，他有些心疼这个弟子。

　　他这个弟子的刀法天赋一般，但真的勤勤恳恳，长期在地底探察从未叫过苦，加上保密缘故，外界也不知道他的功劳。

　　所以秦五尊者力荐让孟川去世界间隙，总不能一直让人干活，不给好处吧？

　　"接下来一年，你们都在世界间隙修炼，有什么要准备的都赶紧准备，两个时辰后，便送你们离开。"李观尊者一挥手，面前出现了五份卷宗，"这是关于世界间隙的情报卷宗，你们可以先了解。"

　　真武王、安海王、孟川、薛峰、阎赤桐都接过卷宗，翻看起来。

　　……

　　孟川分别写信给父亲、妻子、儿女，毕竟要走一年，家人会担心。

　　两个时辰后。

　　元初山的其中一座无名山峰上，三位尊者以及孟川他们五位神魔出现在此。

　　"世界间隙虽然连接着人族世界，但都有世界膜壁阻碍。"李观尊者说道，"要进入世界间隙，要先打破人族世界的膜壁，再打破世界间隙的膜壁，弄出一条临时通道。这需要造化境尊者才能做到。当然，真武王靠自己应该也能做到。"

李观尊者说完，紧跟着挥出一拳。

轰隆——

强大的力量轰击在前方，前方的空间开始崩塌，露出了五彩斑斓的膜壁。

"这就是世界间隙的膜壁了。"李观尊者笑道，"它是依附着我们人族世界和妖族世界形成的，如今才形成部分区域，击破要轻松得多。"

李观尊者一拂手，膜壁就慢慢粉碎了，露出了一个五六米宽的洞，透过洞能看到那边的世界场景。

"进去吧，人族世界的膜壁很快就会修复。"李观尊者说道。秦五尊者、洛棠尊者在一旁看着。

"我们走。"安海王率先行动。

真武王释放出领域，有无形能量裹挟着孟川、薛峰、阎赤桐他们三个，然后直接飞入那个洞中，钻到世界间隙。

妖界。

"你们考虑好了，在世界间隙内容易碰到人族的封王神魔，到那时妖界无法帮到你们，需要你们自己应对。"一位白毛狮妖老者站在山谷内，看着身旁的三名五重天大妖王。

"妖圣，我们想好了，让我们进去吧。"

"遇到封王神魔，吃了就是。"

"人族的封王神魔，我倒要看看能否敌得过我的神通。"

蛟龙大妖王、火凤大妖王、牛妖王都很自信，它们都是修行了多年的五重天大妖王，这三名妖王联手，都能和妖圣斗上一斗。

"行，我便送你们进去，如今应该有十名大妖王进入世界间隙了。"白毛狮妖老者伸手一抓，手指化作锋利的利爪，撕裂开妖族的世界膜壁，跟着再一抓，又撕裂开世界间隙的膜壁，形成一个大窟窿，都能看到世界间隙内的场景了。

"谢妖圣。"

三名大妖王心中大喜，当即接连钻进世界间隙当中。

……

孟川他们五人都看着眼前的世界，身后的五六米宽的洞在缓慢合拢。

"这就是世界间隙？"

孟川感觉到身体都有些轻飘飘的，有无形能量肆意扫荡在天地间，也没有空气，凡俗在这样的环境下怕是数息时间就会被无形能量破坏肉身而毙命。孟川仔细看着，天空是暗红色的，地面上却有着点点亮光。

"嗯？"孟川一招手，便有亮光朝他飞来，飞到他面前。这是一些黄金、白银、宝石、矿石等。

"世界诞生，各种矿物满地都是。"阎赤桐惊叹道，"卷宗中的描述果真不假。"

"这些俗物用途不大，走吧，去找一处正在诞生的区域。"真武王微笑道。这些俗物对神魔没什么用，只是因为本身的特质，才成为货币，在人族世界流通。神魔们更在意的是宗派功劳，是传承，是天地奇珍。

五人在世界间隙内快速飞行。

第 《303》 章

天地断裂

暗红色的天空下，孟川五人正在飞行着。

"我们如今最需要小心的就是妖族。"真武王性格温和，可提到妖族时目光也冷厉了几分，妖族给整个人族带来太多灾难了。

"人族三大宗派，需要抵挡妖族侵袭，所以派遣进入世界间隙的封王神魔很少。"真武王继续解释着，"元初山也仅仅派遣我们这一支队伍，估计人族三大宗派也就三支队伍。虽然妖族的五重天妖王没法进入人族世界，但是可以进入世界间隙，妖王的数量将远远超过我们。"

孟川也心头一紧。

人族派遣进来几名封王神魔，妖族那边派遣进上百名五重天妖王都有可能。

"双方一旦碰面，妖族是不会留情的。"真武王说道，"你们三个只要在我和安海王身旁即可，生死搏杀时，有时候人多并不占优势。"

"嗯。"孟川、薛峰、阎赤桐都点点头。

"一旦战斗，乖乖躲在我们的庇护下即可，不可冲上去，不可插手。"安海王冷漠的声音响起，"一切交给我和真武王，你们乱插手反而会乱了局势。在这里碰到的五重天妖王，可不是在人族世界的那些新晋五重天。"

"是。"孟川三人都应道。

"轰——"

远处天际忽然出现了一道巨大的裂痕，裂痕扭曲蔓延上百里，透过天穹出现的巨大裂缝隐隐能看到一片幽暗，孟川等人看得心悸。

"世界膜壁之外，便是时空长河。"真武王说道，"境界不够，是看不到时空长河的真面目的，绝大多数封王神魔只能看到一片幽暗。"

"时空长河的真面目？"阎赤桐道，"什么模样？"

孟川、薛峰也好奇。

真武王一边飞行，一边笑道："怎么说呢，比如前方是苍茫大地，在你看来普普通通，可在我眼中时空玄妙，犹如千层饼，苍茫大地仅仅是千层饼其中一层的一颗小芝麻，我们如今就在芝麻上慢慢飞。"

"千层饼？"孟川他们三人十分困惑。

"真武王的境界的确很高。"安海王看向真武王，眼睛发亮，"时空在我眼中，却犹如汹涌的浪潮，混乱无序，这大地仅仅在其中一股浪潮内。而真武王眼中，时空已然有秩序。"

"薛师弟修行的时间如此之短，便接触了洞天奥妙，已经是天纵之才。"真武王笑道，"只等元神突破，便可跨入造化境，而我只是多修行了两百年罢了。"

孟川、薛峰、阎赤桐三人震撼。

震撼于安海王只等元神突破就是造化境。

也震撼于二者对时空长河的描述，一个说是汹涌浪潮，一个说是千层饼。

"嗯？"忽然真武王和安海王都看向远处的天穹。

孟川也看到了。

远处天穹的一道裂缝，忽然有两道星光坠落，从裂缝坠落到大地。

"是宝物。"真武王立即带着孟川他们三个，和安海王一同迅速朝那星光坠落之地飞去。

"安海王有我近半的速度。"孟川被真武王的能量包裹着，也在一旁观察，"真武王带着我们三个，比安海王慢些。若是单独行动或许能有我六成速度。"

论速度，他冠绝天下。

安海王和真武王的速度已经很夸张了，一闪身，安海王便能跃出八里左右，孟川猜测真武王应该能过十里，这都是近乎造化境的水准。

孟川作为雷霆灭世魔体的封侯神魔，根基雄厚，九道天雷重塑肉身，又修炼不死境肉身，方才能够达到一闪身十八里。

安海王一挥手，摄取其中一道坠落的星光，真武王也抓住了另一道星光。

"血魄石？"安海王看着手中拳头大的血色石头。

真武王也抓着一块血魄石。

"两块血魄石，也算不错了。"真武王笑着对孟川三人道，"在人族世界血魄石几乎不可见，但世界诞生时，血魄石却是常见之物。这两块血魄石，可以当神魔血池的原材料，足够让上万神魔闯生死关。"

"什么？就这两块血魄石，就足够让上万神魔闯生死关？"阎赤桐惊呼。

孟川、薛峰也震惊。

"培养神魔，可不仅仅只是神魔血池，还需要大量其他的资源。"真武王说道，"如今天下间有数万神魔，进三大宗派的有数千，培养强大的神魔，需要一路栽培，要消耗很多宝物。"

孟川三人都点头。孟川想想自己耗费的丹药、灵果、煞气等等，价值都比血魄石高太多了。

"不过神魔血池是根本，所以这两块血魄石的价值，也足有上亿功劳了。"真武王笑着，"这是我人族历史上第一次出现世界间隙，我们元初山所求的可不仅仅是这两块血魄石。"

安海王微微点头。

他们俩得到的情报要比孟川三人多很多，他们也肩负更大的责任，为元初山谋求更多珍贵宝物。

五人继续飞行前进。

又飞了数千里地，孟川五人有些惊讶地看着前方的场景。

远处出现了一个巨大的幽暗漩涡，世界膜壁都围绕着那个漩涡，越是远离漩涡，世界膜壁才越稳定。

巨大的幽暗漩涡，让真武王停了下来默默看着。

安海王和孟川他们几个只是震撼，却看不出什么。

真武王呆呆地看着，持续了一盏茶时间才晃过神来，笑道："看走神了，如今世界间隙还在慢慢形成，这里的世界膜壁就在慢慢延展。不过这里并不太适合你们修炼，我们继续往前走。"

五人又继续飞行，远离那一处世界膜壁的幽暗漩涡。

又过了一盏茶时间。

远处的天地彻底断裂！

前方没有路了，而是一片幽暗。幽暗中有紫色雷霆不断劈下，犹如大量雷电形成的大树一般，无比震撼。

雷电劈下时有黑白气流，黑白气流引动庞大的力量，化作五彩斑斓的世界膜壁，整个世界膜壁在不断延伸，这断裂的天地也在慢慢延伸。

这一刻孟川他们都窒息了。

第《304》章
修行

天地断裂的场景出现在眼前，孟川完全呆立在原地。

孟川想象过世界诞生，可从未见过，想象中的画面又是何等可笑？

"这能量是何等庞大。"孟川看着无尽幽暗中有紫色雷霆劈下，那紫色雷电耀眼夺目，它劈开了幽暗，然后诞生了黑白气流，还产生了五颜六色的能量，最后形成了五彩斑斓的世界膜壁。

这雷电是创世的能量，能创世，当然也能灭世。

它的强大令孟川心颤，他隐隐能感觉到，那幽暗中的紫色雷霆即便是一道电蛇，怕是都能将自己劈成齑粉。

"都说雷电快，可威力一样强大得令人匪夷所思。"孟川默默地道，"心意刀堪称天下第一拔刀式，天下第一快刀，可也仅仅得了一个'快'字。在这创世的雷电面前，心意刀也显得很弱小。"

"快到极致，霸道到极致，毁天灭地，肆无忌惮。"孟川看着。

他的身份首先是一名画道圣手，其次才是刀客。他眼中的这紫色雷电真的太美了。

"雷霆灭世魔体也仅仅擅长速度，在力量和攻击方面都很一般。"孟川这一刻，也明白了雷霆灭世魔体和心意刀的缺陷。

看过大海，方才知晓河流之狭窄。

因为看到，眼界才能真正开阔，心中也才有了方向！

孟川这一刻很感激，感激师尊秦五尊者，感激元初山的其他尊者们，让真武王和安海王带的三名封侯神魔中，有自己一个名额，所以他能够看到这一幕。

"世界诞生，蕴含无尽奥妙，悟出少许便可成造化境。"真武王开口道，"这是难得的机缘。这是人族历史上第一次产生世界缝隙，你们应该是人族历史上第一批看到世界间隙的封侯神魔。"

孟川、薛峰、阎赤桐都被眼前的场景震撼了，都从中看到了契合自己修行的奥妙。

此刻听真武王所说，也都暗暗庆幸。

的确，他们还真是人族历史上第一批看到世界间隙的封侯神魔。

"便是造化境尊者，也得进入时空长河去寻找。在时空长河中，都不一定能够找到正在形成的世界间隙。"真武王说道，"造化境尊者可能一生都看不到，你们却能看到，好好把握这个机会吧。这里很适合修行，我们会在这里待一年，一年后，便会送你们回去。"

孟川、薛峰、阎赤桐三人都点头。

"都好好修行，别干扰他人。"安海王冷漠地说了一句，跟着便仔细看着世界间隙形成的场景。

孟川他们一个个都着急得很，希望能尽快进入修行状态。

……

"我的刀法，还是不够狠，也不够快！"孟川看着那无尽幽暗中耀眼的紫色雷霆，犹如大树一般的紫色雷霆劈下后，又有新的雷霆出现，源源不断，一次次撕裂了幽暗，撕裂幽暗的那种能量，让孟川心惊。

这完全是狠到了极致，肆意地破坏着。

可结果，却诞生了世界。毁灭和诞生此刻就是一体两面。

孟川一次次施展拔刀式，追求着自己在创世雷霆中感受到的那种肆意。

一刀又一刀。

心刀式又名心意拔刀式，阴阳存于其中。然而此刻阴阳存在，只有一个目的——让这一刀更快，更狠，更决绝，犹如那劈开幽暗的紫色雷霆。

"如此之狠，又如何阴阳结合？"

孟川想要劈出那一刀，却有些困惑。

他看到了创世雷霆表面，可其中真正的内涵，便需要他自己领悟了。创世雷霆仅仅只是让他看到了这种力量，让他看到了方向。

……

孟川、阎赤桐、薛峰三人都沉迷于这创世的力量，找到了各自方向，并刻苦修炼着。

真武王和安海王同样在修炼。

"我的身体虽已衰老，但我所修炼的阴阳若是能再提升，阴阳逆转，便能令生机提升，以衰老之躯突破到造化境的希望也能有三成。若是修炼达到圆满，更可返老还童，成造化境有十成把握。"真武王眼中流露出一丝渴望，同时他也清楚这条路多么艰难。

他如今的境界，已经不亚于造化境尊者了。三百多岁，留给他修炼的时间并不多。

要修炼到返老还童？

真武王原本觉得没任何希望，可此刻看着世界间隙逐渐形成的场景，真武王觉得还是有一线希望的！

"人族的绝学简陋，妖族帝君级的绝学同样也有缺点。"安海王眼睛微眯，看着眼前的场景，"这才是开天辟地的力量！拥有这样的力量，我的剑才配得上'天劫'二字。"

在场的两位封王神魔和三位封侯神魔都沉浸在修炼中。

时间流逝，转眼便过去了月余。

"轰。"遥远处传来一道爆炸声，爆炸声引起了空间波动，这也引起了孟川他们五人的注意。

"嗯？"孟川遥遥看去。

远处天地断裂和幽暗的交界处，发生了大爆炸！

比平常强大百倍的紫色雷霆劈在那里，引起了十余道星光飞出，飞向世界间隙的大地，最前面有一道星光最耀眼，引动天地之力汇聚成五色彩带，五色彩带拖曳在空中。

"有重宝。"真武王和安海王眼睛一亮。

"走。"真武王释放开领域，包裹住孟川三人，安海王则当先冲去。

抢夺宝物时他们也是要一直带着孟川他们的，一旦分开，若是遇到妖族的五重天妖王，孟川他们三人很可能毙命。

元初山早有吩咐，抢夺宝物很重要，但孟川、薛峰、阎赤桐的安危也很重要，这三人是最近数十年元初山最看重的天才。

高速飞行着，孟川也仔细看着远处十余道星光，特别是最前面那一道星光。

"小心，有妖族！"真武王的声音忽然响起，"也是被宝物吸引来的。"

"妖族？"孟川、阎赤桐、薛峰三人都心中一紧，这还是他们来到世界间隙一个多月里，第一次碰到妖族。

第 《305》 章
我带你们飞

　　孟川他们都仔细看向远处，只看到那十余道星光划过长空，没看到任何妖族。

　　"它们隐匿的手段很高明。"真武王传音道，"就是寻常封王神魔都难以发现，不过，逃不过我的探察。如果我没认错，这两名妖王是妖族的黑风大妖王和白云城主，都是修为达到五重天巅峰的大妖王。它们俩在妖界名气也很大，待会儿你们三个小心点，别正面抵挡它们的攻击。"

　　"是。"孟川三人越发谨慎。

　　"真武王，"在前方的安海王遥遥传音，"形势不妙，妖族比我们更早抵达，距离也更近。"

　　"这十余件宝物，最前面的那件是传说中的时空浮冰，用途极大，我们必须拿到。"真武王传音道。

　　安海王更加严肃，传音道："明白。它们俩就算真的得到了时空浮冰，也休想逃掉。"

　　……

　　"是时空浮冰。"黑风大妖王和白云城主隐藏在虚空中，超高速飞行着。它们俩看到那拖曳着五色彩带的星光，一眼就看到星光内是一块幽暗浮冰。

　　"时空浮冰只有世界诞生时，在时空长河力量和世界诞生力量的碰撞下才会形成。"白云城主身材高瘦，白发飘飘，容颜难辨男女，"对帝君都是有大用处的，只要得到时空浮冰，我们这一次来世界间隙便值了。"

"可惜要达到妖圣境，才能利用时空浮冰的力量。"黑风大妖王眼神狂热，"我们带回去，只能献给帝君了。"

"嗯？"白云城主忽然皱眉，看向远处。

"怎么了？"黑风大妖王传音道。

"我的神通虚空领域感应到周围多了五个生命，也正在赶往时空浮冰的方向。"白云城主传音道，"而且那五个生命应该是人族，两个是封王神魔层次，还有三个生命力比较弱，应该是封侯神魔层次。"

黑风大妖王很清楚自己好友的神通。

"封侯神魔也敢来世界间隙？"黑风大妖王有些吃惊。

"显然那两名封王神魔很自信。"白云城主传音道，"不过我们离时空浮冰更近，我们先一步夺走时空浮冰，就赶紧走。那两名封王神魔的实力难以预测，没必要冒险大战一场。剩下的其他宝物就让给他们吧。"

"好，夺了时空浮冰便足够了。"黑风大妖王点头。

它们俩纵横妖界数百年，威名远播，也不是莽撞之辈。

得了时空浮冰，它们也愿意避让人族封王神魔。毕竟那十余道星光它们已经看清了，剩下的宝物，其价值加起来都远不如时空浮冰。

……

双方虽然都隐藏起来了，但各自的探察手段都了得，都知晓了另一方的存在。

人族这边。

安海王独自飞行在前方，真武王带着孟川他们三个飞在后面，都欲要去拦截那一道最耀眼的星光。

"薛师弟，那两名妖族在虚空中前行，速度极快。我们还是慢了一大截。"真武王遥遥传音。

"嗯。"安海王的虚空领域不亚于白云城主的虚空神通。

安海王全力飞行。

"愚蠢的妖族，也配得到时空浮冰？"安海王眼中有着一丝戾气，他手持一柄神剑，远远地怒劈过去。

虚空都扭曲了。

距离安海王百余里外的一处空间，忽然有一道道剑芒降临，数十道剑芒耀眼无比，安海王怒劈向那一片区域。

"隔着百余里出招？"孟川在真武王身旁，看到这一幕也有些吃惊，同时他能感觉到那些剑芒的威势，那是远超元初山山主元初神体的招数，"我即便拥有不死境肉身，安海王在数招之内怕是也能杀我。"

那片虚空中，忽然出现了一只黑色的大熊掌。

巨大的熊掌仿佛一座小山，正面迎向降临的剑芒。

数十道剑芒劈在那巨大熊掌上，熊掌上的黑色毛发坚韧无比，每一根毛发都仿佛神兵，很吃力才能砍断。数十道剑芒劈下，劈断了大量毛发，熊掌出现大的伤口。

但一眨眼，伤口就彻底愈合，毛发重新长了出来。

那片虚空中出现了一只黑熊，黑熊高有百丈，宛如一座大山在虚空当中一般，它全身围绕着黑色气浪，双眸泛着红光，声音如雷声滚滚："天劫剑？原来是安海王，你若是近身与我搏杀，我还忌惮你一二。但你远距离出招，是给我挠痒痒吗？"

"好恐怖的肉身，比我的肉身强多了。"孟川看着这一幕，比较着自己和对方，"这等修为达到五重天巅峰的大妖王，肉身修炼得的确可怕。"

孟川同时仔细观察着，在黑熊的身旁，还有一个有着白色羽翼的白发美男，它们俩直奔时空浮冰。

"这些妖族。"安海王愤怒却又无奈。

能隔着百里出招已经很厉害了，可威力只有近战的三四成而已，自然奈何不了肉身强悍的黑风大妖王。据传，黑风大妖王的肉身曾硬扛妖圣的一击活了下来。

"妖族在那个方位。"孟川看着，"安海王和真武王在这里，我们人族这边慢了一大截。"

来世界间隙，他们三位封侯神魔是被保护的。

本来孟川也没想过出手，可他能看出那时空浮冰不一般。

"真武王，你们的飞行速度太慢了，我带你们飞，或许能抢到宝物。"孟川传音给真武王。

真武王一愣，看着孟川。

他和安海王只想着在世界间隙内要保护好这三个封侯神魔，甚至觉得和五重天大妖王交手时，要小心不让封侯神魔遭到波及。现在他才想起来，这位孟川师弟的速度冠绝天下啊！

"快！"真武王只是一愣，就立即传音。

"走。"孟川毫不犹豫，立即以暗星领域包裹住真武王、阎赤桐、薛峰三人，飞行速度陡然加快，化作一道闪电，直奔时空浮冰。

"嗯？"安海王瞪大眼，他惊讶地看着身后。

一道闪电以匪夷所思的速度，迅速从后面飞来，仅仅一息时间，就超过了他，飞向时空浮冰。

安海王何等骄傲之人，可速度上的差距是无法掩饰的，他一眼就看清楚那一道闪电，是孟川带着真武王、薛峰、阎赤桐三人在飞。这还是带着人在飞行，速度都远远超过了他。

"这孟川的速度……"安海王都蒙了。

第 《**306**》 章

时空画面

"不好！"另一边黑风大妖王、白云城主原本信心百倍地飞向时空浮冰，此刻却发现人族那边一道闪电迅速飞来，那速度让它们都心惊，"这速度太快了！比很多妖圣都要快！"

"好，好。"真武王满脸喜色，"孟师弟，做得好。"

"师兄也厉害，我带着师兄你们三人，对速度影响都不大。"孟川也惊叹，本以为带着三人，自己的速度会锐减，能发挥出五六成就不错了，可那样也是远超安海王的。

哪想真武王手段高明，施展领域辅助他赶路。

孟川带着三人，负担很小，依旧能发挥出超八成的速度，一闪身达到了十五里的水准。

这等恐怖的速度下，孟川带着真武王他们直逼时空浮冰。

"快追，快追。"黑风大妖王焦急万分。

"赶不上了。"白云城主却摇摇头，眼中流露出一丝无奈。

战斗厮杀，还要看配合，看宝物，看关键时的发挥等诸多方面。有时候一场大战，实力强的一方反而吃亏，甚至丢掉性命都有可能。

可比速度快慢，无可争议。

快就是快，慢就是慢！

孟川带着三人化作一道闪电，实在太快！黑风大妖王和白云城主一眼就明白了，人族那边会先它们一步抵达时空浮冰旁。

追不上的！

"人族那边，两名封王神魔分散开了。安海王在后面，真武王带着三名封侯神魔在前面。"白云城主传音道，"我们赶过去，施展神通联手围杀真武王。"

"据传，真武王拥有造化境门槛的实力。"黑风大妖王传音。

"哼。"白云城主冷笑道，"都是传说罢了，真武王和我们妖族的哪一名五重天大妖王交过手？他镇守真武关，只是欺负一些四重天妖王罢了。而且你我联手，就算他有造化境门槛的实力，也能与之斗一斗。人族的肉身比较弱，我们联手施展神通，说不定瞬间就能杀了他。"

"好。"黑风大妖王点头赞同。

肉身弱代表一旦失误，就会毙命。

肉身强是有犯错的资本的，黑风大妖王和白云城主的肉身都很了得，纵横妖界多年，配合精妙，战斗经验也丰富。

……

孟川带着三人，离时空浮冰越来越近。

"好漂亮。"孟川看着。

星光内是一块幽暗浮冰，幽暗浮冰上隐隐有无数画面浮现，孟川靠近后，看到幽暗浮冰上出现了自己。

阴暗的天空下，白发孟川坐在城头上，独自一人饮酒，一名男子走过来恭敬行礼，容貌酷似孟安，只是比现在的孟安成熟许多。

……

白发孟川手持斩妖刀，站在虚空中，冷漠地看着安海王，说着什么。

安海王在癫狂笑着。

仅仅看到其中关于自己的两个画面，真武王就一挥手，释放出能量束缚住了高速飞行的时空浮冰。

"收！"真武王略显吃力，强行将时空浮冰收了起来。

"别看时空浮冰。"真武王看向孟川，传音道，"每一个人看它，看到的都不一样。我不知道你看到了什么，但是那可能只是不同的时空走向，达到造化境才能勉强使用它。这等宝物对你而言，只有害处，没有好处。"

"不同的时空走向？"孟川若有所思。

"只是可能，你不用相信。"真武王好心解释道，"可以当没看过。"

孟川思索，怎么可能当没看见？

自己白发？自己修炼肉身一脉便是到寿命大限都能保持巅峰的生机，怎么会白发？还有自己和安海王，又是怎么回事？

那时空浮冰中的自己，似乎很强大，孟川能隐隐感觉到，因为画面中的安海王比如今强，而自己似乎比他更强。

"还有安儿。"孟川看到了成熟的孟安。

"可能是不同时空走向，仅仅只是可能？"孟川心有些乱。

真武王看到远处迅速杀来的白云城主和黑风大妖王，还是嘱托了孟川一句："我也能窥伺时空长河，可以肯定地告诉你，过去不可改变，但是未来终究是未知。"真武王是怕孟川看到了未来一些不好的画面，受到太大的刺激。

实际上孟川看到的画面，倒也没什么。

"孟师兄，你看到什么了？"阎赤桐则很好奇，他和薛峰是被能量包裹着的，真武王没有让他们俩近距离观看时空浮冰。

孟川因为需要带着三人飞向时空浮冰，自然不能阻挡孟川的视线。

"没什么。"孟川暂时将此事压在心底，因为他注意到远处杀来的白云城主和黑风大妖王。

"白云乱！"白云城主的声音远远传来，白色羽翼陡然展开。

一道道白色流光从羽翼中飞出，铺天盖地的流光袭来。

"有点意思。"真武王站在那，庇护着身后的孟川、阎赤桐、薛峰三人。

无形领域笼罩四方。

那些白色流光侵入真武王的领域后，一道道都直接分解开来，最后只剩下三根羽毛抵挡住了真武王的领域，超高速飞行，杀向真武王。

"领域直接碾碎了我的九千白羽？"白云城主吃惊万分，它的白云乱是以九千白羽遮掩三根羽毛的杀招，真真假假，威力非凡。如今真武王仅靠领域就碾碎了九千白羽，仅剩下三根羽毛，威胁就大大减小了。

"上。"黑风大妖王近距离扑杀过来。

"杀！"白云城主也杀过来。

它们终究是妖王，近距离博杀才是最擅长的。

真武王却平静地看着。

远处安海王正在迅速飞来，但显然还要三息时间才能到，他也仔细看着，想要看看真武王的手段。

待两名妖王到了近处，真武王才在原地轰出两拳。

第一拳轰向了黑风大妖王，第二拳轰向了白云城主。

"用拳头？"黑风大妖王乃是身高百丈的黑熊，熊掌直接拍过来，拍在了真武王挥出的拳头上。

"啊——"黑风大妖王痛苦低吼，它的熊掌出现了一个大窟窿，血肉和毛发瞬间化作虚无。真武王的拳头在穿透熊掌后，又瞬间击向黑风大妖王的头颅，在其头颅上轰出了一个窟窿。拳影过处，彻底成虚无。

黑风大妖王强大的肉身，都无法抵挡住这一拳。熊掌上的伤口和头颅上的伤口都在慢慢愈合。

另一边。

白云城主的双翼锋利犹如神兵，还欲用双翼攻击真武王，但它也被真武王的拳头击中了，它的体形小，在这一拳下，它的整个肉身包括双翼都被彻底粉碎，化作虚无。

就这么消失不见了！尸骨无存！

任凭它还有什么手段，什么神通，都无济于事了，在这一拳下它已经死了！

"真武七绝有这么强？"安海王看着这一幕，瞳孔一缩。

他虽然也达到造化境门槛，更有沧元洞天中的传承，可真武王才是元初山公认的当代第一封王神魔。

只是真武王已经很久没全力出过手了，在人族世界需要他全力出手的机会太少。

第 《307》 章

分宝

"白云老弟!"黑风大妖王看着白云城主被真武王一拳击毙,都惊呆了。

白云城主虽然肉身没它强,但终究也是达到五重天巅峰的大妖王,一身羽毛都是兵器,就算是妖圣都不敢说能一招杀死白云城主。

可事实就发生在眼前。

白云城主被一名人族的封王神魔,一拳击毙了,甚至尸体都不见了。

黑风大妖王不知道封王神魔之间也是有区别的,有些强者能够越阶而战!人族历史上创造心意刀的郭可祖师,虽然他只是封王神魔,在他那时代,他能力压所有造化境尊者,是当时的第一神魔!真武王自然没达到郭可祖师的地步,可同样强得可怕。

"逃!"黑风大妖王再无任何信心,心中充满了恐惧,毫不犹豫地缩小身体,化作一道黑风朝远处飞去。

"在我的领域内,你逃得掉吗?"真武王微笑着。

以真武王为中心,十里范围内忽然出现了一个巨大的阴阳盘。

之前黑风大妖王和真武王近战交手,距离太近,也在这半径十里的巨大阴阳盘当中,阴阳盘分黑白二色旋转着,在黑白二色交界处则积蓄着强大的能量。

阴阳盘转动着。

黑风大妖王只感觉一股恐怖的力量拉扯着自己,它努力想要摆脱,却根本摆脱不了。

"这是什么力量？"黑风大妖王竭力挣扎，身体却有些不听使唤地朝阴阳盘中央飞去。

"风！"黑风大妖王怒吼着，周围的黑风更加狂暴，黑风中蕴含着强大的能量。

"滚开！"黑风大妖王一晃，身体恢复到百丈高，体表开始浮现出血色符文，威势恐怖无比，它飞向阴阳盘中央的速度慢了一些。

"这妖王，好强的肉身。"真武王站在原地，遥遥一伸手，只见黑风大妖王上空凝聚出一只巨大的手掌，那只巨大的手掌直接朝黑风大妖王一压。

"啊。"黑风大妖王的一双熊掌惊慌抵挡上方。

被这巨大的手掌击中，黑风大妖王痛呼一声，再也抵抗不住，迅速被阴阳盘吞吸过去。

黑风大妖王坠入阴阳盘的交界处，被无形的能量完全包裹着。阴阳盘旋转着，渐渐地，黑风大妖王的身体便开始碎裂，一边碎裂，一边恢复。

"不——"黑风大妖王在竭力反抗，挥拳怒砸，身上的伤势也在努力恢复中。

可阴阳盘不断旋转，黑风大妖王的身体在不断碎裂。

阴阳盘旋转了七次，黑风大妖王便直接毙命，同时还有一些器物出来了。

"就这么死了？"孟川、阎赤桐、薛峰都十分震撼，他们感受到黑风大妖王的肉身是何等强悍，却硬生生被那阴阳盘绞杀，一丝逃脱的机会都没有。

"传说中，真武王自创的绝学真武七绝达到了《黑铁天书》的级别。"孟川暗道，"只是这门绝学还不够完善，真武王并未对外传授，这一招，应该是真武七绝中的招数吧。"

一般神魔们，都是临近寿命大限，或者自知绝学够圆满，才会记录下来流传给后世。

还处于不断完善的过程中的绝学，是不会急着外传的。

"好强。"安海王看到这一幕，心中震撼。

他是极为骄傲的。修行百余年，便达到了洞天境，怎能不骄傲？他本以为同是封王神魔，他也有特殊传承、特殊机缘，也自创了绝学，心想应该和真武王的差距不会太大。可如今看来，是他想多了。

"真武王如今的境界，应该已经超越了雁水王。甚至算上苏醒的那群古老封王神魔，他的实力可能都是数一数二的。"安海王做出了判断。

"三位师弟，"真武王笑呵呵地指着远处飞着的十余道星光，"这些重宝，你们谁抢到，便归谁。"

"哦？"孟川、阎赤桐、薛峰先是一愣，跟着便化作残影迅速追向那一道道星光。

真武王和安海王都各自飞向一处，也去收那星光。

很快，五人都有收获。

"给他们每人一两件即可。"安海王飞在真武王身旁，淡然道，"如今他们都得到了三件，有些多了。"

"拿着也是交给元初山，换取功劳。"真武王笑道，"你我早就不缺功劳了，他们三个还年轻，元初山也是有意要栽培他们三个，多给他们些功劳也是应该的。"

安海王微微点头。

孟川三人十分开心地飞了过来，他们这次是被庇护的，自然不能贪太多，都避开了最耀眼的星光，在剩下的里面各自取了三件。

"谢师兄。"孟川他们三个都行礼道。

真武王笑道："你们喜欢可以自己留着，不过，大多你们都用不了，可以交给元初山换取功劳，将来以功劳在元初山换取自己所需。"

薛峰、阎赤桐相对更兴奋，因为他们俩功劳并不多，孟川的功劳却已经足够多了。

"时空浮冰是这里面最重要的宝物。"真武王接着道，"孟师弟带着我赶过去，他立了大功，否则就会被妖族先一步得手……我和薛师弟再去追，就可能生出变数。所以孟师弟、薛师弟和我，我们三人平分这功劳吧。"

"我只是赶路而已。"孟川开口，"不用给我分功劳。"

安海王却皱眉道："这次是你们俩联手抢到的，和我无关，一分功劳都不必给我。"

真武王看了一眼安海王，笑着点头："行，那我和孟师弟便平分此功劳了，孟师弟也不用再多说，对我和安海王而言……宗派功劳的用途没那么大了。"

孟川没再拒绝。

"我们去那里，继续修行。"真武王指着远处，也就是紫色雷霆最显眼的地方。

五人赶过去，观看世界诞生，又开始继续修行。

……

"爹。"

薛峰来到了安海王身旁。

"峰儿，何事？"安海王的目光从远处世界诞生的场景里收回，皱眉看向自己的儿子。以他的脾性最是恼怒别人打断他修行，但是对这个最优秀的儿子，还是破例了。

"我刚才得了三件宝物，其中有一件我觉得很特殊，所以抢来了。"薛峰说着，便从储物布袋中取出了一个大盒子，打开盒子，里面放着一朵冰莲花，冰莲花的花蕊却冒出了一点点火焰，"我感觉到冰火力量同出一源，玄妙无比，是不是很适合七弟修行所用？"

"你七弟？"安海王看着冰莲花。

第《308》章
薛峰的请求

薛峰有些忐忑地看着父亲。

七弟离家出走，还改名换姓，他不清楚父亲对这个弟弟到底持什么态度。

因为这么多年以来，父亲除了修行和镇守安海关，几乎对任何事都没兴趣。诸多子女他都一视同仁，几乎都懒得理会！子女来讨好他，他都懒得理会。

晏炽都离家出走，改名换姓了，安海王依旧懒得理。不过，安海王稍稍偏爱薛峰一些，因为薛峰比其他兄弟姐妹优秀太多，但也仅仅是略微偏爱一些罢了。

根据薛峰打听到的消息，当初妖族入侵东宁城，父亲的天劫剑出现，救了东宁城。

据此，薛峰判断，父亲在七弟身上留下了剑印，救了他，所以父亲应该没那么绝情。

"与你七弟很适合。"安海王说了一句，便继续看向远处。

"谢谢爹，孩儿告退。"薛峰大喜，连忙恭敬地行礼，乖乖退去。

安海王又继续看着世界诞生，沉浸在修行中。

……

紫色雷霆一阵怒劈，那美感吸引着孟川，他也一次次练着刀法。

他的元神境界很高，早就达到第四层境界，不亚于安海王等诸多封王神魔。可技艺境界方面的进步就小了，孟川也知道自己的缺点，所以越加努力修炼。

"希望元神达到第五层境界时，我能够达到法域境。"孟川暗道，"那样我就可以将肉身修炼到滴血境，肉身将比那黑风大妖王还要强，雷磁领域范围也更大，在地底追杀妖王，怕是一天就能杀上千个，我一人就能影响战争的局势。"

一人影响局势。

一人杀妖王，超越整个天下的神魔，是何等不可思议！

然而修行的世界就是如此，个体的力量是超越群体的！

诞生一位帝君，就能彻底结束战争；诞生一位元神达到第八层境界的神魔，也能结束战争。

孟川很清楚自己的技艺境界提升缓慢，此生达到造化境的希望真的很渺茫，就算真的突破，怕也要到四五百岁了。而元神达到第八层境界？自己如今才达到第四层境界，距离依旧遥远，此生能不能达到都是未知。所以滴血境是他最重要的一个目标。

达到滴血境，肉身就比黑风大妖王更强，生命力也会更恐怖。

像真武王的阴阳盘绞杀，也要转七下才能杀死黑风大妖王，若是对滴血境强者，刚出现伤势就彻底恢复，甚至自身是无损耗的，再配合封王神魔层次雷霆灭世魔体的速度，孟川将是妖族的一个噩梦。

"尽快提升，我如今才刀道境大成，先达到巅峰。"孟川耐心地一刀刀修炼。

忽然孟川有所感应，他收回刀，转头看去，薛峰走了过来。

"孟师兄。"薛峰走来。

"薛师弟，有什么事吗？"孟川询问道。

"有一件事想要请孟师兄帮忙。"薛峰说道。

"请说。"孟川好奇。

薛峰从怀里取出储物袋，从其中拿出一个木盒子，打开木盒子，里面便是那朵神秘的冰莲花。

薛峰说道："我想要请孟师兄将这朵冰莲花，交给我七弟晏烬。"

"交给晏烬？"孟川笑道，"你可以直接给他啊！"

"我那七弟对薛家有恨意。"薛峰低声解释道，"虽然对我态度稍好一些，但也不可能愿意从我手里接受一件重宝。以七弟的脾气，他不可能接受薛家这边的宝物的。"

"哦。"孟川微微点头，他知道晏烬对薛家很不满，甚至薛峰一次次去讨好晏烬，晏烬都是比较冷漠的。

"所以你给他时，就以你的名义给他，千万别说是我给的。"薛峰说道，"你是他最好的朋友，少年时就相识，他也认你这个至交好友。你若给他，他还是会接受的。我给他，他是不可能接受的。"

孟川看着那朵冰莲花。

这是刚才十余件星光重宝中的一件，是世界诞生时伴生的奇物，冰火力量同出一源，的确玄妙无比。这一件，在元初山怕是值数千万乃至上亿功劳。

"麻烦孟师兄了，我定会记住孟师兄这个人情。"薛峰期盼地看着孟川。

孟川心情复杂。

至少薛峰这个当哥哥的，对弟弟是很不错的。

"好，我会转交给他。"孟川点头。

"以孟师兄你的名义。"薛峰再次嘱托，"千万别说和我有关，否则就功亏一篑了。"

"放心。"孟川点头伸手接过盒子，随即笑道，"你这个当哥哥的，为了晏烬倒是操碎了心。"

"薛家亏欠他太多。"薛峰无奈地道，"我就不打扰孟师兄修行了。"

孟川将盒子收入洞天法珠内，看着薛峰离去。

"看来薛家薛峰的脾气最好，晏烬外冷内热，倒是安海王……"孟川眉头微皱，他忘不了时空浮冰中看到的那个画面，白发孟川和安海王刀剑相见，显然是敌非友。

"将来某个未来，我可能和安海王成了敌人？元初山的神魔都团结应对妖族，我为何和他成了敌人？"

孟川看过那个画面后，对安海王自然有了戒备之心。紧跟着他便不再多想，继续潜心修行。

……

时间一天天过去，转眼，孟川他们已经来到世界间隙两个多月了。

阎赤桐站在原地，手中的长枪化作万千枪影刺出，每一道枪影都带着火焰，锋利无匹，令虚空都扭曲，火焰笼罩周围数里范围，威势恐怖。

"嗯？"孟川、薛峰、真武王、安海王都转头看去。

"突破了？"孟川惊讶，这两个多月他经常看到阎赤桐修炼，所以对阎赤桐的枪法也很熟悉，那枪法境界估摸着也达到了道之境大成的水准。然而刚刚阎赤桐施展的枪法，其威力明显大了一截，也更精妙了。

阎赤桐也是一脸喜色。

"你修炼的两界神体，枪法却开始走火极一脉？"真武王询问道。

阎赤桐立即道："是，这些年我就发现水火兼修不太适合我，只是一直在犹豫。来到世界间隙，看了世界诞生的场景后，觉得火极一脉同样前途远大，所以才决定走火极一脉！修炼起来立即舒坦了许多，刚刚便突破到道之境巅峰了。"

"哈哈，对，阴阳老人所创的道路，不一定就是最完美的，"真武王笑着道，"适合自己才是最重要的，看来你已经找到自己的路了。"

"嗯。"阎赤桐兴奋点头。

放弃水火兼修，彻底走火极一脉，阎赤桐心里也很有压力。如今得到真武王的认同，当然兴奋。因为这个时代，真武王是最有资格评价阴阳老人一脉的。

真武王同样修炼的是两界神体，沿着阴阳老人的道路修行，只是后来才突破，以阴阳为根基，开创了真武一脉，真武一脉的战力更强，初成就是元初山公认的最强封王神魔。甚至在暗中，元初山的尊者们决定，真武王即便无法达到造化境，也定能得到一个护道人的名额。

元初山的护道人，永远只有两位。

镇宗绝学

"好好修炼，你今年才四十六岁，达到道之境巅峰，还算年轻。"真武王微笑道，"只是接下来突破到法域境会很难，你最好在三十年内达到法域境，九十岁前元神达到第三层境界，成封王神魔。"

"还有四十余年时间。"阎赤桐颇有信心。

"对你而言，时间也有些紧张，不可松懈。"真武王嘱咐了一句，又看向一旁的孟川、薛峰，"你们俩也是，都抓紧时间修行，妖族留给我们人族的时间并不多。"

孟川、阎赤桐、薛峰都点头。

封侯神魔有三百年寿命，九十岁相当于凡俗时的三十岁！

九十岁前突破，肉身还保持在最巅峰。过了九十岁肉身的生机会逐渐下滑，突破到封王神魔的希望会越来越渺茫。若是过了一百五十岁，希望就很小很小了。

法域境、元神第三层境界和年龄，这是成封王神魔的三大门槛。当然，孟川肉身一脉的传承很特殊，就是到寿命大限，肉身的生机都能保持在巅峰。只是进沧元洞天获得这一传承全凭机缘，且这门传承对元神境界的要求高。

……

接下来的日子继续修行，偶尔也有宝物降下，可像时空浮冰这等重宝再也没碰到。

孟川他们来到世界间隙半年后的一日。

"金风合，为黑沙。金，至阳至刚；风，如影随形。"薛峰喃喃低语，他手持神剑，施展着剑术，一剑剑看似普通，但渐渐令周围的天地震颤起来。

"嗯？"修炼中的孟川也被惊动了，空间在震颤，"怎么回事？"孟川看着正在练剑的薛峰。

薛峰整个人都散发着黑光，他手中那柄剑蕴含的黑光更加刺眼。黑色光线遍洒四方，这是很奇特的场景，一道道黑色光线洒向四面八方，笼罩着大地。

周围足足十里范围，都被黑色光线笼罩。

孟川、阎赤桐、真武王、安海王都有领域护体，抵挡了黑色光线的侵蚀。

"是黑沙洞天的金风十五剑。"孟川很快辨认出来，却越发吃惊，"薛峰竟然将这门绝学给练成了？他一个元初山弟子，练成了黑沙洞天最重要的一门绝学？"

"峰儿？"安海王也很吃惊。

他何等骄傲，放眼天下，大多封王神魔他都不放在眼里。最优秀的儿子薛峰，他虽然略偏爱些，但也没太在意，再优秀，也不及他。

可安海王此刻却发现，儿子的天赋丝毫不亚于他。

"金风十五剑是黑沙洞天掌教一脉最难修炼的绝学。"真武王来到安海王身边，笑道，"黑沙洞天分三脉，太阴一脉和刀戈一脉都是支脉，掌教黑沙一脉才是主脉。黑沙一脉中练成黑沙魔体和金风十五剑的封王神魔才是黑沙洞天的力量核心，可担当掌教，更能得到黑沙洞天帝君的传承。薛师弟，你这个儿子若是在黑沙洞天，黑沙洞天一定会乐疯的。"

"嗯。"安海王盯着练剑的儿子。

"三大宗派，《黑铁天书》相互交换。"真武王感慨道，"但各宗派都有镇宗绝学，两界岛的镇宗绝学是阴阳诀配合两界神体，黑沙洞天是金风十五剑配合黑沙魔体，我元初山的镇宗绝学是五方掌配合元初神体。"

人族有很多《黑铁天书》，可实际上大多都是造化境层次的绝学，只有极少数是帝君级的绝学。

如阴阳老人所创阴阳诀是帝君级，金风十五剑也是帝君级，五方掌也是帝君级。

孟川修炼的心意刀只有一招心刀式是帝君级，其他招数都是造化境层次。所以整部绝学并不能算是帝君级。

人族的帝君级绝学很少，要真正有所成就也很难。

像元初山山主，他修炼成了元初神体、五方界、元初印等多门《黑铁天书》绝学，可就是没有练成五方掌！所以在元初山的众神魔中，他负责处理俗事，并不亲自上战场。

"人族的最强绝学，是沧元祖师的绝学轮回配合轮回魔体。"真武王说道，"往后，就是三大宗派的镇宗绝学了。一入法域境，就练成金风十五剑。薛师弟，你这儿子是真了不得。"

安海王微微点头，没说话。

薛峰演练片刻后才停下，慢慢从修炼状态下缓过神来。

"薛师兄，恭喜恭喜。"阎赤桐笑道，孟川、真武王、安海王也走了过去。

"我也没想到，就这么突破了。"薛峰欢喜万分。

"都说黑沙洞天的黑沙一脉有诸多隐秘传承，可以辅助修行。"阎赤桐笑道，"可他们当代都没有练成金风十五剑和黑沙魔体的封王神魔。薛师兄仅仅凭借《黑铁天书》，靠自己就练成了，怕是让黑沙洞天那群神魔羡慕死。"

"你若是在黑沙洞天，或许都有一丝希望成帝君。"真武王感慨道。

"整个人族都多少年没出帝君了，"薛峰摇头，"我可不敢想。"

真武王说道："在黑沙洞天，至少你成造化境尊者的希望要大得多。你练成金风十五剑的消息传开后，我猜黑沙洞天那边，可能想要将你招过去。"

"我不会背叛元初山的。"薛峰摇头。

"这也谈不上背叛，主要是如今面对妖族的威胁，这种有益于提高个人实力的事情，是有可能发生的。"真武王笑了笑，"当然，这是两个宗派的事，首先宗派得同意，其次才是你自己的意愿。"

安海王在一旁看着自己的儿子，仿佛第一次认识这个儿子。

第《310》章

放纵

孟川在一旁看着："这才是绝世奇才该有的修行速度，阎师弟比我小五岁，却比我更先达到道之境巅峰。薛峰师弟比我大五岁，都达到法域境了，而我依旧困在道之境大成。"

认识到差距，孟川也没有妄自菲薄。

天下亿万人，天赋高的每一代都会有，没谁能够样样超越每一个人。认识到自己的优点和缺点就好，自身的优点就是元神方面的境界高，缺点是技艺境界的提升相对慢一些，也只是和薛峰、阎赤桐等人比起来慢了一些而已。

"技艺境界慢些也没什么，只要踏踏实实修炼，一旦元神达到第五层境界，技艺境界达到法域境，那肉身就能修炼成滴血境。"孟川暗道。

滴血境，将是自己最耀眼的时刻。

至于想要更耀眼？

元神第七层境界，对人族的帮助也是辅助性的，除非达到元神第八层境界，才能终结战争。然而以自身天赋达到元神第七层境界还有些把握，达到元神第八层境界的希望真的很渺茫，就算真的达到了，怕也是几百年乃至上千年之后的事了。妖族会给人族那么长的时间吗？

"成滴血境，追杀天下妖王，杀得够多，便足以影响战争，说不定我们就能获胜。若是获胜则天下太平，那就太好了，我就可以陪着七月，真正过些逍遥日子了。"孟川露出一丝笑容，那才是最惬意的日子啊。

虽然他从小立誓斩尽天下妖族，愿意用性命去拼。可他真正渴望的还是天下太平。

"继续修炼吧。"孟川转头看向那耀眼的紫色雷霆撕裂幽暗，又挥出手中的斩妖刀。

……

远处的真武王看了一眼孟川，暗暗点头："不为外界所惑，踏踏实实修行，难怪年纪轻轻，就能拥有顶尖封王层次的实力。"

真武王很清楚心境对修炼者来说多么重要。

有些人天资是高，可成功时狂喜，落后时心焦，经常与同辈攀比。年少时，好强争第一是好事，可真正的绝世强者，好强并不是什么好事。

真正心定如山才更有利于修行，不管身处顺境还是逆境，都能稳稳当当以最快的速度朝目标前进，一次次超越昨日的自己。

"这孟川的天资，却是三个小家伙中最差的。"安海王看了一眼，便没再多管。

连儿子薛峰他都再次抛到脑后，自然不会在意一个孟川。

他的心中，只有修行。他修行多年只信奉一点——靠人不如靠己！

他摒弃一切能影响自己的杂念，将所有心思都放在修行上。百年就达到洞天境，和他的心态也有关，真武王在这个年龄时也是不如他的。

……

来到世界间隙的第九个月，孟川依旧勤勤恳恳地练刀。

远处，紫色雷霆犹如大树一般，无数电蛇撕裂幽暗的场景实在太美了，即便看过一次又一次，孟川依旧震撼于它的美丽。

他沉浸在那种美丽中，不断练刀。

一刀劈出，发出一道耀眼的闪电，空间朝两侧分开。

"嗯？"这一刀引起了阎赤桐、薛峰、真武王、安海王的注意，到了他们这个境界，对周围的感应很敏锐，孟川长期练刀，当刀法发生变化时，自然瞒不过他们四位。

"恭喜孟师兄。"阎赤桐笑着走过来，薛峰也走过来。

他们除了修炼，也会经常切磋。

切磋的结果就是被孟川虐！

他的刀法太快、太凶猛！即便没施展元神秘术，没施展神通，没施展煞气领域，纯粹仗着不死境肉身的蛮力和冠绝天下的速度，就能让阎赤桐和薛峰没有一点脾气。每一次孟川的刀都是轻易架在阎赤桐和薛峰的脖颈上。

顶尖封王神魔的实力比阎赤桐强太多。就算是薛峰，如今也只能算达到封王神魔门槛罢了。

"孟师兄的刀是越来越快，越发难以抵挡了。"薛峰摇头。

"等薛师兄你跨入封王神魔，有了无间领域，真元蜕变，或许能挡一挡。"阎赤桐打趣道。

薛峰笑了笑，没多说。

紫雨侯是早就悟出了法域境的老一辈封侯神魔，积累深厚，拥有媲美普通封王神魔的实力，但他都死在一位五重天大妖王的手里。而那位五重天大妖王，又败在孟川手里。

薛峰知晓他们二人之间的差距。

"我能练成金风十五剑，是因为有过奇遇。"薛峰看着孟川，心中好奇，"而孟川明明技艺境界并不高，却有顶尖封王神魔的实力，恐怕也有一些特殊际遇。"

他也只能猜测，因为他都不知道沧元洞天的存在。

八百年来，元初山只让五名弟子进过沧元洞天，其中真武王、安海王、孟川都进去过。

真武王也走了过来，他很清楚对宗派而言，对人族而言，在场的孟川才是最重要的！来之前，三位尊者都暗中嘱托过真武王，在世界间隙内，若是遇到意外，要不惜一切代价保住孟川。

真武王当时承诺过，所以进入世界间隙后，遇到妖族时他一直都在孟川身旁。

真武王走到孟川、阎赤桐、薛峰三人这边，笑道："恭喜孟师弟了，孟师弟如今可是对突破到法域境有想法？"

"难。"孟川摇头，"观看世界诞生，知道方向，却越发困惑，不知道如何实现。"

"慢慢来，从道之境巅峰到法域境，本来就很难。"真武王安慰一句，随即他又看向阎赤桐、薛峰，"你们俩也别松懈，薛峰你的元神境界提升太慢，至于阎师弟，无论是技艺境界还是元神境界，三人中，你这两方面欠缺得最多。"

阎赤桐乖乖低头："是，师兄教训得是。"

他们几人在这聊天，安海王瞥了一眼后就继续修炼，没有理会这边。

……

时间一天天过去。

他们五人已经进入世界间隙十个月了，孟川有些困惑地看着远处世界诞生的场景。

"怎么突破到法域境？完全想不明白。阴阳如何结合？罢了罢了。有世界间隙的机缘，我也是耗费十几年才将刀道境修炼到巅峰。到法域境，或许真的还要三五十年。"孟川总结历史上其他神魔的修行时间，做出了理智的判断。

"我都修炼这么久了，最后两三个月就放纵一下吧。"孟川眼睛放光，再也忍不住了。

一挥手，旁边出现了一块大石头，是他直接从洞天法珠内取出来的。

暗星领域直接切割大石头，切割成一张桌子、一把石凳。

孟川坐在石凳上，看着光滑的桌子，满意地点点头，一挥手，桌子上又出现了颜料盘，出现纸张和画笔。没来世界间隙时，他是几乎每天都要画画的。就算地底探察再忙碌，他都会牺牲部分睡眠时间绘画，绘画是他一天中最享受的时候。而来到世界间隙他一直没画画，早就手痒了。

"世界诞生的场景，多美啊。如果不画下来，就太可惜了。"孟川深吸一口气，开始调颜料，兴奋地看着世界诞生场景。

"孟师兄在干什么？"阎赤桐看到孟川弄出桌子和凳子，还拿出纸张和画笔，此时正在调颜料。

"他在做什么？"真武王和薛峰也有些疑惑。

安海王瞥了一眼，眉头一皱，也露出一丝困惑。

第 《311》 章

画雷霆

虽然疑惑，但大家看孟川这架势，在这世界间隙中又是摆画案、凳子，又拿出了纸张、画笔和颜料，显然是打算绘画了。

"世界间隙内，修行时间多么宝贵，孟师兄不抓紧时间修行，反而在世界间隙内绘画？"阎赤桐有些纳闷。

"如此放纵随性，难怪技艺境界在三个封侯神魔中垫底。"安海王暗道。他最瞧不起那些不珍惜时间的人，他自己就非常珍惜时间，除了分心处理城关的事务外，其他精力都在修行上。如今看到孟川在世界间隙内都这么浪费时间，自然不屑。

真武王也有些惊讶："我和安海王也只是奉命保护他们三个一年时间。一年后，我和安海王便要去寻宝。这一年时间何其宝贵，他竟然绘画？这个孟师弟，我有些看不懂了。"

孟川擅长绘画之道，以绘画叩问本心的秘密，元初山内知晓者寥寥无几。

便是和孟川正面交过手的元初山山主，虽然知晓孟川的元神已经达到第四层境界，但并不知道孟川是靠绘画叩问本心。

其他四人都不太赞同孟川的所作所为。

从神魔的角度来看，观看世界诞生，这种修行的机会何等珍贵？不修行，去绘画？也太放纵自己了。

当然，大家看孟川绘画，也没谁去说教。毕竟都是师兄弟，孟川也拥有顶尖封王神魔的实力，又不是小孩子，不用他们教。

……

孟川坐在凳子上，世界间隙内风吹着，他调好颜料，手持画笔刚要动笔，又抬头看向那紫色雷霆。

紫色雷霆十分耀眼，一条条电蛇肆意劈下，犹如一株巨大的雷电大树，它撕裂了幽暗，带来了世界初始。

"怎么画呢？"孟川拿着画笔的手却停住了，"这时空长河中的雷霆，太震撼，比在人族世界中看到的普通雷电要震撼千倍万倍，想要靠一支笔将它彻底画出来，根本不可能。"

孟川的画道天赋的确比刀法天赋高太多，少年时他就画出《众生相》，凝聚出了元神。

他这等画道圣手，要画，自然是直指这紫色雷霆的本质。

"这雷电的本质……我一个封侯神魔，时空长河在我眼中就是一片幽暗，我看到的紫色雷霆，可能也只是它的一部分而已。"孟川有自知之明，"即便只是一部分，也浩瀚无比。"

"没办法，只能拆开来画了。"孟川是一代画道圣手，自然有办法，"分成很多幅画，每一幅画专画雷电的某一方面。"

"第一幅，就画雷电的毁灭性质。"孟川抬头看着远处幽暗当中接连亮起的紫色雷霆。

画画和修炼刀法不同，这次纯粹从绘画的角度来观察，主要观察雷霆的毁灭性质。

"雷电的毁灭性质……也得从不同角度来画。"孟川轻轻摇头，这紫色雷霆越看越绚丽，可也真的是难画，令他十分吃力。

孟川终于开始画了。

第一幅画，画着一道道紫色电蛇。孟川非常小心地画着，道道紫色电蛇彼此相连，彼此结合，威力不断叠加。

孟川完全沉浸其中，他画了彼此结合的三千道电蛇，最终这些紫色电蛇形成了一株巨大的雷电大树，他耗费了一天半时间，才画出这一幅画。

"第一幅画成了。"孟川在画卷的右上角写了几个字——毁灭之无尽相。

一天半的时间，不眠不休，孟川反而精神百倍。

元神都释放出点点光芒。

显然画雷霆已然引起元神的变化，不过孟川对此并不在意，从元神四层要突破到元神五层是非常难的。

"我这幅《毁灭之无尽相》，已经穷尽我的力量。"孟川抬头看着，那紫色电蛇不断汇聚，仿佛无穷无尽，形成恐怖的威势让人心惊。孟川画成这样，已经是他的极限了。

"第二幅画。"孟川收起第一幅画卷，将新的画纸铺好，开始动笔。

纸张上出现了一道雷霆，雷霆劈下，穿过层层幽暗的阻碍！

这一幅画仅仅就是一道雷电击穿幽暗的场景，只是孟川画得非常细，雷电犹如长枪，刺穿了一层层幽暗，每一次刺穿都有雷电在外闪烁。而后又汇聚，再继续劈向下一层幽暗。

这幅画也画了近一天时间，孟川在左上角写下几个字——毁灭之归一相。

……

孟川不眠不休地画着，同时真武王、安海王、薛峰、阎赤桐也都是不眠不休地修炼，到了他们这个境界，吃饭和睡眠并不重要，连补充水分都可以直接从天地间摄取。

时间一天天流逝。

孟川画出一幅幅画，每一幅画都截然不同，风格迥异。

或是让人感动，或是让人绝望，或是让人害怕……

《生命之寂灭相》《虚空之无我相》《虚空之九天相》《电闪之分波相》……

一幅幅画，都是从不同角度画紫色雷霆。

"对，就该如此飘逸，如此肆意。"

大半个月后，孟川美滋滋地画着，一道道雷电犹如龙蛇一般在纸张上肆意游走，当最后一笔画完，孟川觉得醋畅淋漓，这是十五幅画中最后一幅画，也是最复杂、消耗时间最长的一幅画，耗费了他足足六天时间。

"漂亮！"孟川夸赞了下，在画卷右上角写下几个字——电闪之游龙相！

"二十三天，十五幅画。"孟川看着面前最后一幅画，这一幅画上画了数千道电蛇，无数电闪各有轨迹，潇洒肆意，却又宛如一体，这游龙相看起来很美。这幅画仿佛真的是万千龙蛇在纸间游走。

但这的确是紫色雷霆的一个方面。

"人力有穷时。"孟川抬头看着世界诞生的场景，"十五幅画，便是我如今观看紫色雷霆所能画出的极致了，将我对它的认知，尽皆画下。"

十五幅画，雷霆的十五相。

孟川坐在凳子上一挥手，十五幅画都出现，悬浮在他周围。

紧接着，他一翻手，出现一壶酒，孟川喝着酒，美滋滋地看着自己这十五幅画，越看越满意。

第 《312》 章
什么是天赋

"这二十三天，我一直在画画，元神也一直散发着光芒。"孟川感受着元神，露出笑容，"能够引起元神的变化，代表这十五幅画对我的影响足够大，虽然我的元神积累更浑厚了，但依旧没突破。"

元神第五层境界，这是成造化境的门槛之一，难度极大。

便是造化境尊者的元神境界也大多在第五层，元初山的三位尊者，仅有李观尊者的元神境界达到了第六层。

"放纵了大半个月，该继续修炼刀法了。"孟川喝完酒，挥手将画案、凳子、画卷、画笔等物尽皆收起。

孟川欲拔刀施展拔刀式。

"嗯？"孟川手握着刀柄，却停了下来，没有拔出来。

他看着远处撕裂幽暗的紫色雷霆，眉头皱了起来："我的刀法，练偏了？"

在画了雷霆十五相后，孟川对雷霆也有了一定的认知。其实绘画本身就是一种表达，将雷电的本质尽量描述出来。孟川本身就是画道圣手，身体内又蕴含无尽雷霆之力，观紫色雷霆自然能看出很多，他从十五个角度解读雷霆的本质，这一切认知在他心中重现，组合成了雷霆。

而心意刀实际上也是雷霆刀法，这是郭可祖师花费数百年时间悟出的，但这仅仅是雷霆的一方面。

"郭可祖师虽然厉害，但也仅有一刀达到了帝君境。每个人都有各自的认知，郭可祖师对雷霆有自己的认知，我一个画画的，对雷霆也有自己的认知。"孟川暗道，"认知不同，却硬是要学郭可祖师，只会越走越偏，甚至越来越不适应。人族从古至今，诞生了一门门天级绝学，诞生了《黑铁天书》绝学，就是因为强大神魔都有各自的认知。阎师弟都开始走火极一脉，真武王自创了真武一脉，安海王也自创了天劫剑法。我既然认为自己走偏了，甚至觉得郭可祖师的也走得太极端，那就索性按照我自己的认知去练刀法。抛弃前人桎梏，以雷霆为师，来练刀法。"

一种强烈的冲动，让孟川立即做出决定。

实在是在画出雷霆十五相后，孟川觉得心意刀太极端，内心就不赞同了。

"我看过两部雷霆一脉的《黑铁天书》绝学，分别是《心意刀》和《天地游龙刀》。《心意刀》的核心就是心意拔刀式，我练习拔刀式，内心追求的就是快，从紫色雷霆来看，快到极致，速度本身便可产生无可匹敌的威力。"孟川暗道，"而我之前所画的雷霆十五相，纯粹只论速度，当属电闪之光芒相。我当以它为本质。实际上我现在觉得天地游龙刀可能更适合我。"

孟川思索着："年少时我一直练拔刀式，可如今观紫色雷霆，这天地游龙刀本质上就是一套身法，仿佛雷霆电蛇游走的轨迹。这套游走的轨迹，犹如画笔，在虚空中绘画。"

"天地游龙刀的本质是雷霆十五相中的虚空之九天相和电闪之游龙相。"孟川作为一个喜欢绘画的，如今觉得天地游龙刀，不管是刀法还是身法，都仿佛作画一般。

孟川有一种冲动，他想试着修炼天地游龙刀。

"试试看。"想做就做，孟川立即开始了修炼。

雷霆一脉三门《黑铁天书》级快刀，《雷霆灭世刀》《心意刀》和《天地游龙刀》，孟川仅仅观看过后两本，第一本元初山没有原本。

孟川试着施展身法。

天地游龙刀是游龙尊者叶鸿所创，论威力在三门快刀中垫底，论身法却在人族世界的法门当中排第一。

孟川有飞燕式的基础，修炼天地游龙身法也颇快，特别是画出《电闪之游龙相》和《虚空之九天相》后，对这门身法的核心也有准确把握，修行起来就会很顺利，第一天就已经修炼得像模像样了，每天都在进步，这门身法十分玄妙。

时间一天天过去。

真武王修行停歇，注意到远处一道身影翩若游龙，在天地间留下道道残影。

"哦？孟师弟还修炼了天地游龙刀？"真武王看着，"看起来，造诣还很深。"

他没觉得奇怪，孟川修炼的是雷霆灭世魔体，兼修一门快刀是很正常的事情。

"不过他的身法，怎么看起来这么漂亮呢！"真武王惊讶，"我曾见过归海侯施展天地游龙身法，迅疾诡异。可孟川施展天地游龙刀，更飘逸洒脱，有一种独特韵味。"

是的，是一种难以言明的独特韵味。

真武王却不知，归海侯是只学天地游龙刀，纯粹学前人的绝学。孟川却是将心中对雷霆认知运用到其中，他在施展身法时参照了紫色雷霆闪烁的轨迹。

"他的速度比之前更快了？"真武王紧跟着发现这一点。

孟川的速度的确比之前更快了，他修炼天地游龙刀仅大半个月，就提升到道之境巅峰了。若是极限爆发，一闪身，他可以达到二十五里。而心意刀中的飞燕式如今极限爆发，一闪只达到十九里。这就是天下第一身法的厉害之处。

若是让外界知晓，过去他从未修炼过天地游龙刀，仅仅大半个月，就将天地游龙刀修炼到与心意刀一样的程度，秦五尊者他们个个都会惊呆的。

这种天赋，已经超越绝世奇才了。

"什么是天赋？"孟川练天地游龙刀，也越加自信，更明白了一点，"天赋是对本质的领悟。"

那些绝世奇才，天生与某些东西相契合，比如和火焰、寒冰抑或是剑。修行起来便无比顺畅，甚至冥冥中就在沿着最正确的方向前进。比如柳七月，觉醒凤凰神体血脉后，与火焰就十分契合，在火焰一道修行上也比别人快许多。

那些没天赋的，就像无头苍蝇一样，艰难地一步步修炼，甚至可能原地转圈。

这就是天赋！天赋不会一成不变，有天才变平庸，就可能因为际遇，冥冥中的感觉不再正确。也有人大器晚成，在积累多年后，终于知道了本质，实力突飞猛进！

孟川原本修炼心意刀数十年，和雷霆打交道数十年，这次又观看到时空长河中的紫色雷霆，以他画道圣手的能力画出雷霆十五相后，终于对雷霆有了准确的认知。他和那些绝世奇才不同，那些绝世奇才是凭借冥冥中的感觉在前进，而他是有了准确的认知，再沿着这个方向前进。

　　可以说孟川在雷霆一脉的天赋，已经一跃达到了新的高度。

第 《313》 章
大动静

世界间隙内，风在吹，孟川和真武王等五位神魔都在修炼。

一道耀眼的刀光，一闪而逝，斩妖刀又已入鞘。

"对如何达到法域境，我已经有了方向。"孟川眼睛放光，"虽然有方向，但路还是得一步步走。能成封王神魔的几乎都是绝世奇才，一般需要三十年才能从道之境巅峰到法域境。不知道我要多久。"

"我感觉，应该不会太久。"孟川颇为期盼。

孟川能在短时间内将天地游龙刀修炼到道之境巅峰，也有他基础很好的缘故，若想要突破到法域境，可就没那么容易了。

"等回到元初山，我需要翻阅更多雷霆一脉的绝学典籍。"孟川暗道，"学更多前人的绝学。"

只要在修行路上不迷路、不走弯路，一定能直接实现目标。

绝学则是宝贵的知识，是真正蕴含雷霆一脉的种种技巧的技艺，这些知识，靠自己埋头想，太难了。而观看前人的绝学，可以汲取前人的智慧结晶。

"汲取前辈们的智慧结晶，舍弃我不需要的，吸收我所需要的，我才能成长更快。"孟川明白了这点，像真武王原本就是以阴阳老人一脉为根本，创出真武一脉。如果没阴阳老人一脉为基础，直接让真武王创造，怕是五百岁，他都创不出真武一脉。

后辈能够推陈出新，就是因为站在巨人的肩膀上。

文明就是如此，一代代不断积累，从蛮荒到繁华！

什么是绝世奇才？就是懂得学习，懂得舍弃自己不需要的，汲取自己需要的，最后成就自身！

孟川在一开始只懂得按照郭可祖师的心意刀死板地学，也不敢乱改，因为修改绝学，几乎都会改错，只会令自己陷入困境。而如今有了雷霆十五相的认知，他就有了正确的方向，一切都有明确的目标，如此才有成功的可能。

即便如此，成封王神魔，成造化境尊者，也并不容易。

"我对雷霆的认知，画出的雷霆十五相，就一定对吗？"孟川手持斩妖刀，脑中浮现了这一念头，"如果我的认知错了，不就是走了歪路？"

孟川抬头看着远处的紫色雷霆，它太浩瀚。

"不！或许叶鸿尊者、郭可祖师也是对的，他们选择的方向都只是雷霆一个很小的部分。"孟川默默地道，"而我画出的雷霆十五相，同样也只是雷霆一个很小的部分。"

"毕竟雷霆一脉我修炼了数十年，肉身蕴含无尽雷霆之力，再以我的绘画技艺，不至于画错，最多只是画了很小一部分。"孟川想，"不管怎样，按照自己的认知，修行吧。是一飞冲天，还是平庸，我都认了。"

"至少从最近这些日子来看，我修行很顺利。"孟川是打算一条道走到黑了。

有时候，即便是旁门左道，一条道走到极致，也是能有所成就的。

……

修炼的日子就是如此寂寞，孟川看着远处世界诞生的场景，看到那里黑白二气滋生，看到水、火、风等种种力量滋生，虽然也蕴含无尽神奇，但孟川对这些力量的感受就弱多了。

他也能尝试绘画世界诞生时的水、火等，可注定画得远不如雷霆十五相。

因为画雷霆，除了用肉眼看，他还有数十年对雷霆一脉的感悟，二者结合才有更大的把握。

没修炼，仅仅肉眼看，画起来就太浅显了。

都不可能达到叩问本心的目的。

"我没看错吧？"真武王看了一眼远处的孟川，"自从孟川绘画后，修炼起

来，经常一个人开心得笑起来，绘画之前，他可不会一个人傻笑。"

"或许是他之前太疲惫，绘画后，彻底放松了？"真武王想着。

孤寂修炼，还修炼得很开心？

那都是修炼疯子。

像安海王就是这种疯子，连亲情都抛之脑后，完全沉浸在修行当中。因为这种疯子觉得修行中有大欢喜，也并不觉得苦，只觉得那是世间最大的喜悦，自然沉浸其中。这种修行的疯子，成长起来才快。

而孟川前九个月的表现，显然不是一个修行疯子。

真武王哪知道，就是这次绘画让孟川变了。

大地突然微微震颤起来。

"怎么了？"阎赤桐、薛峰、安海王都停止了修行，心中都有一些疑惑。

孟川也收刀入鞘，疑惑地看着地面，地面在震颤，泥土和沙粒滚动，他抬头看向四周，却没任何收获。

"怎么回事？"孟川疑惑地走向其他人，大家都走到了一起，安海王同样找不到大地震动的原因。

真武王却闭上眼睛，无形波动以他为中心弥漫开来，他仔细感应着，随后忽然睁开眼，他盯着远处一个方向，指向那里："就在那个方向，距离这里约莫三千三百里。"

"在世界诞生过程中，有这么大动静，一定不是小事。"安海王说道。

"我们赶紧过去。"真武王说道。

"嗯。"孟川、阎赤桐、薛峰都点头。

"孟川带我们赶路。"真武王说道。

"好。"孟川当即带着众人，安海王也没有反对，真武王则释放开领域，辅助孟川，尽量降低由于人多对孟川速度产生的影响。

一道雷霆划过长空，犹如一条雷霆龙蛇在天地间一闪而逝，速度达到一闪身二十里的地步，这还是带着人的情况。

"这么快？"安海王即便再冷漠，也有些被吓住。

"你这身法速度，比上次抢时空浮冰时要快多了。"真武王也有些惊讶地看

着孟川说道。

"又有了一些突破。"孟川微笑道。

"突破？"安海王暗暗皱眉。

其他方面，这个孟川一般般，可在提升速度方面真是有一套自己的方法。不是说速度越快，提升起来越难吗？几个月又提升了一大截？

而且按照安海王了解到的，雷霆灭世魔体在封侯层次，一般是一闪身十里左右，达到十多里就很不错了。这孟川怎么快成这样？

"孟师兄的身法速度，真的是冠绝天下。"阎赤桐夸赞道，自从孟川救了西海侯，阎赤桐对孟川都开始有些崇拜了。

"不算什么。"孟川很谦虚。

孟川接受过传承，知晓天地游龙刀的创造者叶鸿尊者的速度有多快，自己在叶鸿尊者面前，就是刚会爬的婴儿，自己还有很长的路要走。

五人一路飞行，速度极快，很快抵达目的地。

"好厉害，真武王刚才就推算出，源头距离我们原先的地方约三千三百里，完全没错。"孟川看着远处，远处有一座山从地底缓缓升起，这座山散发着五彩之光，更隐隐有紫气环绕。

"是本源宝物出世？"安海王和真武王相视一眼。

（本册完）

《沧元图6》即将上市，敬请期待！